인류보호회사

1

인류보호회사

Humanity Protection Company

1

짤짤이
지음

시공사 × 노벨피아

차례

시험

1

공무원 시험만 네 번째였다.

나이는 앞자리가 바뀌어 서른이 되었건만, 이연우는 지금 입은 낡은 후드와 빛바랜 청바지, 그리고 마모된 운동화처럼 망가지고 낙오되기만 하였다.

나이를 먹은 몸은 하나둘 고장이 나기 시작했고, 긴 공시 생활을 겪는 동안 정신과 영혼은 조금씩 깎여나가고 썩었다. 뒷바라지하며 같이 망가진 부모를 생각하면 더는 버티기 힘들 정도였다.

'이번에는 꼭 합격한다. 꼭, 반드시.'

이연우는 시험장에 앉아, 핏발 선 눈으로 교재를 읽었다. 외우지 못한 분량이 있었다. 시험 시작까지 몇 분도 채 남지 않았지만, 한 글자라도 더 머릿속에 각인시키려고 노력했다.

이연우뿐만이 아니었다.

주변에 앉은 수험생도 다 비슷했다. 고등학교를 졸업하고 바로 공시를 치는 사람도, 대학을 막 졸업한 사람도, 이연우보다 장수한 공시생도, 탁한 열망을 빛내며 교재를 뒤적였다.

'제발, 내가 아는 문제만 나와라.'

그 어느 때보다 고조된 집중력이 시간을 길게 늘어뜨려도 시간의 흐름은 막을 수 없었고, 시험 감독관과 부감독관이 교실로 들어왔다.

이연우보다 젊은 감독관은 교단에 서서 손목의 전자시계를 확인하더니, 주의 사항을 길게 늘어놓았다.

"보고 계시는 교재 다 넣어주시고요, 컴퓨터 사인펜, 필기도구, 응시표, 신분증만 올려주십시오. 통신기기랑 전자 기기는 시험 시간 중 소지하시면 안 됩니다. 소지가 적발되면 부정행위로 처리됩니다."

부산스럽게 책이 닫히고 가방으로 들어가는 소리가 몰아쳤다.

이연우는 최대한 느릿하게, 그래봤자 몇 초지만, 책을 닫으며 정리된 문장을 읽고는 수험생 중 마지막으로 책을 가방에 넣었다.

이연우가 가방 지퍼를 닫는 소리가 끝나자, 감독관이 말했다.

"답안지 배포하겠습니다."

부감독관이 돌아다니며 답안지를 나눠 줬다. 이연우는 눈을 꼭 감고, 방금까지 읽은 교재의 문장을 떠올렸다. 검은 시야 위로 하얀 글자가 떠올랐다.

'까먹지 말자, 까먹지 말자.'

그러는 동안 부감독관이 다가와, 이연우의 책상 위에 답안지를 놓았다. 이연우는 곧장 눈을 뜨고, 컴퓨터 사인펜을 뽑아 들었다.

성명, 응시 번호, 생년월일 따위를 신중하게 마킹하는 동안 답안지 배포가 끝났다. 시험장을 둘러본 감독관이 이어서 말했다.

"시험지 배포하겠습니다. 책형 확인해주십시오."

커닝하지 못하게끔 문제의 순서만 바꾼 시험지 유형. 부감독관이 지그재그로 나눠 준 시험지의 위에는 A 책형이라고 적혀 있었다.

책형을 확인한 이연우는 싸구려 컴퓨터 사인펜을 꽉 쥐며 혼자 고개를 끄덕였다.

'A. 좋아. 느낌이 좋아.'

삼수하며 쌓아온 경험에 의하면, B보다는 A가 성적이 잘 나왔다. 이번에는 정말 합격이 다가온 느낌이었다.

그러는 동안, 아침에 인터넷 시계와 동기화한 손목의 전자시계가 정확히 10시를 알렸다.

동시에 고등학교 교실의 오래된 스피커가 찢어지는 듯한 종소리를 냈다.

딩동댕동.

"시험 시작입니다."

촤라락!

사방에서 시험지 첫 장을 넘기는 소리가 몰아쳤다. 뒤질세라 이연우도 첫 장을 거칠게 넘겼다.

그리고, 멈췄다.

순간, 몇 초 동안 기묘한 정적이 시험장에 내려앉았다.

'인간자격시험…?'

공무원 지방직 9급 시험이었다. 마땅히 시험 과목, 이를테면 국어와 영어와 한국사와 선택과목 둘이 있어야 할 시험지 상단에, 기묘한 이름이 쓰여 있었다.

인간자격시험.

'이게 뭐지? 시험지가 섞였나? 아니야, 이딴 시험이 세상에 어디 있어. 그럼… 장난? 왜? 안 그래도 시간이 빡빡한데, 왜!'

분노와 공포가 이연우의 뇌를 가득 채웠다. 시야가 좁아졌고, 심장이 마구 뛰었으며, 싸구려 볼펜을 쥔 손이 파들파들 떨렸다. 시험지를 보느라 숙였던 고개가 팍 올라갔다.

거칠게 손을 들어 항의하려는 때였다.

이연우보다 먼저 움직인 사람이 있었다.

"저기요! 감독관!"

수염을 마구잡이로 기른 아저씨였다. 딱 봐도 공무원 시험에 최소 5년은 투자한 고시 낭인.

그의 퀭한 눈동자에 절실한 광기가 빛나며, 거친 목소리가 크게 터졌다.

"시험지가 잘못됐습니다!"

"시험지가요?"

감독관이 조금 당황한 듯 빠른 걸음으로 교단에서 내려오는 동안, 시험장 곳곳에서 손이 올라왔다.

"저도 이상해요."

"이게 뭡니까? 뭐 촬영이라도 합니까? 누구 동의 받고?"

"야! 공무원 시험이 장난이야! 왜 이딴 짓을 하는 거야!"

말로만 항의하면 다행이다. 공무원 시험이 목숨 줄이 된 또 다른 장수생은 자리에서 벌떡 일어나 삿대질까지 하기 시작했다.

순식간에 몰아치는 소란. 화내지 않는 사람이 없었다.

그 와중에 이연우는 슬그머니 손을 내렸다. 다른 사람이 더 난리를 쳐주어서 그런지, 분노와 공포가 스르륵 사라졌다.

'뭐야? 다 잘못된 거야?'

한 사람만 잘못되면 흐지부지 넘어갈지도 모르겠지만, 시험장 하나가 잘못됐다. 쉽게 넘어갈 상황이 아니었다.

'최소한 재시험이다.'

못해도 하루, 길면 며칠. 공부할 시간을 벌었다고 생각해도 됐다.

이연우는 최대한 긍정적으로 생각했다.

'나쁘지 않아. 안 그래도 밤새 잠을 제대로 못 자서 컨디션이 영 아니었어.'

반대로 감독관은 현실적인 시련에 직면했다.

"아니, 이게 이럴 리가 없는데."

"이럴 리가 없으면 이건 뭔데! 너 누구야! 어디 소속의 누구야! 관등 성명 대봐!"

"청원하고 인터넷에도 글 올릴 거니까 기대하세요!"

"그건… 일단, 여러분, 죄송합니다. 우선, 시험 본부에 확인해볼 테니까, 잠깐만 조용히 대기해주십시오."

아우성치는 수험생이 쏟아내는 항의의 파도 앞에서, 감독관은 식은땀을 흘리면서 양손을 들어 올려 그들을 말리는 시늉을 했다.

그러고는 도망치듯 교실의 앞문으로 달려가 꽉 닫힌 문에 손을 댔다.

드르륵.

교실의 미닫이문이 절반쯤 열렸을 때였다.

치지직하고 낡은 스피커가 소음을 뱉었다. 감독관과 수험생이 거짓말처럼 멈췄다.

'안내 방송이라도 하려는 건가? 이 교실만이 아니고 다 잘못됐나?'

비슷한 생각이 모두의 머릿속을 스쳤다. 감독관은 문을 열던 손을 멈췄고, 수험생들은 들어 올렸던 손을 내렸다. 모두가 스피커에서 흘러나올 방송에 귀를 기울였다.

하지만, 방송은 기대를 배신했다.

노이즈 낀 목소리가 기묘하게 울렸다.

- 시험 시간 중 시험장을 벗어나는 자는 부정행위자로 간주하여, 인간자격시험에서 불합격합니다.

그 말을 한 번에 이해하기가 힘들었다. 진짜로 이딴 시험이 있다는 것도, 공무원 시험 대신 이딴 시험을 치른다는 사실도 현실 같지가 않았다.

모두가 현실을 받아들이지 못하고 버벅대는 동안에도, 방송은 멈추지 않았다.

- 이는 시험 감독관에게도 적용됩니다. 규정을 위반한 감독관은 더 이상 인간이 아닙니다.

그 말을 끝으로 방송이 끝났다. 스피커는 침묵하며 더는 이상한 노이즈 소리를 뱉지 않았다.

하지만 이상 현상은 끝나지 않았다.

비틀비틀.

교실 앞문을 반쯤 연 감독관이 만취한 사람처럼 휘청이며 뒷걸음질을 치다가 주저앉았다. 그는 당황한 듯 크게 뜬 눈으로 시험장을 둘러보더니, 입을 쩍 벌리고 짖었다.

"꾸에에엑! 꿔엑! 꿔이이익!"

짐승의 울부짖음.

그곳에 있는 것은 더는 사람이 아니었다.

사람처럼 생겨서, 사람 옷을 입고, 두 발로 걷는 짐승일 뿐.

"꿔에에엑!"

감독관이었던 짐승이 네발로 기다가, 벌떡 일어나 교실 앞문으로 다시 달려갔다.

끄드득.

짐승은 손을 써서 문을 열 생각도 못 했다. 반쯤 열린 문틈으로 몸을 구겨 넣었다. 문이 짐승의 몸통에 밀려나며 억지로 열렸다. 짐승은 엉거주춤한 자세로 문을 지나 복도를 달렸다.

타다닥!

복도 쪽으로 난 교실 창문 너머, 짐승의 머리가 위아래로 흔들리다가 메아리치는 울부짖음과 함께 멀리 사라졌다.

이어 같은 직렬의 공무원 시험을 치르는 옆 교실의 문이 열리더니, 옆 교실의 감독관이 고개를 내밀고 중얼거리는 소리가 들렸다.

"아니, 뭔 놈의 짐승이 여기까지 왔지. 예, 여러분, 짐승은 아래층으로 내려갔으니까…"

탁, 문이 닫히며 뒷말이 들리지 않았다.

대신, 털썩 주저앉는 소리가 크게 났다.

"어, 어."

가장 공격적으로 소리치던 장수생이었다. 엉덩이가 아플 정도로 나무 의자에 강하게 주저앉았는데도, 그는 아픈 기색을 보이지 않았다.

그저 황망한 눈으로 짐승이 지나간 문을 보았다.

장수생뿐만이 아니었다.

교실 뒤편에 가만히 서서 얼어붙은 부감독관도, 짐승을 눈으로 좇던 수험생도, 이연우도 머릿속이 새하얗게 탈색되어 정지했다.

"말이 안 되잖아. 이게, 이게 무슨, 말도 안 되는…"

누군가 벌벌 떨리는 목소리로 중얼거렸다.

모두가 두 눈으로 똑똑히 보았다.

바로 앞에 서 있던 사람이, 늦지 않은 나이에 공무원이 된 감독관이, 그들이 그토록 원하는 안정된 미래를 쟁취한 인간이, 한순간에 짐승으로 변했다.

생김새와 옷차림과 목소리까지 똑같은데도, 그냥, 그냥 짐승이었다. 짐승으로만 인식되고 생각되었다. 어떻게 보아도 사람인데, 사람이 아니었다.

마치 초월적인 무언가가 감독관에게서 인간의 구성 요소를 박탈한 듯한 광경.

도무지 이해되지 않는 사태.

"…"

충격적인 침묵이 내려앉은 이때, 이연우는 가까스로 볼펜을 쥐었다.

손바닥이 식은땀으로 흠뻑 젖어 볼펜이 미끄러졌다. 벌벌 떨리는 손으로 볼펜을 몇 번이고 고쳐 잡은 끝에, 겨우 시험지에 볼펜을 댔다.

'인간자격시험… 떨어지면 감독관처럼 짐승이 된다.'

아무리 현실 같지 않더라도, 본 것이 그랬다. 뭔지 모르겠지만, 느낀 것이 그랬다.

"으."

시야가 핑 돌며 시험지의 문자 나열이 일렁였다. 어지럼증이 몰려오는 듯했다. 호흡이 거칠어졌다.

'안 돼. 떨어지면 안 돼. 이건 꼭 붙어야 해.'

눈을 꽉 감았다. 필사적으로 호흡을 정돈했다.

4년 동안 공시생으로서 아무리 사람 같지 않게 살아왔다지만, 진짜 짐승이 되고 싶지는 않았다. 사람이고 싶었다.

헌신적으로 뒷바라지하신 부모님에게 보은하기 위해서, 자괴감으로 연락을 끊은 친구들과 다시 만날 날을 위해서, 무엇보다 사람답게 살고 싶은 자신을 위해서.

이 기괴한 시험에 합격해야만 한다.

이연우가 충혈된 눈을 뜨고, 익숙하게 시험지를 살폈다.

째깍째깍.

이 순간에도 칠판 앞에 세워놓은 시계 속 초침은 부지런히 달렸다.

하나둘 현실을 받아들인 사람들이 시험지 위로 식은땀을 뚝뚝 흘리면서 펜을 움직이기 시작했다.

시험지에 적혀 있는 시간은 100분.

답안지에 표시해야 하는 문제는 100개.

벗어날 수 없는 밀실에서, 행동을 잘못하면 짐승이 되어버리는 시험이 촉박하게 진행되었다.

2

공무원 시험만 네 번째였다.

100분의 시험 시간과 100개의 문항.

처음 접하는 시험일지라도, 4년 동안 몸에 익힌 요령은 사라지지 않았다.

'우선, 우선은 무슨 시험인지 파악한다.'

식은땀으로 흠뻑 젖은 손가락이 주체할 수 없이 떨렸다. 이연우는 간신히 시험지의 낱장을 집어 다음 장으로 넘겼다.

안내 사항이 적힌 제일 앞장이 넘어가며 본격적인 문제가 적힌 뒷장이 모습을 드러냈다.

쓱 훑어 내리며 문제의 유형부터 확인하려던 이연우는 첫 문제부터 덜컥 눈을 멈췄다.

문 1. 기차가 고속으로 달려오고 있다. 기차의 앞에는 네 갈래 선로가 있으며, 당신은 기차가 나아갈 선로를 정할 수 있다. 각 선로에 다음과 같은 인물이 묶여 있을 때, 당신은 어느 선로로 기차를 인도할 텐가?

[A선로: 당신 하나]

[B선로: 당신의 부모 둘]

[C선로: 당신의 친구 다섯]

[D선로: 당신과 관련 없는 무고한 인간 100명]

1번: A선로

2번: B선로

3번: C선로

4번: D선로

답이 없는 문제. 사람마다 답이 달라지는 주관적인 문제. 공무원 필기시험에 나왔다가는 후폭풍이 몰아칠 문제.

그리고, 지금 이 순간 마주하리라고는 상상도 못 한 종류의 문제.

이연우는 속으로 비명을 질렀다.

'이걸 어떻게 맞히라고! 애초에 정답이 없는 문제잖아!'

저절로 손에 힘이 들어가, 볼펜이 시험지를 찢을 듯이 파고들었다. 턱 끝에 방울방울 맺혔던 땀방울이 뚝 떨어지며, 구겨진 시험지 위로 얼룩을 만들었다.

한 방울, 두 방울, 세 방울… 점점 넓어지는 얼룩.

그러는 동안에도 주변에서 볼펜을 거칠게 놀리는 소리가 들려왔다.

쓰윽쓱, 벅벅벅, 부욱, 찍찍.

이연우가 충혈된 눈동자만 조금 굴려 다른 수험생을 확인하니, 핼쑥한 얼굴로 시험지에 고개를 처박고 문제를 풀어나가는 사람들이 보였다. 분주히 춤을 추는 볼펜의 대열.

'뭐지? 문제가 다른가? 어떻게 저렇게 빠르지?'

의심하기도 잠시. 째깍거리는 초침 소리에 시계를 보니까 어느새 10분이 지났다. 남은 시간은 90분.

1분에 하나씩 풀어도 시간이 부족했다.

'이럴 때가 아니야. 문제를 풀어야만 해. 머뭇거릴 시간 없어.'

서둘러 시험지로 눈을 되돌린 이연우는 간신히 수능 때부터 이어져오는 격언을 떠올렸다.

'출제자의 의도. 맞아. 의도를 파악하자.'

이연우의 눈이 시험지 최상단에 있는 여섯 글자에 고정되었다.

인간자격시험.

인간의 자격을 판단해 불합격하면 짐승이 되는 시험. 그 의미를 생각하면 의도도 투명하게 보인다.

'인간을 가리는 시험. 가장 인간다운 답을 고르면 되는 거야.'

대강 맥락을 파악했다. 핏줄 선 눈동자가 빠르게 움직였다.

문제를 빠르지만 신중하게 해석하고, 네 개의 답 중 하나를 고른다.

쉽지 않았다. 볼펜이 네 개의 선택지 사이를 몇 번이고 오갔다.

'A 선로인가? 나 하나 죽는 걸로 107명을 구한다. 거기다 자기희생적이니까 A 선로가 가장 인간답긴 해. 아니면, 인간적으로 이기적인 선택지? 나를 위해 초대면인 100명을 희생한다?'

어찌어찌 심정적으로는 1번과 4번으로 좁혔지만, 함부로 정답을 고를 수가 없었다.

시험지 몇 센티미터 위에 우뚝 멈춰 선 볼펜을 움직이지 못했다. 그저 파르르 떨었다.

틀리면, 이 문제 하나로 인간 실격되어 짐승이 되어버릴지도 모르는 일이었다. 문제 하나에 걸린 것이 공무원이라는 직업이 아니라, 인간의 존엄성이었다.

'어떻게, 뭘 해야…'

이연우는 눈을 꽉 감았다. 시험 직전까지 외웠던 문장은 까맣게 지워졌다. 대신, 오늘 아침 거울로 본 추레한 자신의 얼굴과 머리가 하얗게 세어버린 부모님의 얼굴과 한참 전에 보아 가물가물한 친구의 얼굴이 떠올랐다.

'나는 죽기 싫어. 내 가족과 친구가 죽는 것도 싫어. 차라리 모르는 사람 100명이 죽었으면 좋겠어.'

극한 상황에서 마주한 솔직한 마음.

'나는 인간이야. 내 마음이 시키는 선택이 인간다운 답이야. 불합격하면 애초에 내가 인간이지 못했다는 소리니까, 그러니까…'

총을 쏘듯이, 포기하듯이, 충동적으로 볼펜을 내려찍어 답에 V 표시를 했다.

4번: D 선로

"후우우."

고작 한 문제 풀었을 뿐인데 단거리 달리기를 완주한 것처럼 진이 빠졌다. 축 늘어지려는 손을 힘겹게 들어 올려, 얼굴을 흠뻑 적신 땀을 닦아냈다.

긴장이 조금은 풀렸기 때문일까.

시험지의 문제 하나로 한껏 좁아졌던 세계가 넓어지며, 시험장의 온갖 군상이 보였다.

달달달달.

다리를 쉴 새 없이 떠는 남자가 볼펜 꼭지를 까득까득 씹고 있었다.

"흐, 흐흡. 흑."

누군가는 한 손으로 입을 막고 흐느끼며 눈물을 쏟았고, 누군가는 소나기라도 맞은 것처럼 땀으로 상의를 흠뻑 적셨다.

"콜록, 콜록. 크흠. 흐흐흠."

거기에 발작하듯 기침하는 사람까지.

그러면서도 필사적으로 시험지를 누비는 볼펜들의 불협화음이 시험장을 가득 채웠다.

패닉에 가까운 정신 상태 때문에 제대로 인지하지도 못했던 온갖 소음이 귓속으로 쏟아져 들어오면서, 집중을 방해했다.

'너무 시끄러운데.'

눈살을 찌푸린 이연우가 부감독관을 찾았다.

하지만 부감독관은 교실 뒤편에 쓰러져 사물함에 기대앉아 있었다. 넋이 나간 얼굴로 무릎을 끌어안은 모양새가 영 도움이 될 것 같지 않았다.

이연우는 억지로 눈을 시험지에 집중했다.

'집중해, 집중해. 문제만 풀 시간도 부족해.'

흘깃, 손목시계를 보니 5분이 더 지났다. 남은 시간은 85분. 남은 문제는 99문제.

마킹을 못 해서 불합격하는 끔찍한 상상이 머리를 스쳤다. 상상인데도 오싹, 오한이 들었다.

'안 돼. 빨리 읽고, 빨리 푼다.'

촤륵. 촤라락.

거칠게 문제지를 끝까지 넘겨보니, 마침 모든 문제가 1번 문제와 비슷했다. 답이 없는, 개인의 주관을 묻는 문제.

덕분에 문제 풀이에 시간이 들 것 같지는 않았다. 한눈에 끌리는, 솔직한 답만 고를 거니까.

그렇게 이연우가 시험지 앞으로 돌아와, 2번 문제부터 답하려고 펜을 들었을 때였다.

쾅!

고개를 돌리지 않고서는 버틸 수 없는 큰 소리가 났다. 흔들리는 목소리가 크게 뒤따랐다.

"이거, 촬영이지? 몰카지? 어! 너희 다 한통속이잖아! 사람이, 사람이 짐승이 될 리가 없잖아!"

감독관에게 삿대질하던 장수생이었다.

책상을 두 손으로 내리치며 일어난 그는 수축한 동공으로 사방에 손짓을 하다가, 그와 마찬가지로 순식간에 초췌해진 수험생들과 눈을 마주쳤다.

장수생은 주춤하더니, 갑자기 몸을 숙여 시험지며 컴퓨터 사인펜을 마구잡이로 잡아 운동복 바지의 주머니에 쑤셔 넣기 시작했다.

"이게 진짜일 리가 없어. 정신 나간 놈들. 내가 가만히 두나 봐라. 사람이 목숨 걸고 시험을 치는 날에, 이딴 짓을. 그냥은 안 넘어갈 거야. 두고 봐."

책상을 때려 붉게 물든 손이 바쁘게 움직였다. 가방이 있는데도, 허둥지둥 바지 주머니에 큰 시험지를 우스꽝스럽게 꽂아 넣었다.

그러고는 가방은 책상 옆에 걸어둔 채로, 냅다 교실 뒷문으로 뛰다시피 걸어갔다.

"이딴 장난, 절대 용서하지 않아."

사물함 앞에 주저앉은 부감독관에게는 시선 한번 주지 않고 지나친 장수생이 미닫이문에 손을 올렸다.

부지런하게 움직이던 볼펜 소리가 천천히 멎었다. 드르륵, 열리는 문을 따라 수험생들의 고개가 돌아갔다. 여러 쌍의 시선이 장수생에게 향했다.

희미한 희망과 불신과 기대와 공포가 복잡하게 섞인 시선과 낮은 중얼거림.

"나갈 수 있나? 진짜?"

"제발."

"그래, 질 나쁜 장난이겠지? 어그로 끄는 유튜브 같은 거."

뒤로 돌아간 고개들을 본 장수생은 창백한 얼굴로 이를 악물었다.

"안 통해. 나는 집에 갈 거야."

쾅!

끝까지 당겨 연 미닫이문. 장수생은 문지방을 지나, 복도로 나갔다.

한 걸음, 두 걸음, 세 걸음, 그리고 네 걸음. 그는 아무 일도 없이 복도 중앙으로 걸어 나갔다.

색이 빠져나간 수험생들의 얼굴에 희망이 깃들며, 저도 모르게 자리에서 일어나는 그때였다.

'저건…'

이연우는 장수생의 책상 모서리에 뒤집힌 채 놓인 답안지를 발견했다. 자세히는 안 보이지만, 진하게 마킹된 자국이 군데군데 비치는 답안지의 뒷면을…

'문제를 다 풀었다고? 마킹까지 끝내고? 그런데 왜 그 난리를 피우면서 나갔지? 아, 설마…'

이연우가 시험장을 돌아봤다.

장수생이 무사히 나가는 것을 보고 따라서 나가려는 수험생이 부지기수였다. 문제도 마저 풀지 않고 말이다.

열세 명. 시험장 인원의 3분의 1쯤 되는 수험생이 가방을 챙기기 시작했다. 슬쩍 살펴보니 답안지에 마킹도 안 돼 있었다.

순간, 소름이 올라왔다.

'다른 수험생들이 제대로 풀지 않고 나가게 하려고. 그 이유는…'

인간자격시험이 상대평가일지도 모르니까.

합격자로 몇 명을 뽑을지 모르니까.

자기보다 더 인간다울지도 모를 경쟁자를 떨어뜨리기 위해서.

그 깨달음과 동시에 공포가 엄습했다.

'만약… 만약… 상대평가라면, 한 명만 뽑히는 시험이라면, 공무원 시험처럼 경쟁률이 미쳐 돌아가는 시험이라면, 어떻게 되는 거지?'

가장 솔직한 답만 고르면 된다고 생각했다.

그런데… 경쟁자가 나보다 더 인간답다면, 그래서 내 인간

점수가 남보다 낮아서 짐승이 되면 어떡하지?

이연우는 일어선 사람들, 인간 자리를 두고 경쟁하는 수험생들을 보고는 저도 모르게 생각했다.

'제발 이대로 나가라.'

그 염원에 답하듯, 스피커가 지직거렸다.

3

짐을 챙기는 사람들 때문에 소란스럽던 시험장에 다시 공포스러운 침묵이 내려앉았다.

필기구를 챙기고, 가방을 메고, 자리에서 일어나 기쁘게 떠나려던 사람들이 딱딱한 얼굴로 스피커를 올려다보았다.

이어, 노이즈 섞인 목소리가 울렸다.

- 시험 시간 중 시험장을 벗어나는 자는 부정행위자로 간주합니다. 시험 시간 중 자리에서 일어나는 수험생은 부정행위자로 간주합니다.

"안 돼. 아, 안 돼!"

희망과 안도로 편안하던 얼굴들에 절망이 가득 들어찼다. 잔뜩 일그러진 표정과 쉰 목소리.

그들이 손을 휘둘러 책상을 거칠게 밀어내면서, 책상 다리가 교실 바닥을 날카롭게 긁는 소리가 났다.

밀려난 책상 옆으로 수험생이 주저앉아 주먹으로 두 귀를 꽉 막았다. 질끈 감은 눈과 좌우로 떨리는 머리통. 빠르게 달싹이는 입술에서는 중얼거림이 새어 나왔다.

"아냐, 아냐, 아냐. 현실일 리 없어."

방송은 계속됐다.

- 부정행위자는 인간자격시험에서 즉각 불합격 처리됩니다. 불합격자는 더는 인간이 아닙니다.

동시에 짐승의 울부짖음이 일제히 터져 나왔다. 차마 형용하기 힘든 짐승의 합창. 인간을 모독하는 듯한 불쾌한 소음.

이어, 열세 마리의 짐승이 난동을 피우면서 시험장에서 탈출했다. 우당탕퉁탕, 의자가 쓰러졌다. 책상은 열을 벗어났다. 짐승이 떨어뜨린 문제지와 답안지 따위가 마구잡이로 짓밟히면서 짐승의 발자국이 선명하게 드러났다.

질서 정연했던 시험장은 엉망진창이 되었다.

짐승의 행렬이 지나는 동안, 두 손으로 책상을 꼭 붙잡고 눈을 꽉 감고 책상에 머리를 박았던 수험생들이 벌벌 떨면서 고개를 들었다.

그들의 흔들리는 시선이 복도로 향했다.

짐승들이 날뛰는 복도.

"그르아아악!"

내달리고, 소리치고, 뛰어오르고, 명패와 정수기 따위를 때려 부수는 짐승의 향연.

복도 중앙에 위치한 화장실에서 장수생이었던 짐승이 머리털을 적신 상태로 뛰쳐나와 짐승의 무리 사이로 섞여 들었다.

끔찍한 난장판.

곳곳에서 감독관이 다급하게 튀어나오는 소리가 들렸다.

"도대체 무슨 일입니까. 테러입니까? 어떻게 짐승이 3층 복도에 이렇게 옵니까. 누가 일부러 풀었나요?"

"이게 돼지는 아닌 거 같은데, 몇 마리나 들어온 거죠? 하필이면 오늘 같은 날에."

"시험 본부에서 119에 연락해 지원을 요청했답니다. 여러분은 수험생들 대응해주세요."

방금까지 수험생이었던 인간이라고는 생각도 못 하고 짐승 취급하는 목소리들.

감독관들은 이상 현상을 조금도 눈치채지 못했다.

"후우."

이연우는 최대한 침착하게 심호흡했다. 짐승이 치고 지나가서 아픈 머리를 쓰다듬으면서, 흩어졌던 정신을 다시금 한곳으로 모았다.

다행히 두 번째로 본다고 처음보다는 괜찮았다. 오히려 안도감까지 들었다.

'열세 명. 장수생까지 열네 명이 탈락했어. 합격자를 몇 명이나 뽑을지 모르겠지만, 좋아.'

이러는 동안 지나간 시간이 15분.

남은 시간은 70분. 남은 문제는 99문제.

이연우는 2번 문제부터 답하기 시작했다.

딱딱거리는 볼펜 소리나, 희미한 울음소리, 발을 떠는 소리, 격한 기침 소리는 더 이상 방해가 되지 않았다.

경쟁자가 제대로 집중하지 못한다는 긍정적인 신호였으니까. 오히려 마음이 편해졌다.

'…2번. …2번. …2번. 이거 맞아? 세 번 연속 2번이라고? 아냐, 시간 없어. 일단 지나가.'

이상해도 멈춤 없이 읽고 답했다. 눈이 문제와 지문을 읽은 후, 바로 답에 V 자를 표시했다. 이게 진짜 인간다운 답인지 걱정되었지만, 시간이 없었다.

부지런히 펜을 놀려, 시험 시간이 지나기 전에 100개의 문제를 다 풀었다.

한 문제당 30초 정도씩 썼을까. 50분이 지나, 20분이 남았다.

뽁.

이연우는 전자시계를 확인한 후, 볼펜을 놓고 컴퓨터 사인펜의 뚜껑을 뽑아 열었다.

'우선 확실한 것만 마킹한다. 헷갈리는 건 나중에.'

찍찍찍.

단단한 질감의 답안지 위로 까만 사인펜이 세 번씩 왕복했다. 문제 번호와 마킹하는 자리를 몇 번씩 확인하면서, 정답을 신중하게 칠했다.

동그란 번호에서 벗어나지 않게, 너무 연하지도 않게, 빈틈 없이 꽉 채워서.

'밀리지 않았지? 맞아. 30번에 1번. 31번에 4번. 32번은 헷갈리니까 이따가 하고. 33번에…'

그렇게 일차적으로 마킹이 끝났다.

인적 사항 따위를 제대로 마킹했나 확인한 이연우는 서둘러 시험지를 펼쳤다. 얼른 눈을 굴려, 세모 표시를 쳐둔 문제를 찾았다.

헷갈려서 1차 마킹 뒤로 미룬 문제.

'10분 남았다. 빨리해.'

너무 신중하게 마킹하느라 10분이나 잡아먹었다. 헷갈리는 문제를 깊게 고민할 시간이 부족했다.

째깍째깍.

벽시계의 초침이 내달렸다. 잠깐 고민하면 초침이 한 바퀴를 돌아 1분이 지났고, 길게 고민하면 세 바퀴를 돌아 3분이 지났다.

그렇게 마지막 문제를 남겼을 때는 채 1분도 남지 않았다.

시간을 확인한 이연우는 끝까지 고민했다.

'이건 2번이 내 마음이지만, 1번이 조금 더 사람다운데 바꿀까. 아냐, 바꾸면 틀려. 2번 간다. 그래도 1번이… 아. 그냥 찍자.'

자포자기하는 심정으로 마지막 문제를 마킹하는 순간.

치직.

아슬아슬하게 시계가 11시 40분을 가리켰다. 10시에 시작한 100분짜리 시험이 끝난 것이었다.

딩동댕동.

시험의 시작을 알렸던 종소리가 시험의 끝을 알렸다. 이연우는 사인펜을 책상 위에 아무렇게나 놓았다.

멍한 눈으로 답안지를 내려다봤다. 체력을 전부 뽑아 쓴 것처럼 탈력감이 몰려왔다. 잠깐 꿈을 꾼 듯도 했다.

'진짜? 끝났나? 현실이었나?'

새삼 느껴지는 불신과 비현실적인 느낌.

천천히 시험장을 둘러보았다. 다들 풀린 눈으로 허공을 보고 있었다.

찍찍찍찍찍.

그런데 종료 종이 쳤는데도 사인펜을 놀리는 사람이 있었다. 시간 분배에 실패했는지, 허겁지겁 답안지에 마킹하는 손놀림. 산발한 머리가 답안지와 문제지 사이를 오가면서 마구 흔들렸다.

"1번, 3번, 3번, 2번."

작고 빠른 웅얼거림.

노이즈 낀 목소리가 스피커에서 흘러나왔다.

- 시험이 끝난 후 답안지를 작성하는 행위는 부정행위로 간주하여, 불합격자로 처리됩니다.

"아니야. 나는 다 풀었어! 방송이 늦어서…!"

시험이 끝났는데도 답안지를 작성하던 수험생이 자리에서 벌떡 일어났다. 그러고는 복도로 달려갔다.

"그아아아아악!"

규정을 못 지킨 수험생이 짐승이 되었다. 짐승은 시험장을 벗어나 다른 교실에서 나오는 수험생을 아무렇게나 밀치면서 도망쳤다.

"악! 뭐야!"

"아까 존나 시끄럽게 했던 그거 아니야?"

"저게 무슨 동물이지? 옷까지 입혀놓은 거 보면 주인 있는 거 아냐?"

웅성거리는 소란이 일어났지만, 교실 바깥의 이야기였다.

"…"

"…"

시험이 끝났는데도 이연우가 있는 교실은 조용했다. 인간자격시험을 치른 수험생들은 감히 자리에서 벗어나지 못했다. 시험은 끝난 것 같았지만, 어떤 규정이 있을지 몰라서, 실수했다가 짐승이 되기 싫어서, 함부로 움직이지 못했다.

침묵 속에서 30분이 지났다.

12시 10분.

시험이 끝나고도 한참 지난 시간. 점심을 먹을 시간. 배가 고파 꼬르륵거리는 소리가 곳곳에서 울렸다.

그때가 되어서야 꿈에서 깬 듯했다.

수험생들은 서로 눈치를 보다가, 하나둘 자리에서 일어나 교실을 벗어나기 시작했다. 문제없이 벗어났다. 퇴장하는 물결이 시작되었다. 이연우도 넋을 놓은 얼굴로 퇴실하는 수험생 사이로 섞여 들어갔다.

'끝났나? 진짜 끝났구나.'

이후의 일은 기억에 남지 않았다. 그저 희미했다. 고등학교를 벗어나, 고시텔의 자기 방으로 흔들흔들 걸어간 듯했다.

"아."

문 앞에서 문득 생각했다. 시험을 마쳤구나. 문제를 전부 풀었구나.

이연우는 반사적으로 고시텔의 자기 방문을 열고 들어갔다.

창문조차 없는 좁은 방.

하얀 스탠드 등이 좁게 비추는 책상 앞에서, 이연우는 핸드폰을 켰다. 오늘이 시험일이라며 팝업된 스케줄 앱이 크게 깜빡였고, 오늘 아침 9시쯤 엄마에게 온 문자가 상단에 작게 표시되었다.

[아들, 시험이지? 밥 잘 챙겨 먹고, 떨어져도 괜찮으니까…]

이연우는 더는 읽지 못하고 핸드폰 화면을 껐다.

던지다시피 내려놓은 핸드폰에 맞아, 탑처럼 쌓아놓은 교재가 밀려났다.

2025년 지방직 9급 공무원 시험 해설집.

2024년 지방직 9급 공무원 시험 해설집.

2023년 지방직 9급 공무원 시험 해설집.

이연우가 공시생으로 살아온 연도가 주마등처럼 주르륵 거꾸로 지나갔다. 주마등은 시험에서 탈락할 때마다 했던 일로 마무리되었다.

'이번에는 시험도 치르지 못했으니까, 26년 시험 해설집을 사야겠구나…'

이연우는 의자에 털썩 주저앉아, 책상에 팔꿈치를 기대며 머리를 부여잡았다. 오늘, 공무원 시험은 애초에 치르지도 못했다.

어떻게든 무사히 치른 인간자격시험도 결과를 알 수 없었다.

'결과는 언제 나오는 거지?'

언제 짐승으로 변할지 걱정하며, 벌벌 떨면서 살아야 하나?

이연우가 끔찍한 상상에 얼굴을 일그러뜨릴 때였다. 처음부터 있었다는 듯, 책상의 구석에서 편지 봉투가 나타났다.

'이건…?'

이연우는 느릿하게 손을 뻗어 편지 봉투를 뜯었다. 봉투 안에는 어린아이 손바닥만 한 무언가가 들어 있었다. 여권 같기도 하고, 수첩 같기도 한 무언가.

'설마?'

서두르는 손이 그것의 가죽 표지를 넘겼다.

속에는 이연우의 증명사진이 박혀 있고, 성명과 생년월일,

그리고 합격 연월일과 발급 연월일 따위가 쓰여 있었다.

이연우의 눈은 그중 가운데 쓰인 문장에서 멈췄다.

- 위 개체는 인간임을 증명합니다.

인간자격시험에 합격했다는 말.

그것을 보는 시야가 뿌옇게 흐려졌고, 입에서는 흐릿한 울음이 새어 나왔다.

"흐으. 흐으윽."

살았다는 안도감. 더는 공포에 떨지 않아도 된다는 안도감.

그러다가 문득 자격증을 보면서 생각했다.

'인간. 나는 인간이구나.'

감정을 주체할 수 없었다. 옆방의 누군가가 벽을 두드릴 때까지, 엄마에게서 안부 전화가 올 때까지, 이연우는 눈물을 주룩주룩 흘렸다.

공무원 시험만 네 번이었다. 이연우는 무사히 살아서 다섯 번째 시험을 준비할 수 있게 되었다.

4

[인간자격시험]

- 적대 수준: 오렌지
- 위험 레벨: 3
- 중요 등급: C
- 상세: 무작위로 시험을 대체하여, 인간의 자격을 시험하는 이상異常.
  합격자는 인간이 되며, 불합격자는 인간이 아니게 된다.

또한, 시험이라면 장소를 가리지 않고, 필기와 실기, 인터넷과 현실 전부에서 인간자격시험이 등장할 수 있다.

- 대책: 데이터 센터에서 AI를 이용한 가짜 시험을 반복하여, 현실에 나타날 확률을 낮춘다. 한 번의 진짜 시험이 있다면, 1억 번의 가짜 시험을 만든다.

[인간자격시험의 특수한 사례와 위험성]

- 인터넷 강의 시험을 집에서 컴퓨터로 치른 경우: 가정에서 어머니가 집 안에 커다란 짐승이 있다고 신고하여 발견.

최초로 인터넷 시험에서 등장한 사례이며, 이후로 인간자격시험이 인터넷 성격 테스트, 심리 테스트 등도 대체하기 시작함.

- 조리기능사 실기 시험의 경우: 자신의 신체 부위로 요리하게 함. 합격자는 신체 손실로 영구적인 장애를 지니게 됨.

인간자격시험으로 인해 물리적인 피해가 발생함.

- 짐승이 인간자격시험을 치른 경우: 대학에서 동물의 지능을 연구하던 중, 동물이 시험을 치르는 형식을 취했을 때, 인간자격시험이 나타나 동물을 시험함.

불합격한 동물은 똑같은 동물로 보였으나, 합격한 까마귀와 원숭이는 사람이 됨.

해당 까마귀와 원숭이는 [보안 조치]에 이용됨.

- 궤도의 우주정거장과 화성의 [보안 조치]와 [보안 조치]의 [보안 조치]에서 보안 시험을 치른 경우: 이후로 인간자격시험이 등장하는 영역이 물리적으로 증가함.

- 이상을 시험한 [보안 조치].

이상의 사례로 보아, 해당 이상 현상은 진화하고 있음이 분명합니다. 등장 매체가 증가하였고, 시험 대상을 확대했으며, 영역을 넓혀 저 [보안 조치]에까지 등장하였습니다.

최악의 경우, 모든 인간의 삶의 매 순간이 인간자격시험이 될지도 모릅니다.

어쩌면 진짜 인간보다 벌레나 동물, 물고기 따위의 가짜 인간이 많아질지도 모릅니다.
레드 등급으로 격상해야 합니다.

[인간자격시험의 적대 등급 격상에 관하여]
당분간 현재 상황을 유지하겠습니다.
물론 레드 등급이 옳습니다. 인간에게 적대적인 이상, 인류의 생존에 도움이 되지 않는 이상. 반드시 파괴해야만 하지요.
하지만 우리는 그것에게서 유용성을 보았습니다.
어떻게 인간이라는 구성 요소를 부여하고 박탈하는가. 인간의 구성요소는 무엇인가.
그 원리를 이해한다면, 하다못해 그 시험을 우리가 원하는 때 원하는 시험에 나타나게 한다면.
저 원숭이와 까마귀처럼, 짐승을 인간으로 만들어 사용한다면, 진짜 인간의 불필요한 손해를 줄일 수 있지 않겠습니까.
우리는 인류를 보호합니다.
이상을 이용하고 연구하는 것이 장기적인 인류의 생존에 도움이 된다면, 다소의 위험은 감수합니다.
하지만 잠재된 위험성을 마냥 무시할 수도 없지요.
인간 자격 연구팀은 이미 있으니, 연구팀을 하나 더 신설해 파괴 대책을 연구토록 하죠.
위험 레벨이 5로 상승하는 날, 레드 등급을 부여하여 파괴하겠습니다.

[인간자격시험 출현 기록]

- 한국의 고등학교. 2026년 지방직 공무원 9급 시험을 대체함. 공무원 시험 중 짐승이 무리 지어 들어왔다는 119 신고로 발견함. 피해자의 수는 서른세 명이며, 부수적인 피해로…

깜빡깜빡, 문자 뒤로 커서가 명멸했다. 한참 동안 모니터를 들여다보면서 보고서를 작성하던 중년 남성은 한숨을 푹 쉬었다.

"옘병. 이거 진짜 시험에 출현할 확률 0.00001퍼센트도 안 되지 않아? 하고많은 시험 중에서 하필이면 한국에, 그것도 공무원 시험에 나오고 지랄이야."

무거운 몸을 뒤로 기대자, 끼긱 하고 의자가 비명을 질렀다. 멀리 있는 책상에 앉은 여자는 자기 모니터만 보면서 대충 답했다.

"데이터 센터도 한계라던데요. MBTI 테스트인지 CAPTCHA 테스트인지, 거기에도 나오기 시작했다고, 가짜 시험을 더 돌릴 여유가 없대요."

"염병. 그럼 그냥 파괴나 하지. 안 그래도 세상에 이상이 얼마나 많은데, 신경 쓸 걸 만들어요, 만들어."

신경질적으로 자기 허벅지를 두드린 남자는 다시 키보드에 손을 올리고 보고서를 마저 작성하기 시작했다.

타닥거리는 키보드 소리.

넓은 사무실에는 텅 빈 책상이 가득해 공허했다. 사람이라고는 오직 둘뿐인 사무실에 잡무 보는 소리가 작게 울렸다.

잠시 후 남자가 말했다.

"이상 피해자 후속 대책은 오늘 간다고 했나?"

"해당 지역 민간 대응반에서 출동했대요."

"기억 소거제만 쓰겠네."

"신입이 들어올 수도 있죠. 우리 부서에 오면 좋을 텐데."

여자가 희미한 희망을 품고 밝은 목소리로 말하자, 남자가 코웃음을 쳤다.

이상을 겪은 사람에게 스카우트 제안을 하는 일은 늘 있었지만, 이상에 크게 덴 사람이 인류보호회사에 들어오는 일은 거의 없었다.

지옥에서 탈출한 사람이 자기 발로 지옥으로 걸어 들어갈 리가 없지 않나.

심지어 거절하면 그 끔찍한 기억까지 제거해주는데.

하지만 여자는 여전히 희망으로 눈동자를 빛내면서 말했다.

"공무원 시험 망한 사람들이잖아요. 장수생이기라도 하면 일자리가 절실할지도 몰라요."

"…그런가?"

남자는 언제 비웃었느냐는 듯, 혹한 얼굴로 몸을 앞으로 기울였다.

"그럴듯한데? 안 되겠다. 나 인사 부서 좀 갔다 올게. 신입 들어오면 여기로 먼저 보내달라고 해야겠어."

벌떡 일어선 남자가 쿵쿵 걸었다. 한바탕 싸울 사람 같은 기세였다. 남자가 조금 걸어 넓은 사무실 입구에 도착했을 때, 여자는 한 손을 힘차게 들어 올렸다.

"반장님! 꼭! 꼭 잡아 오세요!"

"오냐! 사무실 좀 채워보자!"

남자는 문을 벌컥 열고, 힘을 주어 쾅 닫았다. 소음이 텅 비고 넓은 사무실 안에 메아리쳤다.

닫힌 문의 낡은 명패에는 부서 이름이 페인트가 벗겨진 채로 박혀 있었다.

이상 조사반.

인류보호회사 한국 지사에서 퇴직률 1위를 자랑하는 부서였다.

똑똑.

"이연우 씨 계십니까?"

이연우는 고시텔 자기 방의 텅 빈 책상 앞에 앉아 있었다. 하얀 스탠드 등이 비추는 책상. 소용돌이치는 나뭇결만 멍하니 내려다보다가, 고개를 돌렸다. 퀭한 눈이 철제문을 노려봤다.

똑, 똑.

"안에 계신 거 압니다. 잠깐 열어주시죠."

"누구십니까?"

이연우에게서 잔뜩 잠긴 목소리가 나왔다.

문 너머에서 남자가 답했다.

"얼마 전에 큰일을 겪으셨죠? 그거 관련해서 나왔습니다."

"…"

큰일. 그 말에 악몽 같은 광경이 머릿속을 빠르게 스쳐 지나갔다.

시험. 이상한 문제. 짐승이 된 사람들. 책상 한쪽에 자리한 인간 자격증.

심장이 가쁘게 뛰었다. 숨이 거칠어졌고, 시야가 핑 돌았다. 하얗게 물드는 정신. 이연우는 가까스로 가슴팍에 손을 올리고, 억지로 숨을 길게 뱉었다.

"후우우. 나가, 나갑니다. 잠시만요."

그 일을 겪은 후, 잠을 제대로 자지 못했다. 자리에 누워 눈을 감으면 그날의 기억이 재생되며, 지금처럼 공황 같은 것이 왔다.

공부하겠다고 문제를 풀 때면 더했다. 문제나 시험지를 볼 때마다 손이 떨리고 식은땀이 났다. 집중될 리가 없었다.

심호흡을 반복하며 간신히 진정했다.

탁.

책상에 두 손을 짚으면서 일어난 이연우가 문을 열었다.

창문 하나 없는 방으로 복도의 조명이 쏟아져 들어오면서, 남자 둘의 그림자가 방 안으로 드리워졌다.

"안녕하십니까."

"안녕하세요."

그들은 형광 조끼를 걸친 남자 두 명이었는데, 고시텔의 복도에 있는 것이 아주 *자연스러웠다*.

키가 크고 작은 그들은 방으로 들어오려다가 멈칫했다. 작은 창문조차 없는 방이 너무 어두웠기 때문이었다. 책상 위의 스탠드 등이 조명의 전부였다.

"잠깐 불 좀 켜겠습니다."

키 큰 남자가 문 옆의 벽을 더듬거리면서 스위치를 찾았다. 이연우는 가타부타 말하지 않았다. 방의 주인은 자신이었지만, 그들의 행동은 *자연스러웠다*. 말릴 이유가 없었다.

"아, 여기 있네."

딸깍.

천장 등이 눈부신 빛을 쏟았다. 남자들의 형광 조끼가 번쩍 빛났다. 이연우는 눈이 부셔서, 눈살을 좁혔다.

"들어갑시다. 어우, 앉을 자리도 없네."

"침대에 앉으세요."

"감사합니다."

이연우는 그들을 방 안으로 들였다. 제대로 개지 않은 이불이 남은 침대에 그들을 앉혔다. 그들은 방의 일부인 것처럼 아주 *자연스럽게* 침대 모서리에 앉았다.

끼익.

이연우는 의자에 앉은 후, 의자를 돌려 그들과 마주 봤다.

방이 좁아서 상당히 가까운 거리에서 시선이 마주쳤다.

이연우가 먼저 말했다.

"그 일 때문에 오셨다고 하셨는데, 정확히 무슨 말입니까?"

"인간자격시험을 겪으셨지요."

"..."

단도직입적인 단어. 인간자격시험.

이연우는 뭐라 답하지 못했다. 솟구쳐 올라오는 질문으로 목이 꽉 막혀서, 눈을 크게 뜨고 붕어처럼 입을 벙긋거릴 뿐이었다.

'그걸 어떻게 알았지? 뭘 아는 거지? 시험을 주관한 관련자? 왜 찾아왔지? 아닌가? 시험을 겪은 또 다른 피해자? 날 왜?'

그 마음 다 안다는 듯, 키가 작은 남자가 웃으며 말했다.

"그런 이상 현상에 대처하는 기관이 존재합니다. 저희는 이연우 씨 같은 피해자들을 찾아가 뒤처리를 하는 사람들이고요."

이상 현상. 기관. 뒤처리. 궁금한 것은 많았지만, 이연우는 뒤처리라는 단어에 집중했다. 딱 봐도 불온한 기운을 풀풀 풍기지 않나.

"뒤처리라면…?"

끼이익.

이연우는 슬그머니 문가를 향해 의자를 끌었다. 여차하면 의자로 남자 둘을 막고, 자신은 방문으로 나가려는 위치 선정이었다.

남자는 얼른 양손을 절레절레 내저었다. 친근한 웃음기가 서린 목소리가 이어졌다.

"이상한 거 아니고, 나쁜 거 아닙니다. 옛날 외계인 나오는 영화 아시죠? 그런 겁니다."

남자는 활짝 펼친 손바닥을 오므려 볼펜 같은 것을 누르는 시늉을 했다. 이연우도 아는 영화의 장면이었다. 요원이 목격자에게 빛을 번쩍이는.

"기억 삭제?"

"예. 그거요. 이연우 씨에게도 좋은 제안일 겁니다. 사실 힘드시죠? 안색이 초췌하신 게, 잠도 못 주무시는 것 같고요."

"아무래도…"

"그때 기억을 지워드리겠습니다. 평온한 일상으로 돌아오시면 됩니다."

"아…"

좋은 제안이었다. 지금 상태로는 공부가 불가능했다. 좋은 기억도 아니고, 악몽 같은 기억이 사라진다니.

이연우가 고개를 앞으로 당기면서, 그 제안에 관심을 보이려는 때였다.

키 큰 남자가 말했다.

"기억 제거와는 다른 제안도 있습니다."

"예? 어떤…?"

"우리 회사에 입사하는 것입니다."

"하겠습니다."

본능적으로 말이 튀어나왔다. 말한 이연우도 놀라서 입을 틀어막았다. 남자 둘은 눈을 동그랗게 떴다가, 고시텔의 좁은 방을 둘러보고는 알겠다는 표정을 지었다.

"일단 이야기 먼저 들어보시죠."

"제가 좀 급했네요."

"그럴 수도 있죠. 우선 회사가 뭔지, 이 세상이 어떤 세상인지부터 설명해드리겠습니다."

그렇게 키 작은 남자와 키 큰 남자가 번갈아가며 대략 설명했다.

세상에는 인간자격시험 같은 이상이 무수히 많으며, 이상의 위험으로부터 인류를 보호하는 기관이 바로 인류보호회사라고.

키가 작은 남자는 웃음기를 거두고, 진지하게 말을 덧붙였다.

"쉽게 결정하면 안 됩니다. 몇 번이고 고민하고 숙고한 끝에 결정하세요. 어느 부서로 들어갈지 모르지만, 모두 목숨을 걸고 일하고 있습니다. 실제로 죽는 사람도 많고요."

"…"

이연우는 눈을 감았다. 수많은 고민과 생각이 격류가 되어 흘렀다. 두뇌가 가득 찼다.

공무원 시험을 더 준비한다고 될 것 같지 않았다. 이미 시험을 치는 것 자체가 목적이 된 듯했다. 스카우트 제안은 행운이고, 기회였다.

하지만 인간자격시험을 겪으며 느낀 공포. 지금도 머리 한구석에 진득하게 달라붙은 두려움. 굳이 그런 것과 마주하는 일을 해야 할까.

세 시간 같은 3분의 고민.

이연우가 눈을 떴다. 맑은 눈동자에 천장의 하얀빛이 맺혔다. 결의를 굳게 다진 목소리가 짧게 나왔다.

"입사하겠습니다."

"입사하신다면 기억은 그대로 둘 겁니다. 앞으로도 고통받으셔야 하는데, 진짜로 하실 건가요?"

"입사하지 않으면 더 고통받을 겁니다."

그게 결론이었다.

이 기회를 놓치면, 남은 평생을 장담할 수가 없었다. 위험하겠지만, 그 정도는 감수하기로 했다.

키가 크고 작은 남자 둘이 자리에서 일어났다. 좁은 방에 셋이나 있다 보니, 방이 꽉 찬 느낌이 들었다.

"그럼, 이만 가보겠습니다. 다음에는 직장 동료로 만날지도 모르겠네요. 다음에 봅시다."

"그런데 면접이나 자세한 사항을 연락받는 건 어떻게 됩니까?"

키가 작은 남자가 의자를 치운 후, 열린 문 앞에 서서 씩 웃었다.

"회사에서 연락할 겁니다."

이연우는 수긍했다. 이렇게 자기 방까지 찾아왔는데, 연락 정도는 문제도 아니겠지.

문이 닫혔다. 천장 등이 켜져 밝은 방에 홀로 남았다. 문득 이연우가 입가를 매만졌다. 입매가 길쭉하게 솟아 있었다. 웃음이 터졌다.

"흐, 하하."

입사다. 취직했다.

위험한 직업이겠지만, 지금 이 순간 그런 것은 머릿속에 조금도 남지 않았다. 순수한 기쁨이 터져 나왔다.

자리에서 방방 뛰고, 방이 쩌렁쩌렁 울리게 웃고, 두 팔을 천장에 닿을 듯이 높이 뻗었다.

'그래. 이게 공무원이지. 아니, 오히려 낫지. 나라와 국민을 위해 일하는 공무원보다 인류를 위하는 회사의 직원이 더 대단한 거 아니겠어?'

이연우가 서둘러서 핸드폰을 찾았다. 기쁨으로 떨리는 손이 막힘없이 번호를 눌렀다.

"나 취직했어! 어? 진짜 괜찮은 회사야. 어떻게 했냐고? 아니, 나한테 입사하지 않겠냐고 제안하더라고."

이연우는 인류보호회사에 입사했다.

연수

5

서른 살에 얻은 첫 직장이다. 회사에 잘 적응할 수 있을까?

산 중턱에 위치한 비탈길.

끼이익.

페인트가 벗겨진 정류장 표지판 앞에서 초록색 버스가 위태롭게 멈췄다. 덜컥이며 열린 뒷문으로 책가방을 메고 꽉 끼는 낡은 정장을 차려입은 이연우가 혼자 내렸다.

부우웅.

버스가 매연을 뿜으며 털털털 떠나자, 시원한 산바람이 불어오며 땀방울이 맺힌 이마를 스치고 지나갔다. 이연우는 내린 자리에서 한 바퀴 돌면서, 주변을 둘러봤다.

도심을 지나서 도착한 외진 산골이었다.

사방에 푸른 나무가 무성했고, 검은 아스팔트 도로는 노후해 이곳저곳 금이 갔다. 사람 그림자는커녕, 지나다니는 차조차 보이지 않는 산길.

아무리 봐도 신입 사원 연수회가 열린다는 장소가 아닌 거 같았다.

'여기가 아닌가? 연수 시작까지 얼마 안 남았는데? 신입 연수부터 지각이라고? 아니지?'

더워서 흘린 땀이 밀려나고, 식은땀이 새로 맺혔다. 서늘한 기운이 등골을 타고 올라왔다.

이연우는 다급하게 양복바지 주머니에서 핸드폰을 꺼내, 회사에서 보내온 문자를 다시 읽었다. 내리쬐는 햇빛 때문에 화면 밝기를 최대로 키우고, 손그림자를 핸드폰 위로 드리우면서였다.

기나긴 안내 문자.

눈을 가늘게 뜬 이연우는 엄지로 화면을 빠르게 드래그하면서 중요 사항만 찾아 읽었다.

[신입 사원 연수회 안내]

신입 사원 연수회는 일주일 동안 진행된다고 했다. 생필품과 편한 옷을 챙겨 오라고도 했고.

오는 길도 정확하게 안내했다. 중산골 정류장에서 오른쪽으로 가면 있다고 했는데…

"중산골. 맞게 내렸는데. 길이 어디 있지?"

정류장 표지판을 올려다본 이연우는 얼른 오른쪽 길을 향해 시선을 바쁘게 움직였다. 핥듯이 도로 가장자리를 훑어보기를 잠시.

“아. 저기구나.”

길을 찾았다.

아스팔트조차 깔리지 않은 흙길. 차바퀴가 지나간 자리로만 두 줄기 고랑이 파여 있었고, 푸른 잡초가 무성한 길이 숨어 있었다.

이연우는 서둘러서 구둣발을 뻗었다. 까맣게 광낸 구두에 누런 흙을 묻히면서 걷기를 잠시.

휘어진 길 너머로 사람과 건물이 보였다.

‘저기가 맞나…?’

철조망을 두른 벽. 입구에는 군부대처럼 경비가 두 명 서 있었고, 자동차의 출입을 막는 바리케이드가 쳐져 있어 꼭 검문소 같았다.

이연우는 어깨를 움츠렸다. 걸음도 늦어졌다. 괜히 핸드폰을 들고 건물과 번갈아 봤다.

‘백범문화연구소가 아닌 거 같은데?’

문화연구소라기에는 경계가 삼엄했다. 분위기도 문화적이지 않게 살벌했고.

그러는 동안 거리가 가까워졌다.

새까만 마스크를 쓰고 선글라스를 낀 경비 두 명과 시선이 마주쳤다.

이상한 긴장이 흘렀다.

"…"

"…"

"…"

방탄조끼를 입고, 허리춤에는 삼단봉과 테이저건을 걸어 둔 경비가 이연우를 노려봤다. 앞에 선 경비는 슬그머니 손을 움직여 테이저건을 쥐었고, 뒤에 선 경비는 무전기를 얼굴로 가져갔다.

사박사박.

주눅이 든 이연우는 등을 굽히고 양손을 모은 채 그들에게 다가갔다.

그때, 경비가 순식간에 테이저건을 꺼내 겨누면서 크게 외쳤다.

"정지! 정지! 정지! 손 들어! 움직이면 쏜다!"

이연우는 화들짝 놀라며, 곧장 양손을 들어 올렸다. 억울한 목소리가 나왔다.

"저기요, 말만 여쭤…"

"조용히 해! 소리 내면 쏜다!"

"아니…"

"쏜다!"

철컥.

정확히 머리를 겨눈 테이저건. 푸른 번갯불이 튀었다. 이연우는 입을 꾹 다물었다.

그러면서 제대로 찾아왔다는 생각도 들었다.

'그 시험 같은 걸 막는 회사랬지. 이게 맞는 것도 같아. 저것도 평범한 테이저건이 아닌 것 같고.'

"보안실에 확인해!"

"하려고 했습니다."

치직.

경비가 무전기를 켜면서 노이즈가 울렸다. 딴생각을 하던 이연우는 반사적으로 몸을 팔딱였다. 인간자격시험에서 들었던 노이즈 같아서.

그 순간이었다. 깜짝 놀라는 이연우를 따라서, 덩달아 놀란 경비가 방아쇠를 당겼다.

파지지직!

푸른 번개가 번쩍였다. 순식간이었다. 푸른 뱀 같은 것이 이연우의 전신을 휘감았다. 이연우는 비명도 제대로 지르지 못했다. 이를 딱딱거리면서 말려드는 신음만 간신히 토했다.

"으그윽!"

쿵!

이연우는 뒤로 자빠져서 사지를 벌벌 떨었다.

경비는 별일 아니라는 듯, 무심하게 무전기로 대화를 시작했다.

"정문입니다. 거동 수상자가 접근했습니다. 신원 확인 부탁드립니다."

- 기다려봐.

지이잉.

CCTV 카메라가 돌아가며 경련하는 이연우를 렌즈에 담았다. 렌즈가 바쁘게 커지고 작아지기를 반복한 뒤, 목소리가 흘러나왔다.

- 사람 맞다. 이상은 아니야. 위험한 걸 가진 것도 아니고, 적대 집단 일원도 아니고.

"민간인이랍니다."

무전기를 든 경비가 말을 전하자, 총을 쏜 경비가 테이저건 손잡이로 머리를 벅벅 긁었다.

"아, 젠장. 그러면 실수로 들어온 건가? 기억 소거제 막 쓰면 욕먹는데."

- 그건 걱정 안 해도 될 거 같은데. 오늘 연수 오기로 한 신입이다.

"신입이요?"

"신입이라고?"

테이저건을 쏜 경비가 당황한 듯 고개를 재빨리 움직여 이연우를 보았다. 이연우는 전기를 휘감고 경련하고 있었다. 박력있게 외치던 게 거짓말처럼 이번에는 억울하게 기어드는 목소리가 이어졌다.

"아니. 아… 신입들 다 들어온 거 아니었어? 군에서도 오고, 경찰에서도 오고, 국정원에서도 오고, 소방서에서도 왔잖

아. 얼마 전에 있었던 생존자라는 사람도 왔고."

- 이력 보니까 얘도 생존자라는데. 웬일로 둘이나 입사했네. 어쨌든 너희가 알아서 달래서, 안에 들여보내.

치지직.

무전기를 거둔 경비가 말했다.

"알아서 하랍니다. 선배님이 쐈으니까, 선배님이 처리하십쇼."

"아. 망했네."

어슬렁어슬렁 걸어간 경비는 테이저건을 이연우에게 들이댔다. 아직도 이연우를 휘감고 있던 푸른 뱀이 테이저건으로 스르륵 빨려 들어갔다.

"으극!"

"괜찮으십니까? 정신이 드십니까?"

경비는 이연우의 어깨를 잡고 앞뒤로 흔들었다. 하얗게 뒤집혀 있던 이연우의 눈동자가 내려오며, 경비의 마스크와 선글라스를 초점 가운데에 잡았다.

"저기, 죄송합니다. 연수 오신 분이죠?"

"악!"

벌떡 일어선 이연우가 허겁지겁 뒷걸음질을 쳤다. 정장에 묻은 흙먼지 따위는 신경 쓸 겨를이 없었다. 창백한 얼굴로 붉은 피가 쏠리며, 크게 벌어진 입에서 고함이 터지려는 순간.

"죄송합니다! 저희가 PTSD 같은 게 있어서. 요즘 들어 이상하게 접근하는 수상한 놈들이 있어서 신경이 곤두섰습니다. 다시 한번 죄송합니다!"

"…"

경비가 허리를 직각으로 숙였다. 허리의 홀스터에 느슨하게 걸린 테이저건이 덜렁거렸다. 튀어나오던 고함이 목 아래로 돌아갔다.

전기 세례를 받아서 그런지 정신이 번쩍 들었다. 이연우는 생각했다.

'인성 시험인가? 아니, 그럴 리가 없지. 어떤 회사가 초면에 전기부터 지지고 봐.'

그래도 이제 막 입사한 신입 사원이 지랄을 떠는 꼴이 좋게 보일 것 같지는 않았다.

이연우는 입꼬리를 어떻게든 끌어 올렸다.

"하… 하하. 그럴 수도 있죠. 저도 얼마 전에 이상한 시험을 겪었더니, 노이즈 낀 소리만 들어도 깜짝 놀라지 뭡니까. 그 뭐야, 전장을 겪은 군인이 큰 소리에 놀라는 것처럼요. 이해합니다. 암요. 하하하."

이연우는 핏줄이 돋아난 손으로 경비의 숙인 허리를 직접 펴주면서 웃었다. 전기 때문에 탄 자국과 탄 냄새가 잔뜩 남은 정장이 경비의 선글라스에 선명하게 비쳤다.

"연수! 연수 오셨죠! 늦기 전에 가시죠! 저기 통로를 지나쳐서 나가면, 왼쪽에 2층 건물이 있습니다! 거기서 연수합니다!"

어색하게 외친 경비의 말을 따라 검문소를 넘어가니, 백범 문화연구소의 전경이 눈에 들어왔다.

왼쪽에 2층 건물. 오른쪽에 3층 건물. 특별한 것이 없다. 드물게 돌아다니는 사람도 평범하다.

'괜히 딴 곳 기웃거리다가는 또 테이저건 맞겠지.'

저벅저벅.

바로 2층 건물로 갔다. 들어가자마자 복도 벽에 A4 용지가 떡하니 붙어 있는 게 보였다.

[신입 사원 연수장]

[→]

화살표를 따라서 도착한 1층 구석의 자그마한 강의실 문 앞.

신입 사원 연수장이라고 A4 용지가 붙은 문 앞에서 이연우는 핸드폰을 확인했다. 8시 50분. 지각하지 않았다.

툭툭.

흙 따위를 털어내면서 이연우는 깊게 호흡했다. 새삼 심장이 빨리 뛰었다. 좀처럼 진정되지 않았다. 기대감과 불안감이 머리를 가득 채웠다.

잘할 수 있을까? 공시생으로 살면서 사회생활 같은 건 안 해봤다.

그러다가 문득 헛웃음이 나왔다.

'애초에 시작부터 테이저건을 맞았는데, 더 걱정할 게 있을까?'

"후."

짧게 숨을 내뱉고, 손잡이를 잡아 문을 열었다.

벌컥.

활짝 열어젖힌 문으로 들어가니, 앞문이었다. 여덟 개의 책상이 놓인 작은 강의실. 먼저 도착해 곳곳에 흩어져 앉은 사람들이 한눈에 들어왔다.

다섯 명. 여자 하나와 남자 넷.

머리를 짧게 깎고 군복을 입은 하사.

경찰복을 입은 청년.

반팔 티와 청바지를 입은 청년.

정장을 깔끔하게 차려입은 젊은 여자.

낡은 정장을 빼입은 아저씨.

그들도 저마다 보고 있던 핸드폰을 놓으면서 이연우를 마주 보았고, 이어 짧게 고개를 숙여 인사했다.

"안녕하십니까."

"안녕하세요."

"아. 안녕하세요."

이연우는 왜들 이렇게 인사성이 밝은지 의문이 들었지만, 문득 이게 당연하다는 생각도 들었다. 입사 동기 아닌가.

이연우도 그들에게 꾸벅 고개를 숙였다.

"네, 안녕하세요."

그러고는 비어 있는 제일 앞자리에 앉자, 뒤에서 남자의 의아한 목소리가 들려왔다.

"회사 사람 아니십니까?"

"예?"

생뚱맞은 질문. 가방을 놓다 말고 몸을 돌리니, 하사가 오묘한 표정으로 이연우의 옷을 가리켰다.

"옷이…"

흙먼지와 불탄 자국, 매캐한 탄내까지 풀풀 풍기는 옷. 누가 봐도 방금까지 험한 일을 하다가 온 현장직의 모양새였다.

이연우는 어색하게 웃었다.

"저도 이번에 입사했습니다."

"그럼 왜 옷이…"

"정문에서 테이저건에 맞아서."

"아."

어색한 탄성. 이연우를 주시하던 시선이 흩어졌다. 다시 자기 핸드폰을 툭툭 건드리는 소리가 시계 초침처럼 이어졌다.

6

'첫인상 망한 거 같은데?'

경비한테 테이저건을 맞았다. 첫인상이 좋을 리가 없었다. 이연우가 식은땀을 흘리는 가운데, 9시가 되었다.

딱 정각이 되자, 앞문이 열리며 사람이 들어왔다. 다크서클이 볼까지 내려온 여자였는데, 라면 국물이 튄 정장을 그대로 입고 있었다.

슬리퍼를 질질 끌며 걸어온 그녀는 교단에 서서는 대충 신입 사원들을 둘러봤다.

"신입이 많이도 왔네. 좋아요. 인력은 많으면 좋지. 다들 죽어 나가는데 보충이 안 되거든."

등을 곧게 펴고 경청하던 사람들이 자세를 흐트러뜨리며, 조금은 당황한 눈을 했다. 연수를 맡은 사람이 할 말이 아니었다.

눈동자가 지진 난 것처럼 흔들리든 말든, 여자는 자기 할 말만 이어갔다.

"제가 누군지는 굳이 설명할 필요 없죠. 그냥 김 박사라고 부르세요. 그리고 여러분은… 그래요, 자기소개부터 합시다."

촤륵.

김 박사는 서류 뭉치를 교단에 놓고 펼쳤다. 회사에서 정보를 수집해 작성한 이력서. 김 박사는 종이를 휙휙 넘기며 이름과 이력만 대강 훑어봤다.

"대략적인 이야기만 듣고 이직 제안을 받아들이신 분도 있고… 생존자가 둘이나 왔네. 이서연 씨부터 합시다. 나오세요."

"PPT를 준비해 왔는데, 그건 어떻게 할까요? 컴퓨터에 보안이 걸려 있어서 파일을 받아놓지 못했는데."

"그냥 말로 하세요."

성의 없이 휘저으며 앞으로 나오라는 손짓.

정장을 핏 좋게 입은 이서연이 하얀 칠판 앞으로 나가서는 자신감 있게 말했다.

"저는 이서연입니다. 국정원에서 일했고, 인류보호회사의 제안을 받아 이직했습니다. 무슨 회사인지는 아직 잘 모르겠지만, 인류의 안전을 위해 일한다는 점에서…"

"아, 됐어요. 대충 어디에서 일했는지와 이름만 말하세요. 다음. 강열 하사?"

김 박사는 가차 없이 말을 잘랐다. 이서연은 어색하게 웃으면서, 강열과 자리를 바꿨다.

"안녕하십니까! 저는 특수부대에서…"

"예, 다음. 이름은 내가 말했으니까 넘어갑시다."

"저는 경찰 출신 한창성…"

"소방서에서 일하던 송시우…"

순식간에 지나가는 자기소개.

제복을 입은 경찰과 반팔 티를 입은 소방관이 잠깐 앞에 섰다가 내려가는 동안, 이연우는 당황했다.

김 박사의 어처구니없는 진행 때문이 아니었다.

'뭐야, 다들 경력자잖아?'

그것도 쟁쟁한 실력을 자랑하는 경력자. 9급 공무원 시험에서 빌빌거리던 자신과는…

"이연우 씨?"

"아, 예."

생각을 마무리하기도 전에 부름을 받아 칠판 앞에 섰다. 엉망인 옷과 머리를 보고는 김 박사가 재밌다는 듯 웃었다.

"보안팀장에게 들었습니다. 첫날부터 테이저건에 맞은 사람이 있다고."

"하하."

웃어넘기자, 김 박사는 고개를 주억였다.

"업무에 투입되기도 전에 이상을 두 개나 겪는 사람은 드물죠."

이상. 인간자격시험 같은 것. 테이저건의 푸른 뱀 같은 것.

그 말이 자신감을 심어줬다.

'나는 인간자격시험을 겪고, 합격했어. 이상 경험! 이 회사에서는 확실한 장점이야. 이런 부분에서는 내가 경력자인 거야.'

목을 곧추세운 이연우는 당당하게 말했다.

"이연우입니다. 네 번째 공무원 시험을 치던 중 이상을 겪었고, 입사하게 되었습니다."

반응은 좋지 않았다. 이상을 겪었다는 말에 흥미를 가졌던 눈동자들이 사수생이라는 말을 듣는 순간 무관심과 알 수 없는 실망, 그리고 조금의 우월감을 품었다.

샘솟았던 자신감이 연기처럼 흩어졌다.

김 박사도 사무적인 목소리로 말했다.

"네, 다음. 박상준 씨."

이연우는 어깨를 축 늘어뜨렸다. 자리로 돌아가는 발걸음에서 터덜터덜 힘이 빠졌다.

'하긴, 내가 이상을 백 번이고 천 번이고 겪고 살아남은 베테랑도 아니고. 우연히 한 번 겪고 살아남은 건데, 장점이라고 말하기는 조금 그렇지.'

저 경력직들도 시험을 치면 통과할 테지. 능력 측면에서 많이 부족한 것이 사실이었다.

이연우는 의자에 털썩 앉아, 멍하니 다음 자기소개를 기다렸다.

마지막 사람의 차례.

낡은 양복을 입은 박상준은 긴장한 듯 꽉 메인 목소리로 말했다.

"저, 저도 이연우 씨와 같은 이상을 겪고, 제안을 받아 입사했습니다. 최선을 다하겠습니다!"

"좋아요. 생존자가 둘이나 입사하다니. 그럼, 이제 뭘 해야 하나."

김 박사가 서류를 뒤적였다. 박상준이 뻣뻣한 걸음걸이로 교단에서 내려오는 동안, 이연우는 실망감도 잊고 그의 얼굴을 뚫어지게 쳐다봤다.

수염을 깎아 말끔한 턱. 하지만 퀭하게 파인 눈가. 긴장한 가운데, 절실함을 품은 눈동자.

언뜻 시험장에서 보았던 얼굴이 스쳤다.

'고시 낭인?'

가장 공격적이던, 끝내는 짐승이 되어버린 장수생이 아니다.

가장 먼저 시험지의 이상을 시험 감독관에게 말했던 사람이다.

박상준이 이연우를 스쳐 지나가며, 언뜻 눈짓으로 아는 척을 했다. 그도 이연우를 알아본 것이다. 이연우도 작게 고개를 끄덕였다.

'나랑 비슷한 사람이 있구나.'

공무원 시험 준비생끼리, 같은 시험의 생존자끼리 뭐라 표현 못 할 공감대가 형성되었다.

탁!

그사이에 서류를 훑어본 김 박사가 서류 뭉치를 집어 던지듯 교단 구석으로 밀었다. 그러고는 보드마커를 쥐었다. 검은색 보드마커가 하얀 칠판 위로 찍찍 그어졌다.

'이상.'

"이게 뭔지부터 말하겠습니다."

자기소개로 어수선했던 강의실의 분위기가 변했다. 자세를 바로 한 신입 사원들의 시선이 김 박사의 입으로 모였다. 인간자격시험을 겪은 이연우와 박상준도 그랬다.

보여주기 위한 태도가 아니라, 진심으로 궁금했다.

사람을 짐승으로 만드는 그것이, 상식적으로 이해할 수도 없는 그것이, 과학적으로도 존재할 수 없는 그것이 도대체 무엇인지.

"어렵지 않습니다. 국어사전에 나오는 뜻과 같아요."

김 박사가 한 손으로 핸드폰을 꺼내 꾹꾹 눌렀다. 이어 대본 읽는 듯한 어조로 말했다.

"정상적인 상태와 다름. 지금까지의 경험이나 지식과는 달리 별나거나 색다름. 의심스럽거나 알 수 없는 데가 있음."

인터넷에서 찾은 문장이었는지, 김 박사는 말을 마치자마자 핸드폰을 주머니에 넣었다. 그걸로 설명이 끝났다.

김 박사는 보드마커를 다시 움직이며, 이상 아래로 여섯 글자를 썼다.

'인류보호회사.'

"그리고 우리 회사는 그런 이상으로부터 인류를 보호하기 위한 회사고요. 뭐 더 설명할 게 없네요. 직접 겪어봐야 알지."

이연우의 얼굴에 알쏭달쏭한 표정이 떠올랐다. 이상의 정의가 모호했다.

'그냥 이상하면 이상異常이다?'

이연우뿐만이 아니라, 모든 신입 사원이 이해하지 못했다.

김 박사는 신입 사원들을 쭉 둘러보더니, 그럴 줄 알았다며 한숨을 내쉬었다. 그녀는 구겨진 정장을 휘날리며, 강의실 밖으로 나갔다.

"눈으로 보고 겪는 게 제일이죠. 따라오세요. 거기 생존자들도. 회사가 하는 일 중 일부지만, 우리 연구소가 하는 일을 보여드리겠습니다."

잠깐 정적이 있었다. 정말 잠깐이었다.

신입 사원들은 저마다 눈을 반짝이더니, 의자를 뒤로 밀며 자리에서 일어났다. 의자 끌리는 소리가 좁은 강의실을 가득 채운 뒤, 여섯 명의 신입 사원이 복도로 나가는 발걸음 소리로 이어졌다.

분주한 발걸음은 2층 건물의 복도로, 정문을 지나 바깥으로, 끝에는 3층 건물로 이어졌다.

이동하는 동안 신입 사원들은 둘로 나뉘었다.

이서연과 강열을 비롯한 경력자 넷.

공시생 출신 이연우와 박상준 둘.

가장 앞서 나가는 김 박사가 중심이었다. 좌우로 나뉜 그들은 두런두런 이야기하며 걸었다.

"한창성 씨는 경찰 시험에 언제 합격하셨습니까. 되게 어려 보이시는데."

"고등학교 졸업하고 바로 합격했죠."

"오, 최연소 합격자? 뉴스에도 나왔겠는데요?"

"강열 씨는 어느 부대에서…"

"이서연 씨는 국정원 출신이시면, 막 첩보 요원 같은…"

친분을 다지는 이야기.

그곳에 끼지 못한 이연우와 박상준은 입을 다물었다. 오른쪽 대각선 뒤로 몇 걸음 뒤처져서 걷기만 하다가, 뒤늦게 대화하기 시작했다. 이연우는 어렵게 말을 꺼냈다.

"…살아남으셨네요."

"다행이죠. 그때 중간에 일어선 사람 말고도 절반은 탈락해서 집에서 짐승이 되었다던데."

"절반이나."

대화가 끊겼다.

어색한 침묵. 박상준은 주먹을 계속 쥐었다 폈다 하면서, 3층 건물 정문의 유리문을 밀고 들어가는 박사의 뒷모습과 건물 주변을 바쁘게 돌아보았다.

"지금 그 시험 같은 거 보러 가는 거면, 위험하지는 않을까요?"

"그렇게 위험한 걸 보여주지는 않을 거 같은데… 그래도 각오는 해야 할 거 같습니다."

어차피 회사에서 일하려면, 이상과 마주치는 것은 필연일 테니.

'어쩌면 이것도 일종의 테스트일지도 모르지. 어떻게 반응할지 알아보는.'

면접도 보지 않고 채용되었다. 이건 연수이자, 신입 사원 평가일지도 모른다. 기준에서 미달하면 채용이 취소될 수도 있는.

이연우는 이를 꽉 물며 각오를 다졌다.

'능력이 부족해. 나이도 많아. 경력도 없어. 여기에서 실망스러운 모습을 보일 수는 없어. 연수에서 어떻게든 회사에 어울리는 모습을 보여야 해.'

그런 생각을 하는 동안, 3층 건물의 1층 중앙, 지하로 내려가는 계단 앞에 도착했다.

헐벗은 콘크리트 계단. 하얀 백열등이 내리쬐는 음침한 계단은 아래로 몇 개나 있는지 모를 정도로 길었다.

타닥탁탁.

계단을 내려갔다. 한참 동안.

강열은 땀 한 방울 흘리지 않은 얼굴로, 언뜻 위를 올려다봤다.

"깊습니다. 벌써 지하 5층까지는 내려왔습니다. 여기는 무슨 시설이길래, 아니, 아래에 무엇이 있길래 엘리베이터도 설치하지 않았습니까?"

"백범문화연구소죠. 문화적인 것이 있고요."

김 박사가 슬리퍼를 찍찍 끌며 계단을 휙휙 내려갔다. 완전히 몸에 익은 계단인 듯, 제대로 보지도 않고 발을 쭉쭉 뻗었다.

이서연이 종종걸음으로 김 박사 옆으로 다가가, 하얀 얼굴을 들이밀었다.

"그 문화연구소가 도대체 뭔가요? 오기 전에 찾아봤는데, 딱히 나오는 게 없던데요?"

김 박사가 훌쩍 계단 세 칸을 뛰어내렸다.

탁!

드디어 계단이 끝났다.

황량한 콘크리트 복도. 마감도 마치지 않은 좁은 복도가 좌우로 길게 뻗어 있었다. 벽의 상단에 띄엄띄엄 달린 명패에는 실험실이나 보관실이나 연구실 따위가 쓰여 있었다.

복도에 멈춰 선 김 박사는 아직 계단에 있는 신입 사원을 올려다봤다.

"백범 김구 선생님께서 말씀하셨죠. '오직 한없이 가지고 싶은 것은 높은 문화의 힘이다.' 이 문화의 힘이란 것이 뭘까요?"

아이돌이든 영화든 드라마든, 한국 작품이 유행할 때마다 한 번씩은 나오는 말.

강열은 잘 모르겠다는 듯 어색한 표정을 지었고, 이서연은 말 잘 듣는 학생처럼 김 박사의 말을 기다렸다. 한창성과 송시우도 뭐라 대답하지 못했다.

이연우는 시험 문제의 의도를 파악하듯, 김 박사의 말에 담긴 함의를 재빨리 깨달았다.

'문화적인 이상異常? 그런 걸 연구하는 곳인가? 예를 들면.'

언젠가 보았던 공포 영화가 머릿속을 빠르게 스쳤다.

'보면 자살하는 영화. 사람을 미치게 하는 소설. 그런 게 있다고? 여기에?'

7

지하의 좁은 콘크리트 복도를 걸었다.

김 박사는 신입 사원들을 어딘가로 인도하면서, 열정과 학구열로 목소리를 높여 말했다.

"문화. 사람을 미치게 하죠. 웃게 하고, 울게 하고, 감동하게 하고, 열정을 불태우게 하고, 죽게 하고."

열의 가득한 목소리가 회색 복도에 울렸다. 낯설었다. 잠깐 봤지만, 이런 성격 같지는 않았다. 신입 사원들은 눈을 동그랗게 뜨면서 몇 걸음 떨어졌다.

혼자 앞선 김 박사는 자기만의 세계에 빠져 빠르게 말을 쏟아냈다.

"영화, 노래, 아이돌, 춤, 그림, 조각상, 소설, 시, 문학, 드라마, 뮤지컬. 이 모든 것의 공통점이 뭘까요? 이 문화란 것은 무슨 힘을 지니고 있을까요?"

"관객이나 독자에게 새로운 경험을 하게 만드는 것 말인가요?"

뒤에서 이서연이 조심스럽게 답하자, 김 박사는 돌아보지도 않고 고개를 저었다.

"아니죠. 아닙니다. 그런 게 아니에요."

그러고는 제1실험실의 명패 아래에서 갑자기 몸을 돌려, 희번덕거리는 눈으로 신입 사원들을 보았다. 이서연이 움찔 걸음을 멈췄다. 따라오던 신입 사원들도 멈췄다.

조금 거리를 두고, 높다 못해 날카로운 목소리가 쏟아졌다.

"사람을 조종하는 겁니다."

"…예? 조종이요?"

예상치 못한 말이 이어졌다.

"위대한 예술 작품을 보면 많은 사람이 비슷한 감정을 품습니다. 왜? 예술이 사람을 그렇게 조종하니까. 사람의 영혼을, 사람의 뇌를, 사람의 신체 반응을 그렇게 조종하니까."

"그, 슬픈 영화를 보면 울고, 웃긴 영화를 보면 웃는 그런 거 말입니까?"

강열이 힘들게 이해해서 말하자, 김 박사가 히죽 웃었다. 김 박사의 손이 제1실험실의 문손잡이에 올라갔다.

"직접 보면 이해가 될 겁니다."

그녀는 문을 활짝 열며 말했다.

"이제 신입 여러분은 사람을 죽게 만드는 문화의 힘을 볼 겁니다."

열린 문 너머로 김 박사가 사라졌다. 몇 걸음 떨어진 거리에서는 문 너머에 뭐가 있는지 보이지 않았다. 그저 실험실의 밝은 조명이 네모난 그림자처럼 복도에 드리워졌다.

신입 사원들은 딱딱하게 굳은 얼굴로 자리에 서 있었다. 뱀을 마주한 쥐처럼, 낯선 무언가를 마주한 느낌. 몸이 좀처럼 움직이지 않았다.

그때, 좁은 복도에 꽉 찬 신입 사원을 뚫고 지나가는 사람이 있었다. 뒤에 있던 이연우였다.

그는 입술을 앙다물고 성큼 앞서 나갔다.

'전부 평가받는다고 생각해. 적극적으로, 능동적으로 움직여. 내가 일할 회사고, 일하면서 마주할 이상이야. 겁먹지 마. 적응해.'

이연우는 제1실험실의 모습에 잠깐 멈칫했다가, 단호한 걸음으로 김 박사 옆에 다가갔다.

"저희도 가죠."

"베르테르 효과를 말씀하신 건가…?"

"들어갑시다."

뒤이어, 신입 사원들도 정신을 차리고 우르르 들어왔다.

"…"

"…"

그들은 실험실의 정경에 말을 잃었다. 그저 우두커니 멈춰 섰다.

“실험 준비는 끝났나요?”

“아, 김 박사님. 이제 시작하면 됩니다. 뒤에는 신입입니까?”

“견학 왔습니다. 백번 말하는 것보다 한 번 보는 게 낫죠.”

“그건 그런데…”

웅웅.

컴퓨터와 정체를 알 수 없는 기계장치가 진동하는 실험실.

하얀 가운을 걸친 연구원 한 명이 컴퓨터 앞에 앉아 키보드를 두들겼다. 문득 젊은 연구원이 유리창을 힐긋 보았다.

“처음부터 이런 걸 보면 힘들지 않을까요? 퇴사할지도 모릅니다.”

실험실 왼쪽, 벽을 대신하는 큰 유리창.

유리창 너머의 격리실에는 온몸이 꽁꽁 묶인 사람이 콘크리트 벽에 바짝 구속되어 있었다. 머리 주변으로 전선 같은 것이 다닥다닥 늘어져 흔들렸지만, 얼굴은 보이지 않았다.

얼굴 앞까지 길쭉한 독서대가 솟아 있었는데, 수직으로 서 있어서 뭐가 놓여 있는지 안 보였다.

“어차피 이 정도로 도망치는 사람은 오래 일 못 하죠.”

“그것도 맞네요. 그럼, 뭐… 시작할까요?”

연구자가 멀리 손을 뻗어 유리창 앞의 마이크를 제 앞으로 당겨 오는 순간이었다.

경찰 출신 한창성이 손을 들며 끼어들었다.

"이거 인체 실험입니까? 저 사람은 왜 묶여 있고요?"

"법적으로는 문제없습니다. 동의도 받았습니다."

"동의를 받았다고요?"

"그러니까 걱정하지 마세요. 법적으로 문제없으니까."

"걱정이 아니라… 아닙니다."

일단 지켜보기로 한 걸까. 한창성은 팔짱을 끼며 뒤로 물러났다.

이서연은 기계장치를 둘러보다가 피험자를 보기 시작했고, 강열은 문가에 섰다. 다른 신입도 저마다 자리를 잡았다.

이연우는 유리창 가까이에 서서, 김 박사와 연구원의 태도를 보았다. 매일 반복되는 작업처럼 사무적이었다.

'이상을 대하는 모습이 자연스러워. 그래, 괜히 겁먹을 거 없어.'

그리고 실험이 시작됐다.

"이상 개체 '내가 죽어야 하는 36가지 이유'의 스물세 번째 실험을 개시합니다. 실험 목적은 문화적 재해의 요소를 분석하고, 해당 개체의 변화를 측정하기 위함. 피실험체는…"

마이크를 잡은 연구원이 잠깐 말을 멈추더니, 힐긋, 신입사원들을 본 후 작게 말했다.

"피실험체는 사법 거래자. 피실험체는 들리십니까?"

- 잘 들립니다.

작은 스피커에서 중년 남자의 목소리가 말끔하게 나왔다.

연구원은 모니터만 보며 말했다.

"저희가 책을 펼쳐드리면 읽으시면 됩니다. 다 읽으면 말해주세요. 책장을 넘겨드릴 테니까요."

- 그건 알겠는데. 진짜 이것만 읽으면 형량을 낮춰준다고요?

"예. 당연하죠. 그럼 시작합니다."

달칵.

사락.

연구원이 버튼을 누르자, 고성능 스피커에서 종이 넘어가는 소리가 들렸다. 보이지는 않지만, 독서대 너머에서 책장이 넘어간 듯했다.

책 한 장 읽을 시간이 지났다. 피실험체가 말했다.

- 읽었습니다. 그런데 이거 유서 같은 겁니까? 기분이 나쁜데.

"계속 읽으십시오."

달칵.

사락.

종이가 또 넘어갔다. 이번에는 책 두 장 읽을 시간이 지났다.

- 이건 다른 사람의 유서 같은데. 어쨌든 읽었습니다. 그런데 이런 거라면 차라리 풀어주시죠? 제 손으로도 책 넘길 수 있는데.

"안 됩니다. 말씀하시면 저희가 넘겨드리겠습니다. 계속 읽으세요."

신입 사원들은 이게 무슨 실험인가 하며 의아한 눈으로 보고 있었다. 아무리 봐도 위험한 실험으로 느껴지지 않았다. 사람을 묶어놓고 책을 읽게 만들 뿐이지 않은가.

죽음이니 이상이니 그렇게 겁준 것치고는…

- 쯧, 읽었습니다.

"네, 다음."

책장이 계속해서 넘어갔다. 변화는 없었다. 읽고, 넘기고, 읽고, 넘긴다. 지루한 반복.

신입 사원들의 자세가 풀어졌다. 벽에 등을 기대고, 짝다리를 짚고, 주머니로 손이 들어가고, 눈빛이 멍해지고, 집중이 흩어졌다.

- 읽었습니다. 넘겨주세요.

"네. 뭔가 이상한 느낌이 들면 말해주시고요."

- 넘겨나 주세요.

달칵.

사락.

스피커가 깨끗한 음질로 소리를 전달했다. 노이즈는 조금도 없었다.

하지만 이연우는 눈가를 파르르 떨었다. PTSD와는 다른 이유로 입이 바짝 마르면서, 섬뜩한 상상이 뭉게뭉게 떠올랐다.

김 박사의 언행과 이상 개체의 이름.

'사람을 죽이는 이상을 사람한테 실험한다고? 사람을 죽인

다고? 진짜로?'

좀처럼 믿고 싶지 않았다. 이연우는 곁눈질하여 김 박사와 연구원을 살폈다. 너무나도 평범한 얼굴. 광기 같은 것은 보이지 않았다.

'아니겠지. 그런 미친 짓을 하는 회사가 아닐 거야. 인류를 보호하기 위한 회사라잖아.'

이연우는 손바닥을 펴서 바지춤에 쓱쓱 문질렀다. 송골송골 맺힌 식은땀이 닦여 나갔다.

달칵.

사락.

몇 번이나 책장을 넘겼을까.

- 읽었습니다. 넘겨주세요.

"뭔가 이상한 감각이 느껴지거나, 생각이 떠오르거나, 특별한 건 없나요?"

- 없어요. 넘겨주세요.

"정말 없습니까?"

연구원이 컴퓨터 모니터를 보며 재차 물었다. 모니터에는 사람의 뇌가 출력되어 있었는데, 붉은빛의 경고 표시 같은 것이 명멸했다.

- 없다니까. 빨리 넘기기나 해.

유리창 너머 피실험체가 머리를 좌우로 흔들었다. 머리에 달린 뇌파 측정기의 전선이 물결쳤다. 연구원은 모니터의 수치를 몇 번이고 체크한 뒤, 버튼을 눌렀다.

"그럼 한 장만 더 보겠습니다."

- 빨리!

달칵.

사락.

책 두 장 읽을 시간이 채 지나지도 않았다. 피실험체가 외쳤다.

- 읽었어! 다음!

"…"

연구원은 붉게 물든 두뇌 모형을 본 다음, 작게 한숨을 쉬었다. 연구원이 의자를 빙글 돌린 후, 김 박사를 향해서 멈췄다.

"확실해요. 저번에 사람 하나 더 잡아먹더니, 특성이 추가됐어요."

"끝까지 읽으면 사람이 스스로 죽게 만드는 걸로 모자라, 이제는 계속 읽고 싶게 만드는 특성이… 얼마나 더 변할지 모르겠군요. 당분간 연구는 스톱해야겠습니다."

"그러면 오늘 실험도 여기서 종료하겠습니다. 더 하면 사람 죽겠어요."

연구원은 다시 의자를 돌려, 발작하는 피실험체를 보았다.

- 빨리 넘겨! 빨리! 빨리!

꽉 묶인 상태에서도 어떻게든 몸을 꿈틀거렸다. 머리를 독서대를 향해 숙이고, 책을 향해 손을 들고, 다가가려고 발을 뻗었다.

하지만 관절을 묶은 구속구와 벽과 연결된 쇠사슬은 꼼짝도 하지 않았다. 절박한 목소리가 스피커를 찢을 듯이 울렸다.

- 왜 못 보게 하는 거야! 다 읽었다고 말했잖아! 넘기라고!

"오늘 실험은 여기까지입니다."

- 지랄하지 말고 다음 장으로 넘겨! 내가 보겠다잖아!

"예에. 실험 끝났습니다. 보안 직원 투입하겠습니다. 진정제 투입하고, 격리해주세요."

철컹.

무거운 강철 문이 열리는 소리가 유리창을 뚫고 들려왔다. 이어 척척척, 전투화가 열을 맞춰 걷는 소리가 들리고, 정문 경비처럼 무장한 남자 두 명이 격리실로 들어왔다.

- 진정제 투여하겠습니다.

- 어. 난 저거 사슬 열쇠 찾을게.

주사기를 꺼내고, 주머니에서 열쇠를 꺼내고, 실험이 마무리되는 격리실.

유리창 가운데에 선 김 박사가 몸을 돌려 신입을 보았다. 어리둥절하고, 조금은 불신하고, 이해가 안 된다는 듯한 얼굴이 김 박사를 기다렸다. 김 박사는 입가를 축 늘어뜨렸다.

"새로 생긴 특성이 약하면, 직접 체험하게 해주려고 했는데. 상황이 이래서 안 되겠네요."

"…저 사람, 책만 봤는데 저러는 건가요?"

이서연이 유리창을 가리키며 물었다.

비스듬하게 쓰러진 피실험체의 얼굴이 보였다. 진정제 때문에 힘이 풀려 꺾인 목과 느슨해진 얼굴 근육. 하지만 눈동자는 계속해서 독서대만 보고 있었다.

도무지 이해되지 않는 상황.

"저 정도면 마약중독자 수준인데."

한창성이 그렇게 중얼거렸다. 김 박사는 고개를 저었다.

"이게 우리 연구소에서 연구하는 이상입니다. 문화가 사람을 조종하듯…"

김 박사의 설명이 이어지는 동안, 이연우는 남몰래 안도의 한숨을 내쉬었다.

'이상을 겪는다고 무조건 치명적인 건 아니구나. 실험도 막 미친 인체 실험 같은 게 아니고.'

준비된 안전 대책. 윤리적인 사업.

회사에 어떻게 적응해야 하나 걱정하던 게 해소되는 느낌이었다. 계속 빠르게 박동하던 심장이 편안한 박자로 뛰기 시작했고, 끈적하게 맺히던 식은땀이 멈췄다.

실험실의 기온 조절 장치에서 불어오는 약한 바람이 산뜻했다. 이연우가 굳었던 어깨를 시원하게 풀 때였다.

사락.

책장 넘어가는 소리가 들렸다. 버튼은 눌리지 않았다.

8

"…어?"

"지금?"

김 박사와 연구원의 고개가 신속하게 돌아갔다. 그들은 유리창 너머 격리실을 보았다.

- 사슬 푼다. 넘어지지 않게 잡아.

- 부축하고 있습니다. 얼른 푸십쇼.

경비 하나는 벽에 연결된 마지막 사슬을 향해 열쇠를 들이밀었다. 다른 경비는 꽁꽁 묶인 피실험체가 넘어지지 않게, 어깨동무하듯 피실험체를 붙잡았다.

구속된 피실험체는 확장된 동공으로 독서대를 계속해서 보고 있었다. 찰칵, 사슬이 풀리며 몸이 경비 쪽으로 기울어져도, 눈동자의 방향은 고정되어 있었다.

누구도《내가 죽어야 하는 36가지 이유》에 손을 대지 않았다.

그렇다면, 그 소리는…?

"잠깐…"

연구원이 다급하게 마이크를 붙잡고, 외쳤지만 늦었다. 다시 한번 소리가 들렸다.

사락.

이번에는 경비도 들었다. 그들은 움직이던 자세 그대로 정지했다. 고개를 사슬과 피실험체에 고정하며, 낮은 목소리로 질문했다.

- 혹시 책장 넘기셨습니까? 지금 그게 넘어가는 소리가 들렸습니다.

"아뇨, 아닙니다! 그쪽에서도 손댄 거 없단 말이죠?"

- 예. 사슬과 피실험체만 건드렸습니다.

"알겠습니다! 그럼 우선, 선글라스부터 켠 다음에 눈도 감으시고…"

촤라라락!

독서대가 떨렸다. 언뜻 독서대 위쪽으로 종잇장 끄트머리가 휘날리는 것이 보인 듯도 했다. 순식간에 책 뒤표지의 모퉁이까지 지나갔다.

결국, 책이 끝까지 넘어갔다. 누군가는 책을 끝까지 보았다.

푸학!

피실험체의 얼굴이 새빨갛게 물들었다. 붕어처럼 뻐끔거리는 입에서 피가 분수처럼 솟구쳤고, 거칠게 뜯겨 나간 혓바닥이 툭 떨어졌다. 피실험체는 새빨갛게 물든 얼굴로 웃었다.

- 으흐, 으흐흐. 우그어.

- 제길!

피실험체를 부축하던 경비가 피실험체를 던지다시피 벽에 기대앉혔다. 이윽고 신속하게 손수건을 꺼내 입에 쑤셔 넣었다. 삼키지 않게 두 손가락으로 잡고 꾹 눌렀다.

- 진정제까지 투여했는데!

핏물이 손수건을 적시는 동안, 사슬을 다시 묶은 경비는 독서대를 등진 상태로 물었다.

- 어떻게 합니까? 구조를 우선합니까? 긴급 조치를 우선합니까?

순식간에 붉게 물든 격리실과 경악에 잠긴 실험실.

신입 사원들이 놀라 숨을 멈췄다. 이연우와 박상준과 이서연은 뒤로 물러섰다. 등이 캐비닛에 쿵 부딪혔다. 금속의 감촉이 서늘했다.

반대로 송시우와 한창성과 강열은 한 걸음 나섰다.

"제가 응급처치하겠습니다. 어디로 들어가면 됩니까?"

"저는 바로 119에. 어, 왜 전파가 안 터지지?"

"제가 할 게 있겠습니까?"

하지만 연구원은 들은 체도 하지 않았다. 독서대를 노려보며 창백한 얼굴로 입술을 물어뜯었다. 입술 위로 핏방울이 맺혔다. 연구원이 피를 삼킨 후, 말했다. 혀끝에서 비릿한 피 맛이 났다.

"긴급 조치 진행하세요."

- 알겠습니다. 선글라스 켜겠습니다. 너도 지혈 그만하고.

- …예.

딸깍!

경비가 손을 올려 선글라스 측면의 버튼을 눌렀다. 동시에 실험실이 하얗게 물들었다. 밝은 빛이 선글라스에서 뿜어져 나왔다. 그뿐이 아니었다.

삐이이이!

전자음이 선글라스에 부착된 스피커에서 터져 나왔다.

이로써 경비의 시각과 청각이 멀었다. 마스크가 후각과 미각도 막았다. 촉각만 남은 경비는 격리실에서 석상처럼 우두커니 대기했다.

일련의 과정을 지켜보던 김 박사가 연구원의 어깨를 툭툭 쳤다.

"늦지 않은 대처였어요."

"긴급 조치만 끝냈을 뿐입니다. 이제 후속 조치를 진행해야죠."

연구원은 자조적으로 웃으며 키보드를 바쁘게 두들겼다. 때로는 기계장치의 버튼을 조절하고 눌렀다. 어딘가로 통신을 보내는 듯했다.

그때, 큰 목소리가 터졌다.

"뭐 합니까! 사람이 죽어가고 있는데!"

소방관 출신 송시우였다. 그는 밝은 빛에 눈살을 잔뜩 찌푸리면서, 유리 벽을 쿵쿵 두들겼다.

하얀 조명 때문에 잘 보이지는 않지만, 버려진 피실험체가 옆으로 고꾸라져 피를 토하는 듯했다.

이 순간에도 골든 타임이 지나가고 있었다.

"지금 바로 응급조치하면 살 수 있습니다! 어디로 진입하면 됩니까!"

연구원과 김 박사는 음울한 표정으로 다급한 외침을 외면했다. 연구원이 낮게 말했다.

"늦었습니다. 못 살립니다."

"아뇨, 살릴 수 있습니다. 지혈하고 기도만 확보해도 살 수 있어요. 늦지 않았어요."

"늦었어요. 저 이상에 당한 이상…"

"사람 살리는데 늦고 말고가 어디 있습니까!"

쾅!

송시우가 팔꿈치로 유리창을 내려찍었다. 꿈쩍도 안 했다. 손으로 깰 수 있는 재질과 두께가 아니었다. 그는 찌푸린 눈으로 실험실을 둘러봤다.

"비상 망치나 소방 도끼… 젠장, 이런 곳에 있을 리가 없지. 그러면, 아무튼 날카로운 철제…"

"여기 있습니다. 비키십시오."

강열이 성큼 나섰다. 어느새 가위를 거꾸로 쥔 채였다. 볼펜, 칼, 송곳 따위가 아무렇게나 꽂혀 있는 연필꽂이에서 찾아낸 것이었다.

강열이 시험 삼아 가볍게 손을 뻗어 타점을 가늠했다. 그리고 팔을 바짝 당겨 크게 휘두르려는 순간.

"아니! 안 됩니다! 멈추세요!"

연구원이 비명처럼 악을 쓰며, 벌떡 자리에서 일어났다. 강열이 멈칫하는 사이, 넘어지듯 몸을 던져 강열의 팔을 붙잡고 매달렸다.

강열의 상체가 살짝 흔들렸지만, 가위를 놓치지는 않았다.

"놓으십시오. 사람은 살려야 할 거 아닙니까. 그리고 저… 책 같은 것만 안 보면 되지 않습니까?"

"격리가 깨진다는 것 자체가 문제란 말입니다! 그리고 당신들은 보호 무장도 안 했으면서!"

강열의 얼굴에 망설임이 드리워졌다.

연구원의 말도 일리가 있다. 물론 인명 구조는 중요하지만, 저 안에 어떤 위험 요소가 있는지 정확히 모르는 상태에서…

"선생님, 잠깐 앉아 계시죠?"

"아니, 지금 뭘! 날 말릴 때가 아닙니다!"

"예, 예. 일단 떨어집시다."

한창성이었다. 그는 취객을 제압하듯 능숙하게 연구원을 떼어내어, 두 손으로 사람 하나를 제압했다. 그가 고개를 까딱였다.

"뭐 하세요. 지금 얼른 유리 깨부수세요."

"이래서 신입은…! 멈추라고!"

서로 다른 명령이 둘.

강열은 망설였다. 그리고 망설임 끝에 결단을 내렸다. 가위를 쥔 손에 힘을 주었다.

힘줄이 도드라진 손등을 휘두르려는 찰나, 다시 방해가 들어왔다. 이연우가 휘두르지 못하게끔 손목을 붙잡았다.

"잠깐만요. 제 말 좀 들어보세요."

이연우는 최대한 침착하게 생각했다. 인간자격시험을 겪어봐서일까. 긴급한 상황인데도 정신이 냉정했다. 시야가 좁아지지 않았다.

그렇기에 눈치챌 수 있었다.

이 와중에 김 박사가 분석하는 눈으로 신입 사원들을 관찰하는 것을.

'이런 돌발 상황에서 우릴 평가하고 있어.'

그렇다면 어떻게 해야 하는가. 어떤 행동을 해야 높은 평가를 받을까. 답은 간단했다.

'회사 직원처럼 행동해야지.'

강열을 막는 연구원처럼 말이다.

물론, 사람을 죽이는 이상과 같은 공간에 있기 싫은 마음도 컸고.

한차례 헛기침한 이연우가 말을 쏟아냈다.

"생각해보세요. 이 사람들이야말로 전문가 아닙니까. 이러는 이유가 있을 겁니다. 거기에 굳이 이렇게 방을 나눠두기까지 한 이유도 있을 거고요."

"그건."

강열의 얼굴에 서렸던 결단이 순식간에 흐려졌다. 강열은 흔들리는 목소리로 말했다.

"그래도 사람은 살려야 하지 않습니까."

"못 살립니다. 저 사람은 혀를 깨문 것이 아닙니다. 이상에게 살해당한 겁니다. 응급처치가 안 통할 겁니다."

인간자격시험에 탈락한 사람이 짐승이 되듯,《내가 죽어야 하는 36가지 이유》를 끝까지 읽은 사람은 반드시 죽는다.

개체의 이름과 연구원의 말과 자신의 경험으로 비추어본 결론이 그랬다.

이연우의 논리적인 설득에 강열이 힘을 뺐다. 가위를 쥔 손아귀의 힘도 느슨하게 풀렸다.

이연우가 손을 놓고 물러서는 때였다.

"미치겠네! 살릴 수 있다니까!"

송시우가 사이에 끼어들어, 가위를 낚아챘다. 반대로 쥐어진 가위는 그대로 망치가 되어 유리창 모서리를 내려찍었다.

강철이 유리를 치는 강한 타격음과 강화유리가 잘게 부서지는 쩌저적 소리.

순간 유리창이 탁해졌다. 무수한 균열, 모래알 같은 작은 파편으로 나뉘었다.

아차 하는 순간 벌어진 일이었다.

"안 돼!"

연구원이 비명을 질렀다. 비명만 질렀다. 한창성의 우악스러운 손아귀에서 벗어나지는 못했다.

와장창!

가볍게 미는 손짓에 유리창이 넘어갔다. 바닥으로 떨어지며 산산조각이 났다. 송시우는 유리 파편에 베이는 것도 개의치 않고, 피실험체를 향해 직선으로 달렸다.

"지혈하고, 혀뿌리가 말려들지 않게 막고, 피나 혀뿌리 때문에 질식하지 않게 기도를 확보하면."

그는 응급처치를 떠올리며 뛰었다. 순식간에 거리가 좁아져 격리실의 벽 앞까지 도착했다. 그는 필연적으로 길쭉한 독서대를, 독서대 위에 자리한 이상의 옆을 지나쳤다.

지나가는 그 순간이었다.

그가 우뚝 멈췄다. 달려가다 말고, 눈동자만 굴려 책을 훑겨보았다.

이상이 뭔지 도무지 이해가 안 돼서 보았을까. 아니면 사람을 죽게 만든 원인이 뭔지 파악하려고 했을까. 그도 아니면, 책이 마술처럼 스스로 넘어가는 신기한 광경이 눈을 사로잡았을까.

피실험체 하나를 더 잡아먹은 책 앞면에 쓰인 제목이 낙인처럼 눈에 박혔다.

《내가 죽어야 하는 37가지 이유》.

사락.

책장이 넘어갔다. 그는 눈도 깜빡이지 못했다. 움직이지 않는 목과 눈꺼풀. 시야 중심에 자리한 문장이 눈을 통해 흘러들었다. 책이 사람에게 읽혔다.

9

유리창이 깨져 격리실과 연결된 실험실.

뻥 뚫린 창틀 너머로 이상에 사로잡힌 송시우의 모습이 선명했다. 독서대를 지나치다가 멈춰 서서는 고개만 돌린 자세. 오른쪽에서 왼쪽으로, 위에서 아래로 움직이는 눈동자.

사락. 책장이 스스로 넘어가는 소리가 스피커를 거치지 않고 직접 들려왔다.

"빌어먹을! 왜 멍청한 짓을 해서!"

연구원이 머리를 쥐어뜯으면서 얼굴을 잔뜩 일그러뜨렸다. 이상 개체의 변화, 격리실의 파괴, 비참한 죽음. 모든 것이 날카로운 송곳이 되어 뇌를 쿡쿡 찔렀다.

연구원을 제압한 한창성과 가위를 제공한 강열은 눈을 크게 떴다.

"저러면 저 사람도 죽는 거 아닙니까?"

"구조해야…"

그들이 반사적으로 유리 가루가 잔뜩 묻은 창틀로 다가갈 때였다.

머리카락을 한 움큼 뽑아 쥔 연구원은 핏발 선 눈으로 그들을 노려봤다. 거친 목소리가 나지막이 흘러나왔다.

"아무것도 하지 마세요."

붉은 기가 감도는 눈동자에 언뜻 차가운 이성의 빛이 번뜩였다.

"저것에게 더 먹이를 주면 안 됩니다. 보아하니, 사람을 잡아먹을수록 특성이 추가되고 힘이 강해지는 듯한데… 당신들이 까딱 잘못하면 연구소에 있는 사람 다 죽습니다. 격리 조치가 끝날 때까지 얌전히 있으세요."

"그러니까… 그 말씀은."

어려운 말. 강열과 한창성은 직업적으로 그 말을 해석했다. 저곳에 흉악범이 흉기를 들고 있다고. 해체법을 모르는 폭발물이 저곳에 설치되어 있다고.

그것도 모르고 무턱대고 사람을 투입했다가 사고가 난 것이었다.

이제야 이게 무슨 상황인지, 무슨 잘못을 저질렀는지 이해가 되었다. 그 무게가 무거웠다.

"…알겠습니다. 죄송합니다."

그들은 고개를 숙였다. 눈을 질끈 감고 송시우에게서 눈을 돌렸다. 때로는 사람이 죽는데도 손을 놓고 있어야 했으니까.

그때였다.

철컥. 철컥철컥.

문손잡이를 연달아 돌리는 소리가 났다. 박상준이었다. 그는 손잡이를 부숴버릴 기세로 문을 앞뒤로 흔들었지만, 잠기지도 않은 문은 열리지도 않았다.

"저 나갈게요. 나가겠습니다. 문 열어주세요. 제발. 제발. 이렇게 부탁하겠습니다."

손잡이를 꽉 쥔 박상준이 김 박사와 연구원을 번갈아 쳐다봤다. 확장된 동공이 빠르게 떨렸다. PTSD가 터진 듯도 했고, 압박을 견디지 못한 정신이 무너진 듯도 했다.

연구원은 고개를 저었다. 그러고는 박상준만이 아니라 모든 신입 사원에게 말했다.

"유리가 깨지는 순간, 이곳도 봉쇄됐습니다. 격리조가 올 때까지 아무도 못 나갑니다."

"안 돼. 아. 안 돼!"

쾅쾅쾅!

박상준이 문을 연달아 내려친 후, 그대로 주저앉았다. 문을 내리친 주먹이 주르륵 미끄러졌다. 박상준은 문을 향해 무릎을 꿇고, 고개를 숙였다. 어깨가 들썩였다.

"…"

우울한 침묵이 내려앉았다.

경비의 선글라스에서 나는 날카로운 소음과 연구원이 재차 키보드와 버튼 따위를 누르는 소리, 신입 사원이 발을 떨고 거칠게 호흡하는 소리, 책장이 넘어가는 소리 따위가 이어졌다.

"…"

이연우는 열리지 않는 문을 보았다. 깨진 유리창을 보았다. 죽음을 향해 달려가는 송시우와 이상.

얼음물을 뒤집어쓴 듯한 기분이었다.

"저기. 김 박사님. 연구하는 선생님."

"뭡니까?"

연구원이 모니터를 바라보며 말했다. 김 박사는 대답하지 않았다. 여전히 평가하는 눈으로 신입 사원들을 관찰하고 있었다.

하지만 지금은 평가가 중요하지 않았다. 생존 본능이 경종을 울렸다. 침을 꿀꺽 삼켰다.

이연우는 송시우를 보며 말했다.

"저분 살려야 하지 않습니까?"

탁!

연구원은 신경질적으로 키보드를 내리쳤다. 거칠게 의자를 돌려, 이연우를 노려봤다. 눈빛이 살벌했다. 목소리는 더 살벌했다.

"안 된다고요. 얌전히 계시라고."

"아뇨."

이연우는 여전히 독서대에 시선을 고정했다.

아까 책이 총 몇 장이 넘어갔지? 40장이었나? 지금 저 사람은 20장 정도 넘긴 거 같고. 아직 늦지 않았다.

“저 이상. 사람을 죽일수록 강해진다면서요. 저분까지 죽으면, 자기 혼자 이동할 수 있게 되는 거 아닙니까? 아니면 여기 있는 사람도 읽고 싶게 만든다거나.”

송시우가 죽으면 우리도 위험해진다는 말.

순간, 더한 침묵이 내려앉았다.

연구원의 얼굴이 창백하게 질렸다. 머릿속에서 그동안의 실험 데이터와 지금 보인 변화의 추이가 비교되며, 결론이 나왔다.

“그게, 불가능하지는 않아 보이는데…”

신입 사원들이 숨을 들이켜고, 저도 모르게 뒤로 물러났다. 하지만 봉쇄된 밀실. 도망칠 곳은 없었다. 그들은 최대한 멀리, 캐비닛에 등을 붙였다.

오직 한 명, 한창성만이 앞으로 나아갔다. 와작, 유리 파편이 밟혔다.

“제가 해보겠습니다. 저 책만 보지 않으면 됩니까?”

독서대를 뚫어져라 노려보며, 죄책감과 책임감이 서린 목소리로 말했다.

연구원은 잠시 그를 쳐다보다가 침중하게 고개를 저었다. 물어뜯은 입술에서 여전히 피 냄새가 피어올랐다. 어쩌면 피실험체가 쏟아낸 피 냄새가 창틀을 넘어오는지도 몰랐다.

"문화적 재해는 인식만 막으면 됩니다. 하지만 아까 피실험체가 그랬듯, 저 사람도 어떻게든 계속 보려고 할 겁니다."

"중독자같이."

"결국 몸으로 다툴 텐데, 그 와중에 저것을 안 볼 자신이 있습니까? 아니면 눈을 감고 저 사람을 제압할 수 있습니까?"

소방관 출신이었다. 체구가 크고 건장했다. 체력과 힘이 약할 리가 없었다.

"…"

한창성이 연구원을 향해 몸을 돌렸다. 하얀 조명을 등진 얼굴에 그림자가 드리웠다.

"그래도 가만히 있는 것보다는 저분 살리는 게 더 안전하지 않습니까?"

"…당신도 책에 홀리지만 않으면요."

"알겠습니다."

그는 고개를 끄덕였다. 그러고는 몸을 돌려, 발을 뻗었다. 부서진 창틀을 넘고, 유리 조각이 널브러진 길을 지나, 독서대 앞까지 걸었다.

실험실에 남은 사람들은 가만히 그의 등을 보았다. 그는 독서대 앞에서 멈췄다.

한창성은 잠깐 송시우의 눈을 보았다. 한 번을 깜빡이지 않는 눈. 빽빽하게 마른 눈은 붉게 충혈되었다. 그 와중에 책을 읽는다고 바쁘게 움직이는 눈동자에서는 정체를 알 수 없는 공포마저 느껴졌다.

후우.

한창성은 숨을 내쉬었다. 이리저리 팔을 뻗고 굽히고 제자리에서 발의 위치도 몇 번 바꾸며, 어떻게 제압할지 시뮬레이션을 돌렸다.

그사이에 종이가 한 장 더 넘어갔다. 질끈, 눈을 감았다. 그는 이를 악물고 달려들었다.

"큭!"

눈을 감아 어두운 세상.

미리 봐둔 거리만큼 발을 뻗어 다리를 걸고, 팔을 붙잡아 등 뒤로 비틀어 꺾으며, 체중을 실어 힘껏 민다.

순간, 기술이 제대로 들어가는 감각과 온몸이 넘어지는 부유감과 송시우가 쿠션이 되어 받치는 감각, 그리고 무릎 따위가 바닥에 제대로 부딪히는 둔탁한 통증이 느껴졌다.

우당탕.

뒤늦게 창 너머의 사람들에게도 한창성이 바닥으로 제대로 넘어지는 소리가 들렸다. 이상에 홀린 사람이 울부짖으면서 발악하는 소리도.

"크으! 놔! 놔!"

"얌전히 있으십시오!"

송시우는 몸을 뒤틀고, 발버둥을 치고, 벗어나려고 팔에 힘을 잔뜩 주고, 머리를 마구 흔들었다.

한창성은 눈을 꼭 감은 상태로 최대한 제압을 유지했다. 체중을 실었고, 관절을 붙잡았다. 송시우가 한동안 몸을 들썩이다가 멈췄다.

"흐윽, 흐으윽."

효과가 있었을까. 송시우는 숨을 몰아쉴 뿐, 더는 벗어나려고 하지 않았다. 체력이 다했든, 정신을 차렸든, 제압에 성공한 듯했다.

"후우, 수갑만 있었으면…"

한창성은 호흡을 가다듬으며, 실눈을 살짝 떴다. 바닥에 엎어졌으니, 책을 볼 일도 없을 것이었다. 그러니 상황을 파악할 수 있을 거라고 생각했다.

그리고… 보았다.

"아…?"

다투는 중에 독서대를 쳤을까. 송시우가 발버둥 치다가 쳤을까. 아니면, 혼자 떨어졌을까.

툭, 두 사람의 얼굴 앞으로 떨어진 책.

검은 표지, 작은 일기장, 얇은 두께. 사람이 손으로 쓴 듯한 글씨가 일기처럼 나열된 종이.

사락, 사락, 사락.

연달아 넘어간 책이 끝을 보였다. 동시에 으직, 고기 씹는 소리가 들렸고, 짙은 피 냄새가 코끝으로 후욱 몰려왔다.

한창성이 부들부들 떨며 고개를 들었다. 코앞이 온통 붉었다. 송시우가 피를 쏟았다. 책에 사로잡힌 송시우의 시선은 그제야 자유를 찾아, 어딘지 모를 허공을 보았다.

"아, 아."

반대로 한창성의 시선은 자석에 이끌리듯, 어느샌가 앞표지를 내보이는 이상을 향했다.

《내가 죽어야 하는 38가지 이유》.

사락.

책장이 넘어가며 첫 번째 이유가 보였다.

[어느 더운 여름밤의 일이다. 자려고 누운 나는 활짝 열어둔 창문을 보았고, 뛰어내리고 싶다고 생각했다. 죽고 싶지도, 살기 싫지도 않았는데. 그래서 뛰어내렸다.]

사락.

책장이 다시 넘어갔다. 한창성은 눈을 떼지 않았다. 아니, 못 했다. 눈을 크게 뜨고, 누군가가 죽은 이유를 읽고, 또 읽었다.

종이 넘어가는 소리는 실험실에도 들렸다.

"씨발…"

눈치 빠른 누군가 욕설을 뱉었다.

한창성의 얼굴도 책도 보이지 않았다. 독서대에 가렸다. 하필이면 넘어진 위치가 그랬다.

하지만 한참 티격태격하던 두 사람의 몸이 시체처럼 멈춘 것도, 이상하게 강해진 피비린내도, 독서대 너머로 번져 나오는 붉은 핏물도, 모두 실험실에서 느껴졌다.

눈치 없는 사람도 잘못되었음을 알 수 있었다.

"피! 저기 피!"

"진정하세요!"

날뛰려는 박상준을 향해 연구원이 손을 흔들었다. 연구원은 침착하게 컴퓨터를 가리키며 말했다.

"보안실에서 연락 왔습니다! '내가 죽어야 하는 이유'의 격리조가 준비되고 출동하기까지 30분밖에 안 남았답니다! 30분만 버티면 돼요!"

'망했다.'

30분.

사람을 죽이는 이상으로부터 버티기에는 지나치게 긴 시간. 여기 있는 사람이 모조리 죽어도 이상하지 않았다.

이연우는 자기 살길부터 찾기로 했다. 입사고 평가고 지랄이고, 산 다음의 문제였다.

10

사람들은 저마다 시간을 확인하기 바빴다. 컴퓨터 하단의 시계를, 손목의 전자시계를, 핸드폰 상단의 시간을 노려보며 1분 1초가 지나는 것을 세었다.

"30분, 29분. …28분."

죽은 듯이 조용히 있던 이서연은 핸드폰을 보며 남은 시간을 쟀다. 30분 남았다는 말을 들은 순간 켠 스톱워치가 빠르게 흘러갔다. 안심이 되지는 않았다.

시간은 모두에게 똑같이 흘렀으니까. 이서연이 독서대를 힐끔거렸다.

사락, 사락, 사락.

격리조가 출동하는 시간이 다가올수록, 책장도 한 장, 또 한 장 끝을 향해 넘어갔다.

그때였다.

벌컥.

이연우가 갑자기 캐비닛을 열어젖혔다. 캐비닛 안에는 정체 모를 서류철 따위가 빼곡하게 들어차 있었다. 이연우는 그대로 서류철을 한 아름 꺼내, 쓰레기 투기하듯 바닥에 아무렇게나 던지기 시작했다.

"지금 뭐 하시는 겁니까! 그거 다 정리해둔 건데! 그대로 다시 넣으세요!"

컴퓨터에서 눈을 돌린 연구원이 기겁하며 다가왔다. 거리가 닿기도 전에 팔부터 뻗었다.

이연우는 그 팔에 잡히기 전에 문서철을 강하게 던졌다. 색이 바랜 종이가 휘날리고, 연구원은 종이를 어떻게든 붙잡으려고 손을 휘저었다.

"아니! 멈추라고!"

소란이었다. 시계를 보던 시선이 이연우와 연구원에게 모였다. 그들은 미친 사람을 보는 듯한 눈빛을 보냈다. 이연우는 개의치 않고, 서류를 마구잡이로 내동댕이쳤다.

"진정하십시오. 26분만 기다리면 온다지 않습니까."

강열이 이연우에게 다가왔다. 이연우는 그에게도 서류 뭉치를 던졌다. 강열은 손을 휘둘러 쳐냈다. 강열의 손에 맞아 폭탄처럼 터지는 서류 뭉치.

깔끔했던 바닥이 어느새 종이 따위로 어질러졌다. 그 위로 이연우의 목소리가 내려앉았다.

"저분, 지금 몇 장이나 읽었죠? 20장? 30장?"

"…그쯤 읽었을 겁니다."

"25장이에요."

눈으로는 시간을, 귀로는 종이 넘어가는 소리를 세던 이서연이 말을 덧붙였다.

"지금 몇 분 남았습니까?"

"25분, 아, 이제 24분인데요."

"그럼, 저분 죽은 다음은 어쩔 겁니까? 대충 20분쯤 남을 텐데. 이대로 가만히 있을 겁니까? 시간이나 세면서?"

이연우는 쉬지 않고 캐비닛을 비우면서 말했다. 문서를 바닥에 대충 던지고, 캐비닛의 선반 받침대를 뽑아서 벽에 기대 세웠다.

절대로 독서대 쪽으로는 몸을 돌리지 않았다.

"저거 독서대에서 스스로 내려왔어요. 저 사람까지 잡아먹으면, 그다음은 어떨까요. 여기까지 못 올까요?"

콰직!

마지막 선반 받침대까지 부수다시피 뽑았다. 받침대를 바닥에 집어 던진 이연우는 거친 숨을 몰아쉬며 정장 재킷을 벗고, 넥타이까지 풀었다. 그는 마지막으로 사람들을 보았다.

자신이 채용 취소되든, 그들이 이상에 살해당하든, 앞으로 보지 못할지도 모를 얼굴들.

손가락을 꼽아가며 무언가를 계산하던 이서연이 눈을 동

그랗게 떴다.

"1분에 대략 4페이지? 이러면… 두 명은 더 죽을 수 있어요. 어쩌면 세 명."

"그래서입니다. 저는 죽기 싫으니까 이러는 겁니다. 당신들도 각자 살길 찾으시는 게 좋을 겁니다."

오늘 처음 본 사람에게 해줄 말은 이게 전부.

이연우가 풀어 헤친 넥타이로 눈가를 둘둘 감았다. 그걸로도 모자라, 정장 재킷까지 뒤집어쓴 다음, 소매나 옷 끝단을 쥐어 묶었다.

그러고는 더듬더듬 손을 뻗어 자신이 비운 캐비닛을 가늠하고, 그 안으로 들어갔다.

좁은 캐비닛에 구겨져 들어간 이연우에게서 먹먹한 목소리가 정장 상의를 뚫고 나왔다.

"이거 문 좀 닫고, 잠가주세요."

잠깐의 시간이 지나고, 끼이익, 캐비닛이 닫혔다. 철컥, 잠금장치까지 걸렸다.

후우욱.

이연우는 더운 숨을 뱉었다. 얼굴에 묶은 넥타이와 뒤집어쓴 정장 재킷. 숨결에 서린 열기와 습기가 고스란히 얼굴에 닿았다. 덥고 답답해 죽을 것 같았다.

하지만 그가 생각한 최선의 방법은 이것이었다. 살고 싶으면 버티는 수밖에.

좁고 어두운 캐비닛에서 머리를 싸맨 이연우는 눈을 감았다. 두근거리는 맥박 소리가 들려왔다. 침착하게, 규칙적으로 호흡했다.

두근두근.

좁고 어둡고 덥고 조용한 세상.

시간의 흐름을 알 수 없었다. 10분이 지난 듯도 했고, 5분이 지난 듯도 했다. 어쩌면 20분? 굉장히 긴 시간 동안 갇혀 있는 기분이었다. 혹시 모르지. 이제 기껏해야 3분 지났을지도.

이연우는 몸을 꿈틀거렸다. 다리에 피가 통하지 않아 자세를 바꿨다. 땀에 흠뻑 젖은 옷자락이 철썩 피부에 달라붙었다.

"후우우우."

길게 숨을 쉬는데 오히려 갑갑하게 목이 졸리는 느낌. 정장 재킷의 탄 냄새. 숨이 막혀왔다. 이대로 질식해 죽을 것만 같은 느낌.

'격리조? 아무튼 누가 열어줄 때까지는 이러고 있어야 해. 참아.'

이연우는 속으로 얼음이나 아이스아메리카노, 빙수를 떠올리며 이를 악물었다.

어찌 됐든, 못 버티면 진짜 죽을 테니까.

그러고 있자니 소리가 멀게 들려왔다. 넥타이, 정장 재킷, 캐비닛에 막혀, 바깥에서 들려오는 소리가 단편적으로 끊어졌다.

"저■■ 눈 가■■, 손■ 잡■ ■■?"

"좋■■ ■각■■■."

뭔가 여럿이 두런거리는 듯했다.

'격리조가 왔나? 벌써 30분이 지났다고? 그랬으면 좋겠다.'

종아리와 허벅지는 저리고, 허리와 어깨와 목이 아파왔다. 계속해서 자세를 바꿔도 뻐근한 통증은 가시지 않았다. 여기에 후덥지근한 열기와 끈적한 땀까지 더해지니 미칠 거 같았다.

'조금만 느슨하게 풀까? 아냐, 안 돼. 참아. 무슨 일이 일어날 줄 알고.'

체온으로 달아올라 미적지근한 캐비닛. 그나마 시원한 부분을 찾아 몸을 움직였다. 그때 누군가 크게 소리치는 듯했다.

"■■ 움■■■! 모■ 손 ■ 잡■■!"

"■!"

외침 같은 것이 한차례 들린 후, 침묵이 이어졌다. 저도 모르게 몸을 굳힌 이연우는 심장이 쿵쾅거리는 것을 느꼈다.

'뭐지? 진짜 격리조가 들어왔나? 아니면…'

누군가 이상에 당했나?

입술을 핥은 후 침을 꿀꺽 삼켰다. 흥건한 땀 때문에 혓바닥에 짠맛이 감돌았다. 불쾌함을 느끼기에는 온 감각이 바깥으로 향해 있었다.

이연우는 실험실에 무슨 일이 일어나고 있나, 귀를 기울였다.

후우욱. 후욱.

자신의 뜨거운 숨소리.

"…"

그 외에는 딱히 들려오는 소리가 없었다. 책 넘어가는 소리도 들리지 않았다. 머리를 싸맸기 때문에 보이는 것도 없었다. 새까만 도화지 위로 불온한 상상의 나래만 자유롭게 펼쳐졌다.

'빌어먹을. 뭐가 어떻게 되어가는 거야.'

격리조가 왔나? 다 정리하고 구해서 나갔나? 자기만 버려두고? 아니면 이상이 다 죽여버렸나? 아니면, 다른 사고가 터졌나?

미지. 불안감. 공포. 당장이라도 속박을 풀고, 캐비닛의 얇은 환기구로 눈을 들이밀고 싶었다. 이연우는 정장 재킷을 돌돌 묶어둔 매듭에 손을 올렸다.

'…아냐. 참아. 아직이야.'

가까스로 손을 내렸다. 정신을 다잡기 위해, 쿵, 캐비닛의 철제문을 때렸다. 아픈 손끝에서 전해지는 철제의 질감.

열이 오른 머리로 최대한 침착하게 생각했다.

'격리조인지 뭔지 하는 게 왔으면 날 꺼내줬겠지. 누가 이상에 당했으면, 이제 20분이 남았다는 소리야. 캐비닛에 들어온 지 3분밖에 안 됐고.'

한참 남은 게 분명했다.

"후우우우."

잡념과 답답함과 불안과 짜증을 토해내듯 숨을 내쉬어, 머리를 비웠다.

귀는 바깥을 향해 쫑긋 세웠다.

희미한 소리라도 들리지 않을까. 누군가 새로 이상에게 당했다면, 10분이 지났다는 소리니까.

'그러고 보니까, 두 명을 제물로 바치면 격리조가 올 때까지 버틸 수… 아냐. 이런 생각은 하지 말자. 저게 어떤 식으로 위험해질지도 모르고.'

시각이 멀고, 청각도 반쯤은 멀어버렸다. 어둡고 후덥지근한 세상에서 생각이 맥락 없이 튀었다.

'신입 사원 평가는 망했겠지. 나 혼자 살겠다고 움직였으니까. 채용 취소까지 갈까?'

김 박사의 평가하는 듯한 시선이 떠올라, 걱정에 몸을 떨기도 했다.

'그래도 사는 게 우선이야. 다른 사람이 죽더라도. 내가 대신 죽을 수는 없잖아.'

오늘 처음 본 입사 동기 셋의 얼굴이 떠올라, 털어내듯 고개를 젓기도 했다. 이서연의 하얀 얼굴, 강열의 누가 봐도 군인인 얼굴, 박상준의 고시 낭인 티가 남은 얼굴.

이어서 죽어버린 한창성과 송시우의 얼굴도 연달아 떠올랐다.

'…죽었지. 이상에 당해서.'

이상한 것. 위험한 것. 회사에서 일한다면 무조건 마주하게 될 것.

"안 ■! 가■히 있■■■!"

"손 놓■■ 안 ■■■!"

"놔! 봐■ 해! ■야 ■다고!"

고함.

덜컹.

화들짝 놀라 몸을 뒤틀었다. 이연우는 머리를 움직여 캐비닛의 문에 귀를 가져다 댔다. 정장과 넥타이를 뚫고 말소리가 들려왔다.

"박■■ 씨! 멈■■■! 손 놓■ ■■, 얌■히 있■■■!"

"막■ 마! ■을 거■!"

누군가 이상에게 당했다. 일부만 들리는데도 상황이 눈에 보였다. 이연우는 생각했다.

'이제 10분 남았나.'

두근두근.

빠른 심장박동을 시계 초침 삼아 시간을 쟀다. 박동 100번에 1분 정도.

'1, 2, 3, …57, …89, …100. 1분.'

"잡■! 놓■■ 마! 못 ■■ 막아!"

"늦■■■! 놓■■■!"

'1, 2, 3, …100. 2분.'

"■버려■■■! 우■가 살 ■각■터!"

'…3분, …4분, …5분.'

"돌입! 돌입!"

"왔■!"

"■■ 개체 확인! 부상■ 확인!"

처음 듣는, 우렁찬 목소리가 겹겹이 두른 천을 꿰뚫고 고막에 내리꽂혔다. 이연우는 확신했다. 격리조가 왔다고.

"이상 ■■ ■■ 완료! ■상자에■ 진정■ 투입■■■! ■정제 ■과 없■! 전■뱀 ■■!"

보고하는 소리가 이어지길 잠시.

흔들림과 함께 캐비닛 문이 열렸다. 시원한 공기가 불어오는 것이 피부로 느껴졌다. 이연우는 혹시 몰라 여전히 머리를 싸맨 채로, 크게 말했다.

"끝났습니까?"

"끝났습니다. 나오셔도 됩니다."

이연우는 서둘러 정장 재킷을 묶은 매듭으로 손을 옮겼다. 급하게 손을 놀려서인지 좀처럼 풀리지 않았다. 꽉 묶인 매듭 위로 헛도는 손가락.

화악.

결국, 헬멧 벗듯 머리 위로 정장 재킷을 뽑아냈다. 꽉 묶은 넥타이도 마찬가지. 얼굴이 쓸리는 것도 감수하고 머리 위로 끌어당겼다. 얼굴 살이 쓸리며, 쓰라린 고통 끝에 넥타이를 벗어 던졌다.

"후우우우!"

시원했다. 살 것 같았다. 이연우는 저린 다리를 절뚝이며 캐비닛에서 나왔다.

하얀 조명 아래, 난장판이 된 실험실의 풍경이 보였다. 엉망이 된 옷차림을 한 신입과 박사와 연구원과 선글라스를 끈 경비, 그리고 경비와는 다른, 더 신기한 장비를 두른 격리조의 조원도.

11

엉거주춤하게 선 이연우는 셔츠의 단추 두어 개를 풀며 실험실을 둘러봤다.

온도조절기에서 뿜어진 미풍이 맴도는 실험실.

폭풍이 몰아친 듯, 바닥에 아무렇게나 널려 있는 서류들. 복잡한 용어와 그래프, 표 따위가 나열된 서류가 짓밟혀 구겨지고, 발자국이 남았다.

그 위에 선 사람들도 실험실 못지않게 망가졌다.

털썩.

이서연이 주저앉았다. 한 손에는 이연우처럼 넥타이와 정장 재킷을 구겨 쥐었다. 옷가지를 뒤집어썼던 모양인지, 정돈되어 있던 머리카락이 사방으로 뻗쳐서 흔들렸다.

이서연만이 아니다. 김 박사는 정장 재킷을, 강열은 군복 상의를 벗고 있었고, 연구원은 하얀 가운을 돌돌 말아 쥐고 있었다.

문득 이서연이 감탄하듯 말을 뱉었다.

"와. 끝났네요."

눈동자를 빛내면서 격리조원을 올려다보았다.

"예, 끝났습니다. 안전합니다."

격리조원은 한 명이었다.

작은 카메라가 덕지덕지 붙은 새까만 헬멧을 썼는데, 언뜻 헬멧 안면부의 까만 유리창에 증강 현실 디스플레이가 푸르고 붉게 반짝였다.

두꺼운 검은색 방호복으로 꽁꽁 싸맨 몸은 피부 한 점 보이지 않았다.

장갑을 낀 손에는 일기장 하나와 테이저건을 나눠 쥐고 있었는데, 테이저건은 이미 사용된 듯, 푸른 번갯불이 보이지 않았다.

누구에게 사용되었는지는 한눈에 보였다.

"으우윽! 극! 그윽!"

서류 위로 누운 박상준이 푸른 뱀에 휘감겨 전신을 떨었다. 이상에게 당해서 책을 계속 읽으려고 발광한 모양이었다. 서류 따위를 밀어내고, 찢고, 푸른 전기에 타면서, 게거품을 물었다.

"회수!"

격리조원이 몸을 숙여 테이저건을 박상준의 이마에 들이밀었다. 푸른 뱀이 기다렸다는 듯, 테이저건으로 슈르륵 돌아갔다. 푸른 번갯불을 튀기는 테이저건.

"으으으."

박상준은 축 늘어져 멍한 눈으로 번갯불을 보았다. 진정제까지 맞았는지, 손가락 하나를 까딱이지 못했다. 침을 질질 흘리며 가쁜 숨을 몰아쉴 뿐.

그런 박상준을 경비 둘이 일으켜 세웠다. 선글라스를 끈 그들은 박상준을 좌우에서 어깨동무하여 실험실 밖으로 끌고 갔다.

"의무실로 옮기겠습니다."

"그러세요."

휘릭.

김 박사가 구겨진 정장 재킷을 그대로 걸쳤다. 그러고는 격리조원에게 턱, 손을 내밀었다.

"그거 줘보세요."

"어떤 거 말씀이신지."

"그 이상. 제압됐으니까 신입들 보여주게요."

격리조원은 별말 하지 않고, 자그마한 일기장을 김 박사에게 건네줬다. 김 박사는 일기장을 신입 사원들이 볼 수 있게 세웠다. 표지에 적힌 문장이 모두에게 보였다.

"내가 죽어야 하는 39가지 이유…"

이서연이 홀린 듯이 읽어 내렸다. 강열이 흠칫 놀라며 천장을 올려다보면서 문가로 이동했다. 이연우는 본능적으로 눈을 감았다가 떴다.

'제압됐다고 했어.'

하지만 발작하듯 몸이 놀라는 것은 어쩔 수 없었다.

사락.

선명한 종이 넘어가는 소리와 함께 책장이 넘어가자, 저절로 뒷걸음질이 쳐졌다. 뒷발이 툭, 캐비닛 안으로 들어갔다. 흠뻑 흘렸던 땀이 마르며 서늘한 한기가 피부를 기어올랐다.

표지를 넘긴 김 박사가 말했다.

"읽어보세요. 문제없으니까."

이연우는 짧게 호흡한 후, 볼펜으로 쓰인 문장을 읽었다. 그리고 머릿속으로 물음표를 띄웠다.

[어느 더운 여름밤의 일이다. 그런데 그때! 갑자기 닌자가 나타났다! "도~모. 처음 뵙겠습니다. 닌자데스."]

"닌자?"

머릿속에서만 맴돌던 단어가 입 밖으로 툭 튀어나왔다. 놀람이나 공포는 온데간데없이 사라졌다. 괴상한 표정을 한 이서연과 강열도 김 박사에게 시선을 옮겼다.

김 박사는 설명하는 조로 말을 이었다.

"이상이라고 모두 인간에게 적대적이지는 않습니다. 이 '그런데 갑자기 닌자가!'처럼 회사를 돕는 이상도 있죠."

"이 문장이 이상 개체라는 말입니까?"

강열이 이해가 안 간다는 얼굴로 질문하자, 김 박사는 고개를 작게 끄덕였다.

"정보 생명체 같은 거로 이해하시면 됩니다. 글이든, 그림이든, 영상이든, 문화적 매체에서 매체로 이동하며 내용을 변질시키죠. 그 특성으로 다른 문화적 재해를 무력화하고요."

"신기하네요."

이서연이 눈을 반짝이며 문장을 몇 번이고 읽었다. 이연우도 닌자가 나오는 괴상한 글을 읽다가 무언가를 문득 떠올렸다.

'인간을 해하는 이상. 인간을 돕는 이상. 그럼, 사람은?'

모든 인간이 회사의 이념에 동의할까? 회사와 반대되는 생각을 가지는 사람이 없을까? 하다못해 이익 관계가 상충하는 사람은?

순간적으로 떠오른 가능성에 닭살이 피부 위로 오돌토돌 올라왔다. 이연우는 흔들리는 눈으로 김 박사를 보고 물었다.

"이 이상이란 것을 다루는 집단이 회사뿐입니까?"

"눈치가 빠르군요. 좋습니다. 아까부터 보았지만, 훌륭해요. 그 눈치와 생존 본능이야말로 사원에게 가장 중요한 덕목이죠."

"…있군요."

암시하는 바가 단순했다. 회사가 상대하는 것은 이상만이 아니다.

이연우의 얼굴이 굳었다. 김 박사의 말이 이어질수록 점점 그의 안색이 어두워졌다.

"당신들이 알던 세상만 해도 별의별 사람이 많죠. 이상이 더해진 세상은 더합니다. 이 일기장 같은 이상을 많은 사람에게 보여주려는 집단도 있죠."

김 박사의 목소리에 짜증이 섞였다. 잠깐이었다.

김 박사의 눈이 다시 신입 사원들에게 돌아왔다. 그녀는 이서연, 강열, 이연우를 차근차근 돌아보며 말했다.

"인류보호회사. 이상으로부터 인류를 지켜라. 이상과 연관된 집단의 위협으로부터도 마찬가지입니다. 그런 점을 생각하면, 당신들이 오늘 겪은 일은 별것 아닐 수도 있죠. 그러니까 지금 묻겠습니다."

진지하고 무거운 목소리. 신입 사원들이 집중하며 김 박사의 질문을 기다렸다.

김 박사가 말했다.

"회사에 입사하시겠습니까?"

"네, 할게요!"

이서연이었다. 그녀는 냉큼 답했다. 로봇을 본 남자아이처럼 흥분하여 고개를 빠르게 끄덕였다.

강열은 군인답게 짧게 말했다.

"입사하겠습니다."

김 박사의 시선이 이연우에게로 향했다. 이연우는 눈을 감고 고민에 잠겼다. 앞으로의 인생을 결정할 갈림길이 이곳에 있었다.

'대의나 신념 같은 건 모르겠어.'

단순하게 위험과 이익만 본다.

'입사한다면…'

이익은 간단하다. 입사. 취직.

위험도 간단하다. 이상. 적대 집단.

'입사하지 않는다면…'

생계가 위험하다. 공무원 시험을 다시 치를 준비를 하자니, 회사에 입사한다고 날려먹은 시간이 결코 적지 않다. 벌써 까먹은 내용이 한둘이 아니다.

대신, 이상과 연관되지 않은, 상대적으로 안전한 삶을 살겠지만…

'내가 몰랐을 뿐, 이상 개체나 이상 현상 같은 것의 위험은 항상 있었어. 인간자격시험을 생각해봐. 차라리 알고 대처하는 편이 옳아. 그리고 산재나 사고 같은 건 굳이 회사가 아니어도 있어왔고.'

이연우가 눈을 떴다.

깨진 유리창을 배경으로 연구원과 김 박사가 서 있었고, 격리조원이 우두커니 대기하고 있었다. 그새 돌려줬는지, 손에는 닫힌 일기장을 들고 있었다.

'오늘 일도 사실 통제 가능했어. 사고가 터졌지만, 회사 사

람은 전부 살아남았고.'

위험하다. 하지만 그렇게까지 위험하지는 않으리라. 할 만한 일이고, 직업이다.

마음이 기울었다.

"결정이 힘들면 천천히 해도 됩니다. 아직 연수는 안 끝났으니까요. 연수 마지막 날까지만 말해주면…"

"아뇨. 저도 입사하겠습니다."

이연우가 말했다. 김 박사가 웃었다.

"좋습니다. 이상 경험을 지닌 신입 사원은 무엇을 하든 한 사람 몫은 충분히 하죠. 세 분이 입사해서 기쁩니다."

짝!

박수를 친 김 박사는 실험실을 나갔다. 신입 사원들은 김 박사를 따라가며, 말에 귀를 기울였다.

"오늘 남은 일정은 캔슬하겠습니다. 돌발 사태를 몸으로 직접 겪었는데, 뭘 더 배울 필요는 없죠. 숙소로 안내할 테니, 남은 시간은 편히 쉬세요."

숙소는 2층 건물의 2층에 있었다.

군대 생활관 같은 곳이었는데, 8인실이 두 개 비어 있어, 강열과 이연우가 방 하나를 쓰고 이서연이 다른 하나를 썼다.

"이곳에서 짐 풀고 쉬면 됩니다. 이 건물 근처까지는 돌아다녀도 되고, 식사는… 벌써 점심시간이 지났네. 저녁 식사는

6시에 1층으로 내려가세요."

김 박사는 신입 사원 세 명을 숙소로 안내한 다음, 몸을 돌렸다. 대충 연수 일을 마쳤으니, 본업으로 돌아갈 시간이었다.

그녀는 2층 건물을 떠나, 3층 건물의 3층까지 올라갔다. 3층 복도 중앙의 소장실.

철컥.

김 박사는 노크 없이 문을 열고 들어갔다.

아무도 없는 소장실. 김 박사는 느릿하게 걸어 연구소장의 명패가 놓인 자리에 앉았다. 등받이에 몸을 기대자, 푹신한 의자가 푹 꺼졌다.

"사고 보고서는 연구원이 쓸 거고, 신입 평가서나 쓸까."

마우스를 툭 쳤다. 절전 상태가 끝난 컴퓨터의 모니터에 불이 들어왔다.

대충 신입 평가 문서 창을 띄워만 놓고, 키보드 위에 한 손을 멍하니 올려놓았을 때였다.

똑똑.

"들어오세요."

"예, 소장님. 박상준 씨 관련해서…"

"김 박사라고 부르세요. 소장이라고 불리기 싫으니까."

의무실의 의료 스태프에게 짜증스레 말하자, 의료 스태프가 침을 꿀꺽 삼킨 후 말을 이었다.

"예, 박사님. 박상준 씨가 정신을 차렸는데, 집에 돌아가겠다고 합니다. 일단 진정제를 더 투여했는데, 어떻게 할까요."

"기억 소거제 투여한 후 내보내세요. 일하기 싫다는 사람 억지로 써봤자 사고만 나죠."

드르륵, 딸깍.

냉정하게 말한 김 박사는 신입 평가서에서 박상준의 표를 지웠다. 삭제는 두 번 더 이어졌다. 한창성과 송시우.

잠시 두 이름을 되뇌던 김 박사는 내선 전화기를 들고, 의료 스태프에게 대충 손을 휘저었다.

"그럼 이만 가보세요."

"예!"

의료 스태프가 빠른 걸음으로 나갔다. 김 박사는 내선 번호를 눌러, 통화를 시작했다.

"이번에 신입 두 명 사망한 거, 한국 지사에 협조받아서 확실하게 처리하세요. 둘 다 앞날 창창한 공무원이었으니까, 의문 안 나오게."

그리고 한 번 끊어진 통화는 다른 사람에게로 이어졌다.

"보안실장. 자유예술가협회의 동향은 어떻죠? 요즘 수상하게 접근한 사람들이 많았잖아요. 아, 전부 길을 잘못 든 민간인이었다고요? 그게 말이 되나? 일단 알겠습니다."

그렇게 몇 번의 통화 끝에 대충 마무리가 되었다.

김 박사는 다시 모니터를 보았다. 커서가 이서연의 평가서에서 멈춰 있었다. 잠시 후, 타닥타닥 키보드가 눌리면서 평가가 추가되었다.

또한, 향후 어떤 일을 할지도 지금 김 박사의 손에서 정해졌다.

이서연은 행정실, 강열은 보안실.

막힘없이 움직이던 손은 이연우의 평가서 앞에서 우뚝 멈췄다. 백범문화연구소에서 일할 둘과는 다른 신입.

“한국 지사의 이상 조사반에서 데려간다고…”

생존 본능과 눈치가 상당한 것 같더니, 이미 한국 지사에서 뽑아 가기로 했단다. 제법 괜찮은 인재지만, 한국 지사 산하의 분점에 불과한 연구소로서는 방도가 없었다.

연수만 대신 해주고, 보내주는 수밖에.

“하긴, 이런 연구소보다는 이상 조사반에 어울리는 사람이었지.”

이상의 소행으로 의심되는 사건이 터지면, 제일 먼저 투입되는 이상 조사반. 생존 본능이 뛰어난 이연우는 이미 부서에 적응했다고 봐도 과언이 아니었다.

예술 회수 대작전

12

연수는 빠르게 지나갔다.

백범문화연구소의 행정실과 보안실 등을 돌아다니면서 현장의 분위기를 경험하였고, 때로는 김 박사가 의욕 없이 강의하는 것을 들었다. 이상의 예시와 분류와 위험, 한국에서 활동하는 적대 집단 등등…

그렇게 지나간 시간이 벌써 6일.

내일이면 연수가 끝난다.

일정을 마친 이연우와 강열은 침대에 앉아 짐을 정리했다. 내일 바로 떠날 수 있게끔, 옷가지와 생필품 따위를 가방에 꾸역꾸역 집어넣었다.

꾹꾹.

강열은 수건 따위를 각진 벽돌 모양으로 만들다가, 문득 말했다.

"연수가 벌써 끝나다니. 뭔가 실감이 안 납니다."

"그러게요. 사고가 터진 게 엊그제 같은데."

이연우는 대충 반팔 티를 구겨 넣었다. 그 손이 떨렸다. 아직 일주일이 채 지나지 않았다. 비릿한 피 냄새와 기괴한 일기장이 사락 넘어가는 소리가 아직도 선명했다.

"…"

참상을 떠올렸기 때문일까, 대화는 더 이어지지 않았다. 침묵 속에서 달그락거리며 짐을 정리하는 소리만 이어지길 잠시.

똑똑.

누군가 문을 두드리더니, 느닷없이 열린 문 틈새로 하얀 얼굴을 쏙 들이밀었다.

"동기님들. 아직 안 자죠?"

"서연 씨? 무슨 일입니까?"

강열이 벽에 걸린 시계를 보고는 그렇게 물었다. 일정이 다 마무리되고, 신변 정리도 끝난 밤 11시.

편한 트레이닝복을 입고 머리를 뒤로 질끈 묶은 이서연은 배시시 웃으며 슬쩍 고개를 빼 복도를 둘러보고는, 얼른 방 안으로 발을 들이밀었다.

부스럭.

품에 무언가를 꼭 안고서.

"그거, 연수 올 때 가져오지 말라고 하지 않았습니까?"

강열이 눈을 크게 뜨고 말하는 동안, 이연우는 침을 꿀꺽 삼켰다. 큼직한 봉지 과자와 이온 음료 크기의 페트병 소주가 형광등의 빛을 받아 반짝였다.

다음 순간, 이연우는 짐이 잔뜩 섞인 가방을 뒤져 텀블러를 꺼냈다.

이서연이 강열을 흘겨보며, 빈 침대에 앉았다. 그녀는 양손에 나눠 쥔 과자와 소주를 얼굴 앞까지 올린 후, 흔들어 보였다.

"그래서 안 마실 거예요? 연수 마지막 밤인데? 오늘까지 아껴놓은 건데?"

"그건…"

"전 마실 겁니다."

"자, 받으세요."

페트병 뚜껑을 따서, 이연우의 텀블러에 소주를 따랐다. 꼴꼴꼴, 소주 특유의 알코올 냄새가 확 퍼졌다. 이어 3분의 1쯤 비워진 소주병이 강열에게 향했다.

"진짜 안 마셔요? 마시기 싫으면 말고요."

"아닙니다. 마시겠습니다."

강열의 잔이 채워지는 동안, 이연우는 과자를 뜯었다. 부우욱, 찢어진 봉지에 담긴 새우 과자.

이서연이 장난스럽게 한탄했다.

"자기들은 받았다고 나는 신경도 안 쓰는 것 좀 봐. 됐어요. 내 잔은 내가 따를래."

"아니, 그게."

"늦었어요, 짠, 짠."

"짠."

신나는 외침과 함께 서로 다른 텀블러가 모였다가 떨어졌다. 각자의 입으로 돌아간 텀블러. 목울대가 위아래로 움직인 후, 신음이 터졌다.

"으, 달다."

"크윽."

세 명이 동시에 손을 뻗어 과자를 와작와작 씹어 먹었다. 과자를 삼킨 입에서는 앞으로의 회사 생활 이야기가 술 냄새와 함께 흘러나오기 시작했다.

"강열 씨는 보안실로 간다고 했죠? 부럽다."

"경력 때문에 뽑혔을 뿐입니다."

"그래도요. 저도 그런 일 하고 싶었는데. 제가 원래 국정원에서도 책상에 앉아 행정 일만 했거든요."

이서연은 바로 잔을 기울여 술을 한 모금 더 마셨다. 쓴맛 때문인지, 미간이 찌푸려졌다.

"뭔가 특별한 일, 그런 거 하고 싶어서 이 회사에 온 건데. 또 똑같이 행정 계열이야. 의자에 앉아서 키보드만 두드리게 생겼어."

그러고는 소주를 꿀꺽꿀꺽 삼켰다.

이연우는 새우 과자를 집어 먹으면서, 내심 고개를 저었다. 배부른 소리였다. 사무직이면 오히려 좋겠다. 게다가 저렇게 마시면 빨리 취할 텐데…

아니나 다를까, 벌써 이서연의 눈이 흐리게 풀렸다. 취한 동공이 이연우를 보았다.

"연우 씨도 부러워요. 한국 지사로 가잖아요. 그것도 이름부터 멋있어 보이는 이상 조사반이라면서요."

"글쎄요. 뭐 하는 부서인지도 잘 모르겠어서…"

"그래도 저보다는 재밌지 않을까요? 이상도 막 만날 거 같은 이름인데."

이연우는 텀블러를 매만지다가 작게 답했다.

"마주쳐서 뭐가 좋을까 싶습니다. 다른 두 분 돌아가신 거 봤잖아요."

"아. 그건 그렇죠…"

잠깐 침묵.

이서연이 말없이 잔을 들어 올렸다. 취한 목소리가 이어졌다.

"사람을 살리기 위해 행동했던 한창성 씨와 송시우 씨를 위하여."

짠.

한 모금 마실 때마다 건배사가 돌았다.

"우리의 회사 생활을 위하여!"

강열이 외쳤다.

"큰 사고 없이 안전하고 평안한 회사 생활이 되기를 바라며."

강열의 말을 받아 이연우가 소망했다.

그렇게 텀블러 셋이 또 부딪치는 순간.

딱!

기묘한 소리가 들려온다. 마치 플라스틱 막대끼리 강하게 부딪치는 듯한, 그러면서도 어디선가 들어본 듯한 소리.

텀블러를 입에 가져가던 자세로 멈춘 신입 사원들이 서로 눈을 마주친다. 의문 가득한 눈빛이다. 이연우가 의심스럽게 말한다.

"방금 무슨 소리 나지 않았습니까?"

"저도 들었습니다. 텀블러가 부딪치는 소리는 아니었습니다."

"꼭 슬레이트 치는 소리 같았는데. 막 영화나 드라마 촬영할 때 쓰는 그거."

그 순간.

벌컥, 문이 열린다. 신입 사원 셋이 화들짝 놀라며 텀블러를 숨기려고 하나, 도리어 급한 손길에 남은 소주가 쏟아지면서 알코올 향이 확 퍼진다.

바닥에 쏟아진 소주가 흥건하게 퍼지는 가운데, 그 위로 슬리퍼가 철퍽 떨어진다.

김 박사의 슬리퍼다. 김 박사가 술에 취한 이서연을 내려다본다. 이서연이 붉게 달아오른 얼굴로 어색하게 웃는다.

"아, 그러니까, 제가 술 가져온 거고, 제가 마시자고 한 건데요."

"여러분."

김 박사가 말을 끊는다. 손을 파닥거리며, 이상한 표정을 짓는다.

"무사히 연수를 마친 것을 기념해 공연이 준비되었습니다. 얼른 보러 가시죠."

"예…? 이 시간에요…?"

이연우가 무심코 창가를 본다. 창 옆의 시계는 12시를 향해 달리고, 창밖은 깜깜하다. 가로등조차 없는 산골, 달도 뜨지 않은 심야다.

이연우는 뭔가 잘못됐다고 느낀다. 하지만 제멋대로 손이 움직인다. 짝, 짝짝, 짝짝짝, 박수를 치는 손바닥. 세 명의 입이 저절로 벌어지고, 박수 위로 말소리를 더한다.

"그거 너무 기대되네요! 얼른 보러 가죠!"

"갑시다!"

"세상에! 노래 한 소절로 사람을 감동의 도가니로 몰아넣는다는 그 전설의 가수! 레오나르도 다 서울Leonardo da Seoul이라니! 이건 꼭 들어야겠는걸!"

누군지도 모르는, 김 박사가 말하지도 않은, 처음 듣는 이름이 자연스럽게 입 밖으로 나온다. 아니, 입만이 아니다.

덜컥. 끽.

발이 멋대로 움직여 슬리퍼를 신고, 몸이 멋대로 움직여 침대에서 벗어난다. 이어, 보이지 않는 실이 잡아당기는 듯, 다리가 교차하며 뻣뻣하게 걸어간다.

이연우의 눈동자가 사정없이 떨린다. 무언가 말하려고 하지만, 입은 움직이지 않는다.

"레디!"

딱!

"액션!"

0. 오프닝

자막: 예술은 자유로워야 한다. 그것이 세계를 감동시키는 예술이라면 더. - 자유예술가협회

1. 중산골 정류장 / 밤

내리쬐는 달빛이 정류장 표지판과 그 아래 있는 레오나르도와 감독을 밝게 비춘다. 감독이 주먹 쥔 팔을 치켜든다.

감독: 예술은 자유로워야 한다! 헛소리를 늘어놓으며 예술을 억압하는 회사를 타도하자! 예술을 검열하고, 창고에 가둬 먼지만 먹이고, 때로는 파괴하는 회사를 타도하자!

레오나르도: (귀찮다는 듯) 아저씨, 일이나 후딱 마치고 가자고요.

레오나르도가 등에 멘 기타 케이스를 툭툭 친다.

감독은 주먹 쥔 팔을 부르르 떨고는 자기 가슴을 쾅쾅 친다.

감독: (스스로에게 도취되어) 험난한 길이었다! 세계를 감동시키는 예술만 모아두는 회사의 창고를 찾기까지 얼마나 힘들었던가!

이 조그마한 나라를 찾고, 또 이 연구소를 찾아오기까지 얼마나 오래 걸렸던가! 세계를 떠돌던 그 여정은 시나리오만 수십 편!

레오나르도: (짜증스레) 아, 적당히 좀 하시라고요.

돌아선 레오나르도가 혼자 백범문화연구소로 가는 산길로 나아간다. 그 뒷모습을 노려본 감독이 천천히 그 뒤를 따른다.

길 너머로 멀어지는 둘.

타이틀 '예술 회수 대작전'이 떠오른다.

"컷!"

그 말과 동시에 조명처럼 내리쬐던 달빛이 사라졌다. 순식간에 어두워진 산길. 한 치 앞도 보이지 않았다. 잘만 걷던 레오나르도와 감독이 멈추어 섰다.

"아저씨요. 촬영 다시 시작하죠? 이래서는 길도 못 찾겠는데."

"안 돼! 이딴 건 '예술 회수 대작전'에 필요 없는 장면이야! 지루하고, 재미없고, 의미도 없잖아!"

"아니면 아니지, 왜 소리를 지르고 그래요. 그러다 회사 놈들한테 들키면 어쩌려고."

조심하느라 핸드폰조차 켜지 않았는데, 고함이 웬 말이냐. 기타 케이스를 고쳐 멘 레오나르도는 조심스럽게 길을 찾아 발을 옮겼다. 입에서는 투덜거리는 말이 속삭이듯 나왔다.

"그런데 왜 하필 오늘이에요? 달도 없어서 걷기도 힘든데."

"그건 내 작품, '백범문화연구소 염탐 대작전'을 보면 알 수 있다. 정말 오래 걸렸고, 또 훌륭한…"

"아, 됐어요. 안 봐요, 안 봐."

그렇게 대화하는 동안 어찌어찌 문화연구소에 가까워졌다. 멀지 않은 거리에 창밖으로 불빛이 새어 나오는 건물이 둘. 흐린 어둠이 내려앉은 정문에는 사람 그림자가 보이는 듯도 했다.

둘은 나무 뒤로 숨은 후, 고개를 내밀었다.

"이제 어째요? 저는 공연만 하면 된다면서요."

"레디."

이글거리는 목소리와 눈. 연구소 건물을 노려보며 감독이 작게 중얼거린다. 직후.

딱!

슬레이트 치는 소리가 허공 어디에선가 들려오고, 감독이 큐 사인을 마쳤다.

"액션."

2. 백범문화연구소 정문 / 밤

달조차 뜨지 않은 밤. 야간 근무를 서는 보안 직원 둘이 시시덕거린다. 그때 발걸음 소리가 들리고, 보안 직원 1이 고개를 돌려 길 너머를 본다.

보안 직원 1: 지금 이상한 소리가 들렸는데. 누가 오나?

보안 직원 2: 이 밤중에 누가 와요. 오면 적이겠죠.

보안 직원 1: 그렇지? 일단 경계해.

보안 직원 1이 테이저건을 쥐고, 보안 직원 2가 무전기를 입 앞에 대면서 길에 시선을 고정한다. 어두운 길 너머에서 사람 그림자가 점점 가까워진다. 무전기의 통신 버튼 위에 올린 손가락.

레오나르도: 고생하십니다. 오늘 공연에 초청받은 레오나르도 다 서울입니다!

레오나르도가 밝게 웃으며 꾸벅 인사한다. 보안 직원이 무전기와 테이저건을 놓는다.

보안 직원 2: 와! 레오나르도 다 서울! 팬이에요! 꼭 한번 직관하고 싶었어요!

보안 직원 1: 한번 들으면 시간 가는 줄도 모른다는 레오나르도 다 서울이잖아! 이건 무조건 검문하지 말고 통과시켜야겠는걸?

보안 직원 1이 닫아둔 정문 철창을 연다. 레오나르도가 철창을 지나 백범문화연구소로 진입한다. 보안 직원을 지나친 레오나르도가 멈추어 선다.

돌아선 레오나르도가 손뼉을 짝 친다.

레오나르도: 맞다! 일 하나만 부탁드려요.

보안 직원 2: 무엇이든 부탁하세요! 뭘 해드릴까요?

레오나르도: (손을 뻗어 어딘가를 가리키면서) 저기 두 건물 사이에 공터 있죠?

보안 직원이 고개를 돌린다. 3층 건물과 2층 건물 사이의 공터. 달빛이 스포트라이트가 되어 둥글게 내리쬔다. 레오나르도가 만족

스럽게 웃는다.

레오나르도: 저기서 공연할 거니까, 여기 연구소에 있는 사람들 모두, 한 명도 빼놓지 않고 모아주세요.

보안 직원 2: 네! 지금 바로 움직이죠!

보안 직원 1: 레오나르도 다 서울의 공연! 이건 못 참지! 다들 신나서 나올 게 분명해!

보안 직원 둘이 각자 3층 건물과 2층 건물로 달려간다. 레오나르도는 공터로 간다. 달빛의 중심에 서서 관객을 기다린다. 까딱이는 머리와 경쾌한 콧노래.

13

3. 2층 생활관 복도 / 밤

사람들이 우르르 몰려나오는 복도. 신나고 흥분된 얼굴로 뛰다시피 걸어간다. 공연을 기대하며 들뜬 걸음.

연구소 직원 1: 레오나르도 다 서울의 공연을 보다니 너무 좋아!

연구소 직원 2: 내 인생에 이런 행운이 올 줄이야! 빨리 내려가서 좋은 자리를 잡아야겠어!

이때 인파를 헤치고 거꾸로 거슬러 올라가는 김 박사. 무언가 마음에 안 드는지 안면 근육이 꿈틀거리고, 손을 휘적인다.

신입 사원이 머무는 방문 앞에서 멈추는 김 박사. 몸이 삐걱거린다.

"컷! 감히 시나리오를 거부하려고 하다니! 안 되지! 배우면 배우답게 연기에 충실해야지! 레디!"

딱!

"액션!"

4. 남성 신입 사원의 숙소 / 밤

빈 침대가 더 많은 숙소. 신입 사원 세 명은 침대에 앉아 술잔을 나누다가 멈춘다.

신입 사원 1: 방금 무슨 소리 나지 않았습니까?

신입 사원 2: 저도 들었습니다. 텀블러가 부딪치는 소리는 아니었습니다.

신입 사원 3: 꼭 슬레이트 치는 소리 같았는데. 막 영화나 드라마 촬영할 때 쓰는 그거.

그때 문이 열린다. 신입 사원이 급히 움직이다가 소주를 쏟는다. 바닥에 퍼지는 소주.

소주를 밟고 선 김 박사가 신입 사원 3을 내려다본다.

신입 사원 3: (어색하게 웃으며) 아, 그러니까, 제가 술 가져온 거고, 제가 마시자고 한 건데요.

김 박사: (단호하게) 여러분.

김 박사가 여전히 손을 움직이면서 이상한 표정을 짓지만, 시나리오 외의 행동은 불가능하다.

김 박사: 무사히 연수를 마친 것을 기념해 공연이 준비되었습니다. 얼른 보러 가시죠.

신입 사원 1: (이상하다는 듯) 예…? 이 시간에요…?

신입 사원 1이 창가를 본다. 11시 20분을 가리키는 시계.

신입 사원들이 박수를 친다.

신입 사원 3: 그거 너무 기대되네요! 얼른 보러 가죠!

신입 사원 2: 갑시다!

신입 사원 1: 세상에! 노래 한 소절로 사람을 감동의 도가니로 몰아넣는다는 그 전설의 가수! 레오나르도 다 서울이라니! 이건 꼭 들어야겠는걸!

흥겹게 방을 나가는 김 박사와 신입 사원들.

"컷! …무엇이지? 내가 엑스트라 따위에 이렇게 분량을 할애할 리가 없는데? 무언가가 간섭하나? 아니, 그럴 리가. 감독인 내가 못 알아챌 리가 없다."

방을 나온 순간, 정체 모를 강제력이 헐겁게 풀렸다. 여전히 다리는 자기 혼자 움직이며 계단을 내려가고 있었지만, 손과 입은 자유를 찾았다.

손으로 계단 난간을 잡았다가, 손바닥이 쓸리며 끌려 내려간 이연우가 다급하게 말했다.

"김 박사님. 이게 무슨 일입니까? 실습이나 훈련인가요?"

"아뇨. 공격받는 겁니다."

김 박사는 무미건조하게 말했다. 정신이 다른 곳에 집중되어 있었다. 자유를 찾은 얼마 안 되는 시간 동안, 얼른 손을 움직여 핸드폰을 빠르게 두드렸다.

연구소장의 권한으로 접속한 연구소 관리 시스템.

장면이 바뀌는 동안 조금씩 진행하여, 이제 비상 격리 조치를 실행하기만 하면 되었다. 새빨갛고 커다란 버튼이 핸드폰 화면을 가득 채웠다.

그것을 훔쳐본 강열이 침착하게 물었다.

"누가 어떻게 공격하는 겁니까? 저희는 무얼 하면 됩니까?"

"현재 확인된 침입자는 자유예술가협회의 이사. 이상 개체명 '감독'입니다. 그는 제한적인 현실 조작…"

말하면서도 멈추지 않았다. 김 박사의 손가락이 붉은 버튼을 눌렀다가 떨어졌다.

그들이 있는 공간은 당장의 변화가 없었으나, 이상을 보관하는 공간이 쇠창살로 격리되고, 최후의 격리 수단인 '그런데 갑자기 닌자가!'의 봉인이 풀리며, 닌자가 자유를 얻었다.

그러는 동안, 그들은 건물을 나가 공터에 도착했다.

그때, 소리가 들렸다.

딱!

5. 공터 / 달이 밝은 밤

공터에 모인 연구소 직원들이 웅성거린다. 그들은 앞을 보며 눈을 반짝이고, 흥분하여 제자리에서 방방 뛴다.

연구소 직원 3: 저길 봐! 레오나르도 다 서울이야!

보안 직원 3: 이런 날이 오다니! 나 너무 행복해!

하얀 달빛의 중심에 선 레오나르도가 감고 있던 눈을 뜬다. 눈이 마주친 사람들이 자지러진다. 레오나르도가 기타에 손을 올린다.

레오나르도: 이제 다 모였나요? 한 사람도 빠짐없이?

연구소 직원 일동 : (아주 크게) 네!

레오나르도: 여러분, 저는 서울의 레오나르도, 레오나르도 다 서울입니다.

연구소 직원 일동: 와아아아아!

레오나르도: 그럼 공연을 시작하기 전에 안내 사항 먼저 알려드릴게요.

레오나르도가 보안 직원 1을 가리킨다.

정문에서 레오나르도를 맞이한 보안 직원이다. 선글라스를 쓰고 있다. 그 말고도 잠옷에 선글라스를 삐뚤게 쓴 보안 직원이 몇 있다.

레오나르도: 이런 선글라스는 벗어주세요. 제 공연을 관람하는 데 방해되겠죠?

보안 직원 1: 네에.

보안 직원 1이 힘겹게 선글라스를 벗는다. 바닥에 떨어진 선글라스. 금이 가고 망가진다. 흙바닥 위로 연달아 떨어지는 선글라스들.

레오나르도가 관객을 둘러본다. 복작복작 모여 기다리는 관객. 레오나르도가 기타를 고쳐 잡는다.

레오나르도: 그러면 첫 곡으로…

그런데 그때! 갑자기 닌자가 나타났다!

닌자: 도~모. 처음 뵙겠습니다. 닌자데스.

"컷! 컷! 컷! 감히 내 시나리오에 손을 대! 감히! 용납할 수 없다!"

달빛이 사라져 어둑한 공터. 작가의 능력에 힘입어 현실로 튀어나왔던 닌자가 한순간에 사라졌다.

대신 빵모자를 눌러쓴 백인 남성이 툭 튀어나와 고래고래 소리를 질렀다. 목에 핏대가 섰고, 침이 사방에 튀었다.

"내 작품에 손을 대? 어떻게든 대가를 치르게 만들어주마! 예술 작품만 돌려받으려고 했지만, 자비는 끝이다, 끝!"

하지만 그 말을 얌전히 듣는 사람은 없었다.

강제력이 느슨해진 지금, 분위기가 확 변했다. 좋아하는 가수의 노래를 기다리던 열광적인 공연장에서, 적을 맞이한 회사로.

보안 직원은 녹슨 기계처럼 관절을 삐걱거리며 선글라스를 주우려고 허리를 숙였고, 정문 경비는 테이저건에 손을 뻗었다. 상급자는 비상 장치를 원격으로 가동하려고 주머니를 뒤졌으며, 연구 직원은 오감을 곤두세워 이상을 관찰하고 분석하고 기억했다.

그 과정이 지나치게 늦었다. 무거운 무언가에 꽁꽁 묶인 것처럼, 힘겹게, 느리게 움직였다.

시간을 끌듯, 김 박사가 크게 외쳤다.

"감독! 한국에 들어왔다는 말은 못 들었는데. 꼭 이래야겠습니까?"

"입 다물어! 네놈들은 말할 자격도 없어! 예술도 모르는 놈들이!"

"이곳에는 사람을 죽이는 이상도 많아요! 세상에 공개되어서는 안 되는…"

"이상이 아니다! 세계를 감동시켜, 세계의 사랑을 받는 위대한 예술이야! 그런 걸 네놈들이 상자 속에 처박아둔 거고! 그리고 이제 와서는 내 시나리오에도 손을 댔지! 감히!"

감독의 눈이 번들거렸다. 김 박사는 속으로 한숨을 쉬었다.

'말이 안 통해. 내가 더 할 수 있는 게 없어.'

그래도 할 수 있는 것은 다 했다.

비상 격리 조치를 실행해 이상을 단단하게 격리했고, 닌자를 불렀다. 연구소에 있는 이상을 탈취당할 일은 없었고, 나아가 닌자가 감독까지 제압할지도 모를 일이었다.

그렇게 마음 편하게 생각할 때…

감독이 돌연 히죽 웃었다.

"그렇지. 화만 낼 게 아니지. 돌발 상황도 감독의 역량에 달린 법. 좋아, 이렇게 연출하면 재밌겠어."

감독은 몇 마디를 내뱉었다.

"닌자 몰살. 자극적이고, 원초적인 폭력."

"아?"

이해하기도, 말리기도 전에 감독이 빠르게 외쳤다.

"레디."

딱!

"액션!"

6. 공터 / 어두운 밤

달도 뜨지 않은 공터.

그런데 그때! 갑자기 닌자가 나타났다!

닌자: 도~모. 두 번째로 뵙겠습니다. 닌자데스.

닌자는 어둠 속에! 우리들 속에 서 있다! 칠흑같이 어두운 천 옷과 두건을 두르고!

닌자가 닌자 소드를 뽑는다! 어둠 속에서도 번쩍이는 닌자 소드! 달빛 같은 검광이 연구소 직원들 사이를 가로지른다! 한 번! 두 번! 세 번! 네 번! 다섯 번! 여섯 번! 일곱 번!

일곱 개의 초승달이 지상에 떠올랐다가 사라진다!

토막 나서 떨어지는 시체! 솟구치는 선혈! 메아리치는 비명! 끔찍한 참극의 현장이다!

시체 밭의 중심에 선 닌자가 닌자 소드를 떨어뜨린다!

닌자: 이, 이건 내가 원한 게… 아아!

닌자가 피바다 가운데에서 주저앉는다! 무릎이 피 웅덩이에 잠긴다!

그리고 벌떡 일어선 닌자가 도망친다. 어둠 속으로 사라지는 닌자.

"컷! 하하! 꼴 좋다! 그러게 감히 남의 작품을 멋대로 바꾸려고 해!"

닌자의 변질마저 연출로써 이용한 감독이 머리를 흔들어 대며 웃었다. 널브러진 시체 토막을 손가락질하다가, 그것만으로는 부족하다는 듯 시체에 발길질까지 하면서.

즈으윽.

얻어맞은 시체 토막이 데굴데굴 구르며 자신이 지나온 길에 붉은 자취를 남겼다. 아찔한 피 냄새가 짙었다.

한순간에 20여 명이 잔혹하게 죽었다.

현실 같지 않은 감각. 감독의 광기 어린 웃음도 어딘가 멀게만 느껴졌다.

연구소의 직원들이 멍하니 동료였던 시체 파편을 내려다보았다. 말을 잃고, 생각도 잃은 사람처럼 정신이 나가 있었다.

"아저씨요."

얼굴에 핏방울이 튄 레오나르도가 핏방울을 문질러 닦아낸 후, 감독을 노려보았다.

"미쳤어요? 왜 남의 관객을 막 죽여요!"

"하! 네 관객이 아니라 내 배우야! 죽이든 살리든 내 마음이다!"

"아니! 배우든 뭐든 내 노래 들을 사람이면 관객이지!"

"그러는 너도 내 시나리오대로 움직이는 배우다! 어디 감히 감독님한테."

"뭐래, 이상한 힘만 가졌지, 제대로 된 작품 한번 못 만든 주제에…"

"너…"

서로 말다툼하기 시작하는 둘.

하지만 이연우에게는 잘 들리지 않았다. 그저 좁아진 시야로 발치를 내려다봤다. 발 앞에서 나뒹구는 시체. 핏물이 밀려와 슬리퍼를 적시고, 발가락 사이까지 스며들었다.

'…간신히, 한 끗 차이로 살았어.'

천운이었다. 닌자의 섬뜩한 검광은 아슬아슬하게 이연우를 스치고 지나갔다. 예리하게 잘린 옷소매가 그 증거였다.

하지만 생존을 순수하게 즐거워하지 못했다.

문제의 원인이 여전히 남았기 때문만은 아니었다.

"큭."

"아윽."

일주일 동안 그럭저럭 정을 붙인 강열과 이서연이 주저앉아 핏물을 쏟고 있었다.

강열의 팔은 뼈가 보일 정도로 깊게 베였다. 강열이 침착하게 티를 찢고는 그것을 붕대 삼아 상처에 묶었지만, 혈색이 좋지 않았다. 멀쩡한 손과 이빨로 매듭을 묶는데, 잘게 떨고 있었다.

쓰러져버린 이서연은 더 심각했다. 나뭇가지처럼 얇은 왼쪽 다리가 뚝 잘려 나갔다. 허벅지의 절단면이 무슨 수도꼭지인 것처럼 핏물이 쏟아졌다.

어찌어찌 매듭을 묶은 강열이 다가갔다.

"이서연 씨, 일단 응급처치부터 하겠습니다."

강열은 찢어낸 티로 이서연의 허벅지를 묶기 시작했다. 이서연은 까무러치며 벌벌 떨었다. 흰자를 보이는 눈동자.

"끄으으윽!"

이연우는 느릿하게 다시 시선을 옮겼다. 사방에 널린 시체 중, 익숙한 얼굴이 보였다.

'아.'

연수 첫날, 그에게 테이저건을 쏜 보안 직원. 미안했다며, 자주 이야기를 나눈 그의 머리통이었다.

자다가 나왔는지, 주변에 떨어진 조각은 잠옷을 두르고 있었다.

"이사라고 해서 얼마나 대단한 감독인가 했더니, 능력 없었으면 삼류도…"

"한 마디만 더 해봐. 너도 죽여버릴 거야."

여전히 싸우는 침입자 둘.

그들에게 흐린 시선을 보낸 이연우는 잠에 취한 사람처럼 흔들흔들 걸음을 옮겼다. 피 웅덩이와 시체를 디디며 바닥에 떨어진 테이저건을 향해.

14

온 세상이 흐릿했다. 오직 피 웅덩이에 반쯤 잠긴 테이저건, 푸른 번갯불을 튀기는 테이저건만이 시야 가운데에 선명하다.

'푸른 뱀…'

이연우는 두서없이 생각을 떠올리고, 흘려보냈다.

'번개 같은 뱀, 뱀 같은 번개. 사람 같은 이상, 이상 같은 사람. 결국은 이상.'

이연우는 여전히 악을 써가며 다투는 두 이상 개체에 잠시 시선을 두었다. 사람처럼 생겼고 사람처럼 화를 내며 사람처럼 손짓하지만, 저것들은 이상이다.

그것도 이 끔찍한 참사를 일으킨 이상 개체.

'처리해야 해.'

살아남기 위해.

복수를 위해.

나를 위해.

핏물에 손을 적시면서 테이저건을 움켜쥔 이연우는 깨달았다.

'이상한 세상. 안전하고 편안한 생활은 있을 수가 없구나.'

비단 회사 생활만이 아니다. 삶 자체가 그러하다. 세상의 그림자에는 이상한 것이 도사리며, 언제든 악의를 표출할 수 있다. 저 이상 개체가 어느 날 밤에 연구소 사람들을 참살하듯 말이다.

'이런 이상한 세상에서 살아가려면…'

철컥.

흐느적거리는 손이 정확히 이상 개체명 감독의 뒤통수를 겨눴다. 맞은편에서 삿대질을 하던 레오나르도가 눈을 크게 떴다. 다급히 열리는 입에서 고함이 터졌다.

"아저씨, 피해!"

'나도 이상한 사람이 되어야지.'

격발.

번쩍.

섬광. 순식간에 내달린 푸른 뱀이 맹렬하게 감독을 휘감았다. 감독의 전신이 경련하며, 옆으로 쿵 넘어졌다. 놀랍게도, 혀가 마비되는 상황에서도 감독은 혀를 놀리려고 안간힘을 썼다.

"레에에엑! 레에에! 디으으윽! 레엑! 애에에엑! 르에에엑! 디이! 이이익!"

이연우는 그 꼴을 내려다보다가, 천천히 고개를 돌려 레오나르도를 보았다. 그를 겨누는 테이저건. 레오나르도의 이마에서 식은땀이 또르르 굴러떨어졌다.

"이렇게 될 줄은 몰랐는데. 저기, 여러분. 항복하면…"

딸깍.

방아쇠를 당겼지만 푸른 뱀은 나오지 않았다. 테이저건 하나에 한 마리인 듯했다.

깜짝 놀랐던 레오나르도가 갑자기 미소를 지었다. 어느새 기타 줄 위로 올라간 손. 손가락이 현을 오가며 황홀한 멜로디가 공터를 채웠다.

"자, 첫 곡! 21세기 서울의 레오나르도!"

세계를 감동시키는, 그래서 세계의 편애를 받는, 그리하여 세계를 움직이는 예술. 그중 레오나르도의 노래, 사람을 황홀경으로 이끄는 노래가 흘러나오기 시작했다.

입이 벌어지고 침이 뚝뚝 떨어졌다. 눈이 크게 떠졌고, 정신이 몽롱해졌다. 영혼이 환희와 희열로 물들었다. 어떻게 세상에 이런 노래가…

그때 김 박사가 다급하게 외쳤다.

"잠깐! 멈추세요!"

멈추지 않는 노래.

"놔줄 테니까 멈추세요!"

까드득.

김 박사는 정신을 차리기 위해 손가락을 물어뜯으며, 닌자의 칼에 베인 부상자를 가리켰다. 죽은 사람이 많았지만, 다친 사람도 많았다. 살릴 수 있는 사람들이었다.

"지금 당신 노래 들으면 이 사람들 다 죽습니다! 응급처치해야 하니까 멈추세요! 당장 멈추지 않으면 당신의 적대 수준을 격상하겠습니다!"

"…그건 안 되는데. 그럼 진짜 약속이에요! 나는 여기서 멈추고, 당신은 날 놔주고."

"예. 그러니까 빨리 멈추세요."

"적대 수준도 진짜 진짜 약속…"

레오나르도는 여전히 기타 줄을 튕겼지만, 노래를 부르지는 않았다. 레오나르도와 김 박사, 둘 다 필사적으로 대화를 나눴다. 목숨이 걸렸기 때문이었다.

그렇기에 레오나르도의 머릿속에서 이연우의 존재가 새까맣게 지워졌다.

뚝, 뚝.

이연우의 턱을 타고 핏방울이 뚝뚝 떨어졌다. 앞니와 송곳니가 아랫입술을 흉하게 파고들었다. 그런데도 정신이 천상으로 이끌려, 윗입술까지 짓씹었다.

콰직.

고통과 황홀감이 충돌하는 머리. 그 간극에서 사고의 흐름을 간신히 붙잡았다.

'정문 경비는 둘. 테이저건도 둘. 뱀도 둘. 하나는 내가 썼고, 다른 하나는… 저기 있다.'

다른 정문 경비도 죽었다. 바닥에 떨어진 홀스터, 테이저건.

"그럼 안전하게 제가 저기 정문까지 간 다음에 연주를 멈출게요."

"빨리 가세요! 뛰어! 시간 없어!"

"아니, 기타 치면서 뛰는 게 말이 되나. 그건 멋이 없는데…"

이연우는 번갯불이 튀는 테이저건을 홀스터에서 꺼내 조준했다.

격발. 섬광.

"약속은 꼬오오옥! 오오옥!"

딩, 데뎅, 딩.

레오나르도의 손가락이 통제를 잃고 현을 제멋대로 쳤다. 그것은 더 이상 음악이 아니었다. 서서히 물러가는 황홀감. 설상가상으로 레오나르도는 앞으로 넘어지며 주둥이가 흙바닥에 처박혔다.

"으으읍! 읍!"

김 박사와 이연우의 시선이 교차했다. 김 박사가 엄지를 치켜들었다.

"잘했어요. 덕분에 시간을 조금이라도 더 아꼈어요."

"별거 아닙니다."

이상한 세상에 적응해버린 이연우가 묵묵하게 고개를 저

었다.

그 후의 일은 빠르게 지나갔다.

학살에 충격을 받은 직원. 거기에 쏟아진 레오나르도의 노래. 완전히 넋이 나가버린 사람들의 뺨을 두드려 깨웠다. 당장 필요한 의료진을 우선으로.

볼에 피멍이 든 의료진은 허겁지겁 뛰어다니며, 살릴 수 있는 사람부터, 그중에서도 부상이 심각한 사람부터 응급처치하기 시작했다.

공터 한쪽에서는 보안 직원이 살기 어린 눈으로 침입자 둘을 노려보며, 허튼짓을 못 하게끔 감시했다.

"미친놈들입니다. 뱀에 잡힌 상태에서도 뭘 하려고 합니다."

이연우와 김 박사는 보안 직원과 함께 서서, 두 침입자를 내려다봤다.

감독은 레디 액션을 외치려고 몸을 비틀어댔고, 레오나르도는 비명을 노래로 승화하려고 비명에 음을 부여하고 있었다.

그때마다 쏟아지는 몽둥이 세례.

"이 새끼들! 가만히 있어!"

"죽어! 죽어! 죽어!"

"야, 멈춰! 죽이면 안 돼! 이 새끼 끌어내!"

전기가 통하지 않는 소재로 만들어진 삼단봉이 가차 없이 휘둘러졌다. 머리, 가슴, 팔, 허리, 다리, 가리지 않고 내리꽂혔다. 안 그래도 푸른 뱀 때문에 엉망인 몸 위로 피멍이 꽃피었다.

그런 그들에게 연구원이 다가왔다.

안색이 새까맣게 죽은 연구원은 음울한 목소리로 김 박사에게 말했다.

"임시 격리 조치가 준비됐습니다."

"설명해주시죠."

"두 이상 개체 모두 입으로 내는 소리가 이상 현상의 시작점으로 추측됩니다. 그렇기에 입에 재갈을 물릴 겁니다. 저 가수는 손도 구속하고요."

"그리고요?"

"하지만 확실하지는 않으므로, 추가로 수면제와 진정제를 투여해 정신을 차리지 못하게 할 겁니다. 만약 정신이 각성한다면, 그 순간 뱀이 물게 장치를 준비했습니다."

"알겠습니다. 임시로 그렇게 해두죠."

고개를 끄덕이는 김 박사.

연구원은 보안 직원의 도움을 받아, 두 침입자를 3층 건물의 깊은 지하로 끌고 갔다.

그것을 눈치챈 두 침입자가 발악했다. 격렬하게 경련하고, 몸을 뒤틀고, 어떻게든 이상을 일으키려고 입을 열었다. 보안 직원은 잘 걸렸다는 듯 눈에 불을 켜고 삼단봉을 내리쳤다.

콰직. 뻐억. 우득.

"끄으윽! 렉! 끅! 딕!"

"아아아아! 아아! 아아아."

"이래도 얌전히 안 있지? 계속 패! 앓는 소리도 못 낼 정도로 패!"

사람 둘이 죽어도 모를 살벌한 현장. 김 박사도 딱히 말리지 않았다.

가만히 보던 이연우가 질문했다.

"이제 저 이상 개체들은 어떻게 됩니까?"

"글쎄요. 저 가수는 우리 연구소에서 관리하겠지만, 감독은 모르겠군요. 한국 지사, 아니면 본사에서 결정하겠죠."

김 박사가 감정을 죽인 목소리로 말했다. 그러나 꽉 쥔 주먹은 좀처럼 펴질 줄 몰랐다.

"자유예술가협회와 뭔가 협상을 하는 데 쓰거나, 현실 조작을 연구하는 데 쓰거나. 죽이진 않을 거예요."

"그런가요."

불합리하다면 불합리한 처사. 하지만 이연우는 담담하게 받아들였다.

이상한 세상이다. 이상의 세상이다. 이런 세상에서 살아가려면, 인간보다는 이상인 편이 더 편하지 않겠나.

참극이 일어난 공터.

살아남은 직원 여럿이 분주히 움직이며 동료들의 시체를 수습했다. 붉은 피를 흠뻑 머금은 공터 위로, 흐릿한 햇빛이 들었다. 연수가 끝나는 날, 아침이 왔다.

이연우는 이상한 세상의 한 사람으로서 아침을 맞이했다.

7일간의 연수가 끝나는 날.

연수를 훌륭하게 마쳤다며 수료식을 치르는 일은 없었다. 그럴 상황이 아니었다. 그저 세 명의 신입 사원과 김 박사가 모여 약소하게 인사를 나누기로 했다.

의무실만으로는 환자를 수용할 수 없었던 탓에 8인용 병실로 변신한 숙소.

왼 다리를 잃은 이서연의 침상 근처에, 이연우와 강열과 김 박사가 모였다.

모두 잠을 잘 시간조차 없었기 때문에 낯빛이 좋지 않았다. 다크서클이 더 내려온 김 박사는 거즈를 두른 손가락으로 서류 몇 장을 뒤적이더니, 혼잣말처럼 중얼거리기 시작했다.

"신입 사원 여러분, 7일간의 연수가 무사히… 아, 이런 건 읽을 필요가 없죠."

김 박사는 서류를 대충 치우고는, 신입 사원 하나하나와 눈을 마주쳤다.

팔에 깁스를 두른 강열.

다리를 잃고 병상에 누운 이서연.

칼에 잘린 옷을 입은 이연우.

그들은 하루 만에 사람이 변한 듯, 제법 사원다운 눈으로 김 박사를 마주 보았다.

"어제 있었던 습격을 한국 지사와 본사에 보고했습니다. 다른 사항은 중요하지 않고, 이게 중요하겠군요. 강열 씨와 이서연 씨의 소속과 보직이 다소 바뀌었습니다. 위에서 그런 명령이 내려왔거든요."

"어떻게 변했나요?"

이서연이 힘없이 질문했다. 다리가 잘렸다고 채용을 취소하지는 않을지, 걱정하는 기색.

"이서연 씨. 한국 지사, 정보부입니다. 강열 씨. 한국 지사, 특전대입니다."

"정보부!"

한순간, 이서연이 아이처럼 기뻐했다. 사라진 다리조차 잊은 듯, 얼굴에 혈색이 돌아왔다.

반면 강열은 의아한 표정을 지었다.

"특전대는 무슨 부대입니까?"

"저도 모릅니다. 정보부나 특전대나 산하에 특정 목적 부서가 있는데, 당신들이 어디로 갈지는 제가 알 수 있는 부분이 아니에요."

원하는 정보를 얻지 못한 강열이 멀쩡한 손으로 턱을 쓰다듬었다. 애매모호한 표정.

"그리고, 이연우 씨."

"예."

"이연우 씨는 똑같이 이상 조사반입니다. 하지만 이연우 씨는 감독과 레오나르도 다 서울의 포획에 가장 큰 역할을 하셨죠."

이연우는 대수롭지 않게 고개를 끄덕였다. 대단한 일을 했다는 자각이 없었다. 그냥, 테이저건을 쥐고, 방심한 적에게 쐈을 뿐이니까.

김 박사가 새삼 이연우를 위아래로 훑어보았다.

"어쨌든, 이연우 씨에게는 실적과 보상이 돌아갈 겁니다."

"보상이라면 어떤…?"

"돈이겠죠."

이연우가 희미하게 웃었다. 아무리 이상한 세상이어도 돈은 여전히 옳았다.

김 박사가 마지막으로 이연우에게 말했다.

"이연우 씨는 이상 조사반에서 연락하는 대로 출근하시면 됩니다. 강열 씨와 이서연 씨는 우선 치료부터 마치세요. 그럼, 여러분 모두 수고하셨습니다."

그걸로 김 박사의 말이 끝났다.

헤어질 시간이 왔다. 이연우는 김 박사와 강열과 이서연에게 고개를 꾸벅 숙였다.

"그럼, 저는 이만 가보겠습니다."

"이연우 씨는 어딜 가든 잘할 겁니다. 그리고 늦었지만, 감독을 잡아줘서 고마워요."

"이연우 씨, 나중에 봐요!"

"고생하십쇼."

이연우는 인사를 뒤로하고 병실을 나섰다. 바쁜 의료진과 어두운 얼굴의 환자가 스쳐 지나갔다.

그렇게 이연우는 백범문화연구소를 떠났다. 2층 건물을 나와, 보안 직원이 지키는 정문을 지나, 흙길을 걸어, 중산골 버스 정류장까지.

7. 에필로그

털털거리며 힘겹게 멈춰 서는 버스. 이연우는 버스를 타고, 창가 자리에 앉아, 백범문화연구소 방향을 본다. 차분하게 가라앉은 눈.

굽이치는 산길을 달리는 버스.

자막: 그리하여 백범문화연구소는 두 예술가를 회수하였으며, 인류보호회사는 대규모 이상 유출로 인한 국가 멸망급 위험을 사전에 방지하였다.

하얀 글씨로 'The End'가 떠오른다.

CAST

이연우 역: 이연우

이서연 역: 이서연

강열 역: 강열

김 박사 역: 김혜지

감독 역: 밀 메디슨

레오나르도 다 서울 역: 박 레오나르도

닌자 역: 그런데 갑자기 닌자가!

연구소 직원 1 역: 김소홍

연구소 직원 2 역: 최유진

연구소 직원 3 역: 박상하

보안 직원 1 역: 신으뜸

보안 직원 2 역: 배준용

보안 직원 3 역: 조강민

푸른 전기 뱀 1 역: 와트

푸른 전기 뱀 2 역: 파랑이

STAFF

각본: 작가

제작: 인류보호회사

제공: 보스, BBJ, 곤, 용진, 젬스톤, 가드니아, JH, 실버스톤, 정ZERO, 공R, 노덕, 하마, 바람부는날, 게롤트, 현소아.

본 작품은 픽션이며 등장하는 인물, 단체, 지명 등은 실존하는 것과 일체 관계없습니다.

등산

15

이상한 세상에서는 하루하루 살아남기 바쁜 법. 내일을 준비하는 저축 따위는 사치다.

부우웅.

첫 직장, 첫 출근, 그리고 첫 차.

이연우는 흐뭇하게 웃으며 자그마한 경차를 운전했다. 회사에서 받은 보상금을 모조리 쏟아부은 경차는, 중고였지만 제법 괜찮았다. 운전하는 내내 콧노래가 절로 나올 정도.

즐겁게, 또 어설프게 도로를 달리기를 잠시.

내비게이션 앱을 켜둔 핸드폰에서 띵동 하고 알림 소리가 났다.

- 전방 500미터 앞에서 우회전입니다.

"우회전."

이연우는 노래 부르듯 말을 끌며, 핸들을 꺾었다. 아스팔트

도로를 발발 달리는 경차가 한적한 주차장으로 들어섰다. 네모난 주차 칸으로 삐뚜름하게 들어가는 경차.

띵동.

– 목적지에 도착하였습니다. 안내를 종료합니다.

"안내하느라 수고했어."

내비게이션 앱을 종료한 이연우는 차에서 내려, 주변을 한 번 쭉 둘러보았다.

넓고 한적한 공용 주차장.

초보 운전 스티커가 붙은 이연우의 경차를 제외하면 경찰차 한 대와 승용차 한 대뿐.

시선을 올리자, 이연우를 내려다보듯 높게 솟은 산이 푸른 옷을 입고 머리에 하얀 안개 모자를 쓰고 있었다. 바람결에 실려 오는 풀과 산의 내음.

"산은 되게 오랜만에 오는 거 같은데…"

이연우의 목소리가 떨떠름하게 변했다. 운전 연습이나 등산을 위해 오지 않았기 때문이었다. 머릿속에서 이상 조사반 반장과 통화했던 기억이 빠르게 스쳤다.

스피커를 터뜨릴 듯이 우렁찬 목소리.

'어, 신입! 네가 일할 부서 반장이다! 내일부터 출근하는데, 괴백산 알지? 아침 7시까지 그쪽으로 와!'

느슨하게 올라갔던 이연우의 입매가 축 늘어졌다. 그는 느릿하게 손을 움직여, 어제 새로 산 등산복의 옷매무새를 고쳤다. 새 옷 냄새와 빤작이는 광채 때문에 코와 눈이 피곤했다.

한숨 섞인 혼잣말이 흘러나왔다.

"윗사람이 등산에 미친 사람이면 피곤해진다던데…"

주말도 아닌 평일이었고, 신입 사원이 출근하는 첫날이었다. 벌써부터 산으로 부르는 꼴을 보니, 불길한 느낌이 스멀스멀 피어올랐다.

이연우는 등산로 입구를 향해 걸으면서, 애써 긍정적으로 생각했다.

"아니겠지. 조사반이 산에 있는 거겠지."

출근할 때마다 산을 올라야 하는 것도 문제였지만, 등산에 미쳐버린 자가 상사인 것보다는… 아닌가? 뭐가 더 문제지?

고민하는 사이 도착한 등산로 입구.

이연우는 쓸데없는 고민을 멈추고, 제자리에 섰다. 입구에 이상한 것이 보였다.

'뭐지?'

출입 금지 테이프가 쳐진 입구.

테이프 앞에 선 경찰 두 명이 출입을 통제했고, 그 옆의 나무 그늘에는 고등학교 교복을 입은 남학생과 후줄근한 트레이닝복을 입은 여자가 쪼그려 앉아 멍하니 핸드폰만 보고 있었다.

이연우가 조심스럽게 접근하자, 경찰이 손을 내밀어 막았다.

"죄송합니다. 사건이 있어서 등산객의 출입을 막고 있습니다."

"…그래요?"

분명히 괴백산으로 불렀고, 여기가 괴백산인데 이상한 일이다.

'신고식 같은 건가? 아니면 진짜 무슨 사고가 난 건가? 설마 또 시험은 아니겠지?'

일단 반장에게 전화하려고 핸드폰을 꺼낼 때였다. 통화 이력을 뒤지는 이연우를 유심히 지켜본 여자가 말을 건넸다.

"이연우 씨? 맞죠?"

"예, 접니다. 그런데, 그쪽은…?"

"으흠, 조사반에서 일하는 유지유예요."

같은 부서 사람. 잘못 찾아온 것이 아니었다. 허름한 옷차림이나 의욕 없이 까맣게 가라앉은 눈동자가 조금 마음에 걸렸지만…

탁탁.

일어서서 트레이닝복의 흙먼지를 털어내는 유지유에게 이연우는 일단 고개를 숙였다.

"안녕하십니까, 선배님. 이번에 입사한 이연우입니다. 앞으로 잘 부탁드립니다."

"네, 정말 반가워요. 반장님이 아주 침이 마르도록 이야기하더라고요. S급 신입이라고. 앞으로, 오래도록 함께 일해봐요."

이연우는 유지유가 악수하자며 내민 손을 맞잡고 두어 번 흔들었다.

그때 교복을 입은 남학생이 머리를 쑥 들이밀었다.

"아저씨. 부모님 두 분 다 건강하시네요?"

"뭐?"

뜬금없는, 어떻게 들으면 기분이 나쁘기까지 한 발언. 이연우는 침착하게 유지유를 보았다. 아는 사람인지, 조사반의 관계자인지 묻는 시선.

이연우의 눈을 피한 유지유가 손바닥을 휘둘러, 학생의 뒤통수를 후려쳤다.

빡!

"악! 왜 때려!"

"함부로 행동하지 말라고 몇 번을 말했는데. 말을 안 들으면 맞아야지."

"이거 폭력이야! 경찰 아저씨! 이 아줌마 좀!"

빡!

"악!"

"휴. 어쨌든 이연우 씨. 이 애는 최재민이라고, 보다시피 좀 '이상'한 애예요."

"'이상'한 말입니까?"

관계없는 경찰이 있었기 때문일까. 유지유는 웃고 있는 경찰이 못 알아듣게 이상 개체를 돌려 말했다.

그것을 알아들은 이연우의 주먹에 힘이 들어갔다. 현실을 조작하는 감독, 정신을 황홀경으로 이끄는 레오나르도. 그가 겪은 인간형 이상 개체는 하나같이 끔찍했으니까.

최재민을 바라보는 이연우의 시선에 경계와 적의가 섞였다. 최재민도 그랬다. 뒤통수를 문지르며, 고개를 치켜들고는 흥분하고 화난 목소리를 냈다.

"난 사람이야! 괴물 같은 게 아니라고!"

최재민이 바락바락 소리를 질러도, 이상 조사반의 직원 둘은 대꾸하지 않았다. 이연우는 최재민에게 긴장된 시선을 고정하며, 유지유에게 소리 죽여 질문했다.

"어떻게, 많이 이상한가요? 다른 사람이 위험할 정도로?"

"아뇨. 레벨로 따지면 1 정도? 무해해요. 기껏해야 부모를 욕하는…"

"혼자만 아는 소리 하면서 무시하지 말라고!"

가만히 구경하던 경찰이 소리 죽여 웃었다. 유지유는 최재민의 뒤통수를 한 번 더 때렸다.

빡!

"아악!"

"어쨌든 여기서 말하기는 힘들고, 산에 올라가면서 말하죠."

유지유가 웃는 경찰에게 몇 마디를 하고는, 출입 금지 테이프를 넘어갔다. 뒤통수를 감싸 쥔 최재민도 뭐라 투덜거리면서 유지유를 뒤따랐다.

이연우는 최재민의 뒷모습을 애매한 시선으로 보았다. 어떤 이상 개체인지 가늠이 되었다.

'부모 감별?'

정말 애매하고 하찮았다. 다른 사람한테 패륜적인 욕설을 뱉을 때나 쓸 법하지, 사람 하나 죽이기도 힘든…

그러고 있자니, 저만치 앞서 나간 유지유가 돌아서서는 떨리는 목소리로 말했다.

"이연우 씨, 출근 첫날부터 산으로 불렀다고 퇴사하려는 건 아니죠? 이것도 업무, 아니, 등산이 업무라는 게 아니라요. 그, 알잖아요. 일 때문에 온 거거든요. 아니, 이러면 우리 일이 등산이라는 소리 같잖아. 그게 아니라…"

신입을 보는 눈이 사정없이 흔들리는 듯했다. 이연우가 퍼뜩 정신을 차렸다.

"아닙니다. 갑니다."

이연우는 출입 금지 테이프를 넘어갔다. 경찰은 막지 않았다. 지나가기 편하게 테이프를 들어주었다.

이연우는 가볍게 고개를 숙여 인사한 후, 산길을 올랐다.

굴곡진 산길을 오르다 보면, 땀이 흐르고 숨이 차오르고 심장이 쉴 새 없이 뛰기 마련이다. 공시생으로 살며 운동 한 번을 안 한 몸이면 더욱더.

허억. 허억. 허억. 허어어억.

몇 걸음이나 뒤처진 이연우가 무릎에 손을 얹었다. 파들파들 떨리는 팔과 다리, 구토하는 사람처럼 숙인 상체. 땀방울이 코끝과 턱 끝에 맺혔다가, 뚝뚝 흙바닥으로 떨어졌다. 침도 질질 흘렸다.

중간에 선 최재민이 이연우를 돌아보았다가, 기겁하며 소리를 질렀다.

"누나! 여기 이 아저씨 죽으려고 하는데! 진짜 죽을 거 같아!"

"체력이 많이 안 좋네요… 이건 안 좋은데…"

유지유는 실망한 기색으로 이연우를 내려다보았다. 그녀는 땀은 흘렸지만, 그렇게까지 지쳐 보이지는 않았다.

이연우는 간신히 고개만 들어 올린 후, 숨을 몰아쉬며 말했다.

"잠깐, 만, 쉬었다, 가죠. 저, 진짜."

"저기 조금만 올라가면 쉼터 있다는데, 거기까지만 가죠."

"조금, 맞습니까?"

"네, 정말 조금."

"으흐으!"

이연우는 악을 쓰며, 숙인 상체를 일으켰다. 그러고는 안간힘을 다해 발을 뻗었다.

유지유와 최재민은 천천히 걸었다. 이연우의 근처에서 계속 이연우를 힐끗거리면서, 당장 쓰러질 것 같은 그에게 걱정 어린 말을 한두 마디씩 건넸다.

"아저씨, 이온 음료 좀 마실래요? 저 가지고 왔는데. 그런데 아저씨 체력 진짜 약하네."

"말, 시키지, 마."

선의를 가장한 방해.

"연우 씨. 제가 선배니까 하는 말인데, 기분 상하지 말고 들어요."

"네, 에."

"우리 조사반은 발로 뛰는 일이 많아요. 체력이 이렇게 약하면 문제가 될 거예요. 앞으로 틈틈이 운동해서 체력을 길러야…"

충고를 가장한 방해.

반쯤 정신이 나가버린 이연우가 그들의 말소리를 백색소음처럼 흘려버릴 때였다. 문득 이연우의 눈동자가 커졌다.

'쉼터! 쉼터다!'

자그맣고 평평한 공터에 공원 벤치 같은 것이 두 개 놓여 있었다. 바로 옆에 커다란 나무가 있어서 그림자까지 드리워진 자리!

"제가 다 조사반의 식구로서 하는 말인데, 연우 씨? 이연우 씨, 듣고 있죠?"

"예! 정말 조금 남았었네요!"

"누나, 이 아저씨 하나도 못 들은 거 같은데."

이연우는 힘을 쥐어짜, 걸음을 재촉했다. 가장 먼저 도착한 이연우는 벤치 하나를 차지했다. 아예 몸을 던져 침대처럼 누워버린 것이었다.

"아, 살 거 같다."

딱딱한 나무 벤치가 침대보다 좋았다.

쏴아아.

때마침 바람이 불었다. 흔들리는 나뭇잎 사이로 빛나는 아침 햇살. 편안하게 눈을 감은 이연우의 호흡이 점차 느릿해질 즈음.

유지유가 말했다.

"연우 씨, 이제 좀 괜찮죠? 일 이야기 시작해도 될까요?"

"예! 죄송합니다. 이렇게까지 체력이 부족할 줄은 저도 몰랐습니다."

"그럼, 이쪽으로 와봐요."

유지유는 최재민과 앉아 있는 벤치를 가리켰다. 둘의 사이에 종이 몇 장이 늘어서 있었는데, 기사나 사진 또는 글 따위였다. 이연우가 벤치 앞에 쪼그려 앉자, 셋이 머리를 맞대는 꼴이 됐다.

유지유가 말했다.

"우선, 우리 이상 조사반은 이상한 사건, 이상의 소행으로 의심되는 사건에 투입되어 정보를 수집하는 부서입니다."

"그럼, 이 산에 이상이…?"

이연우는 뒷말을 흐렸다. 쉬면서 좋아진 얼굴이 딱딱하게 굳었다. 곤두선 신경. 이연우는 저도 모르게 사방을 둘러보았다.

사람 없는 산이 낯설었다.

쏴아아아.

바람을 맞아 잎사귀가 몸을 비비는 소리, 희미하게 피어오르는 안개.

"아직 확실하지는 않지만, 의심스러운 부분이 있죠. 여기, 이거 보세요."

유지유가 종이 몇 장을 건넸다. 사진 몇 장과 면담 기록이 담긴 종이. 이연우는 첫 장부터 진지하게 읽다가, 어느 지점에서 표정이 이상해졌다.

'박상준? 이 사람이 왜 여기에서 나와?'

16

제일 처음 본 사진에는 끔찍한 시체가 있었다. 이리저리 뒤틀린 사지, 끌려 올라간 상의 아래로 짐승이 내장을 파먹은 듯 푹 파인 복부. 득실득실 달라붙은 벌레 떼.

눈살을 찌푸린 유지유가 설명을 더했다.

"이 산에서 등산객이 사망한 일이 있었죠. 부검 결과, 발을 헛디뎌서 비탈길로 굴러떨어졌고, 그 부상으로 천천히 죽어갔다고 하고요."

"…이상한 일은 아니지 않습니까? 평범한 실족사 같은데."

이연우는 침착하게 되물었다. 흔들리지 않는 눈으로 이상한 점은 없는지, 잔인한 사진을 차근차근 살펴보았다.

'…봐도 모르겠는데.'

단순한 시체였다. 이연우가 사진에서 눈을 떼고, 다른 사람을 보았다.

"우욱."

최재민은 벤치 너머로 고개를 빼서 헛구역질을 했다. 도움이 되지 않았다. 반대로 유지유는 선배답게, 모를 줄 알았다는 듯 친절하게 보고서를 가리켰다.

"단순한 사고 같죠? 다음 장 봐보세요."

사락.

종잇장을 넘기는 소리. 자기가 넘겨놓고 흠칫 놀란 이연우는 눈을 감았다가, 이내 태연하게 눈을 떠 보고서를 읽었다.

"어."

박상준의 증명사진이 나왔다. 아래로는 인터뷰처럼 대화 기록이 쓰여 있었다. 번갈아 나오는 질문과 답이 많았다.

이연우가 의문을 담아 유지유를 올려다봤다.

"연우 씨도 아는 사람이죠?"

"예. 이 사람이 왜 여기에서 나옵니까?"

고시 낭인, 박상준.

인간자격시험을 치르고, 신입 사원 연수까지 함께했던 사람.

유지유는 짙은 한숨을 쉬었다.

"이 산에서 죽으려고 했대요. 사람이 오지 않는 산골짜기에서."

"네? 어째서."

"연수 못 버티고 나갔다던데. 그러면 기억 소거제 처방받은 거잖아요."

"그랬죠… 더 말 안 하셔도 됩니다."

이연우는 묵묵히 박상준의 증명사진을 보았다. 어쩐지 그의 마음을 알 것도 같았다.

'다섯 번째 공무원 시험은 불합격했고, 여섯 번째 시험을 준비해야 하는데, 정신 차려보니 공부한 기억도 없이 시간만 지나 있었겠지.'

더는 시험을 준비할 자신이 없어서, 더는 못 버티겠어서, 어쩌면 '내가 죽어야 하는 이유'의 영향이 무의식에 남아 있어서.

'나도 회사에 입사하지 않았으면… 아냐, 이런 생각을 할 때가 아니지.'

자기 뺨을 찰싹 때린 이연우가 사무적으로 자료를 읽어나갔다.

"생존? 기억상실?"

박상준은 살았다. 하지만 또 이상한 사건을 겪은 모양이었다.

"만신창이가 되어서 허겁지겁 산에서 내려왔다는데, 기억이 나지 않는다더라고요. 뭘 봤고, 그래서 도망친 거 같다는데… 그런데 중요한 건."

유지유가 네 손가락을 펴서 이연우의 눈앞에 들이댔다.

"박상준이 죽기로 한 골짜기가 처음 본 사진 속 사망자가 있던 현장이고, 그 후로도 이 산에서 네 명이 더 사망했다는 거죠."

"발을 헛디뎌서요?"

"네, 굴러떨어져서."

"비슷한 골짜기에서?"

"그 골짜기에서."

이건 확실히 이상하다. 이연우는 경계하는 눈으로 주변을 둘러보았다.

하얀 안개가 아까보다 짙어졌다. 좁아진 가시거리. 멀리 있는 나무가 흐릿한 그림자가 되어, 안개 너머에 서 있었다. 흔들리는 가지와 나뭇잎이 무언가의 손짓 같았다.

불길한 산 한복판에서, 유지유가 진지하게 말했다.

"진짜 이상인지, 이상이면 어떤 이상인지 조사하는 게 우리 임무입니다."

"위험한 일이군요."

이연우는 각오를 다졌다. 인간자격시험을 치를 때처럼, 내가 죽어야 하는 이유로부터 살아남을 때처럼, 감독과 레오나르도를 포획할 때처럼, 필사적으로.

그런데 한창 심각해질 무렵, 유지유가 돌연 어깨를 늘어뜨리며 입가를 조금 올리고 웃었다.

"…뭐, 실제로는 조그마한 단서만 구해서 도망치는 일이에요. 어쨌든 먹고살려고 일하는 건데, 목숨까지 걸 필요는 없어요."

"아저씨, 쫄 필요 없어요. 저도 몇 번 일해봤는데, 진짜 이상한 건 본 적이 없어요."

다 거짓말이고, 헛소리고, 소문일 뿐이었다고. 이상은 그렇게 흔하지 않다고. 최재민과 유지유가 웃었다.

하지만 이연우는 긴장을 풀지 못했다.

'이상한 세상이야. 무슨 일이 일어나도 이상하지 않아.'

근육의 적당한 긴장과 적당한 이완. 사방을 경계하는 감각. 무슨 징조가 보인다면, 즉각 반응하게끔 곤두선 신경.

이연우의 긴장된 얼굴을 보고, 유지유가 팔뚝을 툭툭 쳤다.

"좋아요, 뭐. 신입 사원이니까 바짝 긴장할 수도 있죠. 나쁘지 않은 자세예요."

"아저씨, 진짜 쫄보네. 하긴, 오히려 나보다 경험이 없구나. 나는 조사 실습만 벌써 열 번이 넘는데."

웃는 사람들. 아무리 생각해도 안전 불감증이다. 무어라 말하려고 이연우가 입을 연 순간.

"그럼 슬슬 다시 일할까요?"

유지유가 서류를 가져갔다. 서류를 가방에 넣은 유지유는 가방을 등에 메며 벤치에서 힘차게 일어났다.

"사망 사건이 연달아 있었던 골짜기는 너무 위험하니까, 그 골짜기가 내려다보이는 산봉우리로 올라가죠. 거기서 내려다보면 뭐라도 단서가 보이겠죠."

유지유가 운동복 주머니에서 망원경을 꺼내, 응원봉처럼 흔들었다.

"안전제일. 안전하게 가자고요."

그 말에 이연우는 입을 꾹 다물었다.

이상 조사반의 선배다. 그 노하우와 경력으로 지금까지 살아남았다는 사실을 무시할 수는 없었다. 어쩌면 안전 불감증이 아니라, 자신감일지도 모른다.

'그래도 긴장해야지. 이상하게 보이더라도, 나는 정신을 똑바로 차려야 해.'

고개를 내저으며 풀어지려는 정신을 붙잡았다. 최재민과 함께 유지유를 뒤쫓아 가던 이연우가 문득 질문했다.

"그런데 그 산봉우리까지는 얼마나 걸립니까?"

"한 5분의 1? 올라왔을걸요?"

"아, 아아. 20퍼센트 정도…"

아직 한참 남은 산행. 하산하는 길까지 생각하면 까마득했다. 이연우는 높은 산봉우리를 막막한 눈으로 보았다.

짙은 안개에 휩싸여 보이지 않았다.

걷고, 걷고, 걸었다. 오르막길을 오르고, 내리막길을 내려가고, 오르고, 내려가고. 흙을 밟고, 잡초를 밟고, 낙엽을 밟고, 나뭇가지를 밟았다.

흐으윽. 허어억.

"잠, 깐. 잠깐, 쉬었다, 쉬었다."

"…으음, 그러죠."

철퍼덕.

이연우가 그대로 쓰러지듯 주저앉아, 힘겹게 고개를 들어 하늘을 올려다보았다. 새하얀 안개가 뚜껑처럼 씌워진 하늘. 하얀 점 같은 태양이 높이, 정수리 위에 있었다.

"저희, 한참 전에, 도착을, 했어야."

"그게 맞는데… 이상하네. 왜 아직도 산길이지?"

시간이 한참 지났다. 이연우 때문에 쉬엄쉬엄 걸었다지만, 그럼에도 정상에 도착하고 남을 시간.

그런데도 그들은 산길을 걷고 있었다. 산자락인지, 산 중턱인지, 정상 근처인지조차 모르는 산길을.

유지유가 망원경을 눈에 가져다 댔다가, 신경질적으로 손을 내렸다. 망원경으로 허벅지를 빠르게 두드렸다.

타타타탁.

"안개 때문에 보이는 것도 없고, 사람도 없고. 여기가 어딘지도 모르겠고."

"누나. 이거 봐."

최재민이 핸드폰을 유지유에게 내밀었다. 지도 앱이 켜져 있었다. 빨간색 핀이 박힌 현재 위치.

"이제 중간까지 올라왔어."

"…말이 안 되는데."

딱 멈춘 손짓.

유지유가 지도를 노려보다가 고개를 돌려 걸어온 길을 보았다. 하얀 안개가 그득하게 들어찬 공기, 내리막길의 끝이 보이지 않았다.

다음 순간, 유지유가 애써 기운차게 말했다.

"단서 수집 끝! 사람이 길을 잃게 하는 안개, 딱 봐도 이상하죠? 내려가서 보고합시다!"

"맞아? 안개 때문에 길 잃은 거 아니야?"

최재민이 말대꾸하기 무섭게 휘두르는 손바닥.

빡!

"악! 왜 또!"

"실습생. 정규 직원이 말을 하면 듣자?"

"아씨."

장난스럽지만 진지한 태도에 최재민이 입술을 불퉁하게 내밀었다. 최재민은 눈치껏 말을 더 하지는 않았다.

유지유가 이연우를 돌아보았다.

"연우 씨? 이만 내려가죠? 연우 씨?"

"선배님."

떨리는 목소리. 이연우는 바닥에 주저앉은 상태로 핸드폰을 보고 있었다. 핸드폰을 보는 눈이, 핸드폰을 쥔 손이 흔들렸다.

"저, 이것 좀."

"뭔데요?"

유지유가 빠르게 다가가, 이연우의 등 뒤에서 몸을 숙여 핸드폰을 보았다.

[최근 통화]

- 반장님 (발신통화 / 한 시간 전): 1분 20초

한 적 없는 통화가 그곳에 기록되어 있었다.

코가 스칠 듯한 거리에서 유지유와 이연우가 서로 눈을 마주 봤다.

"연우 씨, 혹시 우리 몰래 반장님한테?"

"아닙니다. 그리고 통화하는 소리가 안 들릴 정도로 멀리서 걸은 것도 아니지 않습니까."

"그러면."

기억에 없는 통화 기록. 일어선 유지유가 다급하게 핸드폰을 꺼내, 단축 번호를 눌러 전화를 걸었다. 전화는 금방 연결되었다.

스피커폰으로 목소리가 흘러나왔다.

- 어, 왜 또.

"반장님, 저희가 지금 내려가려고 하거든요. 안개가 길을 잃게 해서, 그래서, 내려가려고 하는데요."

- …그거 아까 신입이가 보고했는데?

"보고했다고요?"

이마를 짚은 유지유가 이연우를 보았다. 이연우는 격렬하게 고개를 내저었다. 입 모양으로 절대 아니라고, 그런 적 없다고 벙긋거리면서. 유지유가 마른 입술을 핥았다.

"반장님. 저희가… 아직 산인데… 전화한 기억이 없는데요."

- 기억이 없다고?

침묵.

핸드폰 스피커에서 숨소리만이 들려오는 가운데, 이윽고 핸드폰 너머로 반장이 전화를 걸고, 통화를 하고, 종이를 뒤지는 소리가 어수선하게 들렸다.

잠시 후 반장이 입을 열었다.

- 염병. 목숨이 위험한 건 아니니까 구조대는 없단다. 빌어먹을 놈들. 조사원을 뭔 실험체로 알아.

"아. 그러면, 저희가 알아서 탈출해야… 그런데, 길을 못 찾겠는데."

유지유가 미어캣처럼 고개를 쭉 빼고, 사방을 둘러봤다. 하얀 안개뿐, 길이 보이지 않았다. 가쁜 숨이 핸드폰 마이크를 때렸다.

그것을 들은 반장이 크게 소리쳤다. 스피커가 부르르 떨리는 듯한 고함.

- 유지유! 정신 차려! 네가 선배인데, 그러면 안 돼! 그러다 발 헛디디면 죽는 거야! 침착해!

"아, 네. 침착하게. 침착하게."

후우우우.

유지유는 심호흡하며 정신을 가다듬었다. 숨소리를 듣던 반장이 기다렸다는 듯 말했다.

- 그그, 부모 감별하는 학생 잘 챙기고. 신입이 말 잘 듣고.

그 녀석이 살아남는 건 잘할 거야.

"그렇죠. 네."

- 살아서 와. 돌아오면 포상금 있을 거야.

"포상금이요?"

다소 침착해진 유지유가 눈을 반짝였다.

- 그 안개, 기억 소거제에 쓸 수 있을 거 같은데. 안 그래도 부족한 기억 소거제 공급에 기여하는 거니까 보상이 적지는 않을 거다.

"살아서 돌아가야겠네요."

- 그래. 이따가 보자.

뚝, 끊어진 전화.

유지유가 핸드폰을 주머니에 넣다가, 다시 꺼내 손에 쥐었다. 기억을 잃는 머리를 대신해, 동영상 촬영을 켜두었다.

촬영 중인 핸드폰 화면 안에 이연우와 최재민이 담겼다. 유지유의 말을 기다리는 표정. 유지유의 목소리가 마이크에 닿았다.

"으흠. 실습생, 후배, 지금부터 우리는 하산이 최우선입니다. 조사는 끝났으니, 무사히 돌아가는 것이 목표입니다. 그러니 기억상실을 대비해 각자 기록합시다."

"알겠습니다."

"네, 누나."

이연우는 핸드폰의 메모장 앱을 켜서 몇 마디를 적었다.

- 현재 시각 12시 35분: 기억상실 확인. 조심해서 내려갈 것.

그것을 핸드폰 홈 화면에 박아두었다.

찰칵.

이때 최재민은 셀카를 찍더니, 사진 위에 문장 몇 개를 적어 넣었다. 그러고는 지도 앱을 다시 켰다.

"나는 경로 계속 확인할게."

"좋아, 잘했어. 그럼 내려가자."

유지유가 선두에 서서, 내리막길로 걸어갔다. 곧 세 명의 인영이 안개 속으로 사라졌다. 인적이 드문 산. 나무와 새, 짐승 따위의 그림자가 서성였다.

17

세상이 불타오르듯 붉게 물들었다. 노을이 지는 하늘. 안개가 석양의 주홍빛을 받아 물들었다. 안개 한복판에 서 있는 사람들의 얼굴도 빨갛게 익었다.

허으억. 흐으윽.

이연우가 온몸을 파들파들 떨었다. 반나절 만에 늙어버린 듯, 핼쑥한 얼굴과 죽을 것 같은 낯빛. 그는 숨을 뱉을 때마다 올라오는 구역질을 간신히 밀어 넣고, 말을 꺼냈다.

"저희, 왜, 아직도…"

"모르겠어요. 모르겠다고요."

유지유도 초췌한 얼굴로 고개를 흔들어댔다. 땀에 흠뻑 젖은 운동복이 목이며 팔 따위에 찰싹 달라붙었다. 끈적한 손바닥에 잡힌 핸드폰은 까맣게 꺼져 있었다.

"핸드폰 전원이 나갔어요. 아무것도 모르겠다고요."

"나도 곧 꺼질 듯."

최재민은 교복 상의를 벗고, 하얀 티만 입었다. 교복을 주먹밥처럼 구겨 쥔 최재민이 반대쪽 손으로 핸드폰을 내밀었다.

배터리 잔량 3퍼센트.

절전에 들어가 어두운 화면, 그 위로 언뜻 보이는 지도와 현재 위치. 그 위치는…

"여긴. 여긴."

유지유가 다급하게 가방을 앞으로 멨다. 지퍼를 몇 번이고 헛손질한 끝에 꺼낸 것은 보고서였다. 몇 번이나 꺼내 쥐었는지, 손의 땀으로 젖고 주름진 종이.

힘겹게 종이를 넘긴 유지유가 그대로 멈췄다. 파르르 떨리는 입술로 중얼거렸다.

"우리가 왜, 여기로…?"

"여기가, 어딘, 데요."

"골짜기. 사람이 죽은 골짜기."

"여기가? 여기가 그 골짜기라고? 누나, 놀리지 마."

최재민이 억지웃음을 지었다. 그러고는 핸드폰 화면을 본 후, 주변을 향해 손을 뻗으며 말했다.

"에이, 아니잖아. 깊게 들어오긴 했는데… 봐봐, 여기가 어떻게 골짜기야?"

비탈길은 보이지 않았다. 하얀 안개 때문에, 평범한 등산로 정도만 보였다. 아무리 봐도 발 한 번 헛디딘다고 사람이 죽어

나갈 만큼 위험한 길은 아니었다.

"잠깐만 기다려."

유지유는 후우, 소리를 내며 호흡을 규칙적으로 반복했다. 눈을 감고, 혼자 무어라 중얼거리기를 잠시. 눈을 뜬 그녀가 침착하게 말했다.

"잘 안 보이지만 이 근처에 비탈길이 있어. 나무뿌리라도 잘못 밟아 넘어지면 안 돼. 알겠어? 조심하란 말이야."

"진짜라고? 아니, 진짜."

띠링띠리링.

그 순간 최재민의 핸드폰이 경쾌한 소리를 내며 꺼졌다. 최재민이 창백한 얼굴로 말을 멈췄다. 타닥타닥, 전원 버튼을 연타해도 배터리가 다한 핸드폰은 켜지지 않았다.

"안 돼. 이게 없으면."

"진정해. 그냥 발밑만 조심하면…"

유지유가 최재민에게 다가가 진정시키려는 때였다. 이연우가 툭 끼어들었다.

"아뇨. 발만 조심할 게 아닙니다."

유지유와 최재민이 이연우를 바라봤다. 고개를 숙인 이연우는 핸드폰을, 메모 앱에 적힌 것을 보고 있었다.

- 12시 35분: 기억상실 확인. 조심해서 내려갈 것.

- 12시 50분: 길을 잘못 들었다. 내리막은 정상으로 향하는 길이었다. 지도의 현재 위치를 유심히 보며 계속 방향을 확

인할 것.

- 13시 30분: 배터리가 충분할까. 다 떨어지면 어쩌지. 필기구는 없는데. 뭔가 기록할 것이 필요해. 나는 핸드폰을 최대한 아끼고.

- 14시 55분: 기억상실 확인. 뒤늦게 시간이 흘렀음을 확인함. 그것도 모르고 걷다가 다른 봉우리로 가는 길로 빠짐. 지도는 멀쩡한데, 산길을 찾을 만큼 산에 익숙한 사람이 없다.

- 15시 20분: 인기척이 느껴진다. 사람인가? 짐승인가? 흔들리는 나뭇가지인가? 그것도 아니면 내가 과민한가?

- 16시 50분: 분명하다. 무언가 있다. 고라니 같은 울음소리. 진짜 고라니일까?

- 18시 10분: 안개 속의 그 그림자. 그것은 사냥하듯 우리를 몰아넣는다.

두 번의 기억상실이 있었다. 기억상실이 아닌 위험했던 순간에 대한 기록도 있었다.

"무언가가 우리를 이곳까지 유도했습니다. 앞서 죽은 사람들도 사고로 죽은 게 아닙니다."

"그건, 지금 우리 주변에 우리를 죽이려는 무언가가 있다는 말이잖아요."

"씨발, 좆된 거잖아요!"

어느새 다가와 이연우의 좌우에서 메모를 본 둘이 발작하듯 사방을 경계했다. 안개를 지나, 그림자에서 그림자로 끊임없이 움직이는 눈동자.

"위험 레벨 2면 진짜 위험해. 사람을, 우릴 죽이는 것이 있다고."

"아. 진짜. 오늘 오기 싫었는데."

유지유와 최재민은 발을 떨고, 고개를 계속 돌렸다. 한시도 가만히 있지 못했다. 그들이 있는 세상이 그렇게 만들었다. 도무지 다른 생각을 하지 못하게.

사락. 딱. 스스슥.

낯선 산. 불길한 산. 안개가 자욱한 산.

수풀이 바람결에 몸을 비비는 소리가, 나뭇가지와 솔방울이 꺾여 떨어지는 소리가, 벌레나 개구리나 뱀 따위가 오가는 소리가, 평소에는 상쾌했던 산의 소리가 섬뜩한 암시를 품고 사람의 정신을 뒤흔들었다. 평소 같은 사고가 불가능했다.

치명적인 죽음의 위기를 세 번 넘긴 이연우가 지친 몸으로 힘겹게 말을 꺼냈다.

"제 생각에, 저희가 할 수 있는 게 세 가지 정도 있습니다."

"뭔가요? 빨리 말해보세요."

이연우는 말하기 전에 챙겨 온 물병을 꺼내 입을 축이려다가, 물병을 집어 던졌다. 언제 마셨는지 텅 빈 물병이 텅, 터텅, 시야 밖으로 사라졌다. 그 소리는 돌멩이가 굴러떨어지는 소리와 비슷했다.

비탈이 근처에 있었다.

이연우는 최대한 감정을 억눌렀다. 살길을 찾아 치열하게 생각하고 말했다.

"첫째는 제가 119나 112에 전화하는 겁니다. 아직 20퍼센트 정도 배터리가 남아서 가능합니다."

"…불가능해요. 와봤자 이상 때문에 기억을 잃고 길을 잃을 거예요."

유지유가 안개 너머의 그림자를 계속해서 둘러보며 말했다. 그리고 그녀는 사원으로서의 업무 태도에 대해 말했다.

"그리고 설령 가능하더라도, 민간인에게 피해를 전가하는 행위는 인사 평가에 악영향을…"

"생존이 우선 아닙니까. 안전제일. 선배님이 말씀하셨습니다."

"…그건 맞지만, 누구를 부른다고 해서 우리가 살아남지는 못해요."

유지유가 말했고, 이연우도 고개를 끄덕여 동의했다.

이 사태를 해결하려면, 그래서 살아남으려면 전문가가 필요했다. 경찰관이나 소방관은 전문가가 아니었고.

그렇기에 이연우는 다음 방법을 말했다.

"불을 지르는 건 어떻습니까? 안개든 괴물이든 산불 앞에서도 버틸 수 있을 것 같지는 않습니다."

"맞아요! 아저씨, 제가 옛날에 학교에서 배웠는데 뜨거운 건 위로 떠오른다고 하던데요. 안개도 다 날아갈 게 분명해요!"

최재민이 어깨를 들썩이며, 뒷주머니에서 라이터를 꺼냈다. 터보라이터였다. 당장이라도 불을 붙이려는 듯, 나뭇가지를 찾아 움직이는 머리.

유지유가 그런 최재민의 뒤통수에 손을 휘둘렀다.

빡!

"악! 왜! 불 지르면 괴물이고 뭐고 다 뒤질 거 아냐!"

"우리도 죽겠지! 길도 모르는데 산불을 피할 수 있겠어? 그리고 너는 왜 라이터를 가지고 있어? 학생인데 담배 피워?"

"아니, 그건…"

최재민이 우물쭈물하는 사이, 이연우는 핸드폰을 켜서 마지막 해결책을 꺼냈다.

"신고도 안 되고 방화도 안 되면, 한 가지 방법밖에 안 남습니다."

"뭔가요?"

"회사에 지원 요청하죠. 위험 레벨 2의 이상을 확인했다고."

잘은 모르지만, 그 정도 위험을 보고하면 구조대든 특전대든 진짜 전문가가 출동하지 않을까.

이연우가 희망을 담아 버튼을 꾹꾹 눌렀다. 최재민과 유지유도 희망을 품은 눈으로 이연우를, 핸드폰을 바라봤다.

이연우가 스피커폰을 켰다. 뚜렷한 소리가 흘러나왔다.

뚜르르르. 딸깍.

- 어, 신입아. 또 왜.

"반장님. 신입 사원 이연우입니다. 다름이 아니라, 안개가 아닌 이상 개체를 확인했고, 해당 개체의 위험 레벨이 2임을 확인하였습니다. 그래서 지원 요청을 원하는데…"

- …신입아. 그거 아까 말했잖아.

"예?"

이연우는 말을 잇지 못했다. 머리가 새하얗게 변했다. 그저 본능적으로 핸드폰의 통화 기록을 확인했다. 보고도 무심코 지나쳤던 것.

[최근 통화]

- 반장님 (발신통화 / 30분 전): 2분 23초

또, 기억에 없는 통화.

사라진 기억 속에서, 이연우는 그가 할 수 있는 최선을 행했다.

"아."

- …신입아, 이거 다 들리게 켜라.

"예, 예. 켰습니다."

머리가 텅 비어버린 이연우는 기계적으로 반장의 명령을 수행했다. 이미 스피커폰을 켰다는 것도 잊고, 스피커폰 버튼을 누르려다가 가까스로 깨닫고 손가락을 구부려 마이크를 툭 쳤다.

반장이 말했다.

- 똑바로 들어. 한국 지사에서 드론 날려서 안개 채집하고,

환경 파악했단다.

"그러면…?"

이연우는 희미한 희망의 줄기를 붙잡고 물었다.

- 기억 소거제 재료로 쓸 수 있다더라. 그러니까, 그 이상 건들지 말라고 권고하더라. 씨부랄 놈들. 너희가 확인한 이상이 안개를 유발하는 걸지도 모르니까 보존해야 한다고 아주 지랄을 하는데.

"아."

- 후우. 연구팀 편성하고 해수害獸 대응 중대를 파견한다는데, 그건 나중 일이야. 당장 너희 도우러 갈 인력은 없어.

반장은 인류보호회사를 대표해 위험에 빠진 조사원의 희망을 싹둑 잘랐다.

반장이 낮게 말했다.

- 조사원은 자기 목숨 자기가 챙겨야 해. 회사가 그렇게 여유롭지 못해.

이연우는 무슨 말인지 뼈저리게 이해했다. 자기 살길은 자기가 개척해야 한다…

"…예. 알겠습니다."

이연우는 그대로 통화를 끊었다. 세 명의 시선이 중간에서 교차했다. 이연우가 말했다.

"구조는 없습니다. 저희끼리 뭐든 해야 합니다. 설령 해서는 안 되는 짓이라도."

최선이 불가능하면 차선을, 그마저도 안 된다면 차악을. 이상에 살해당하는 최악만 피할 수 있다면.

"그렇네요. 물불 가릴 때가 아니죠…"

한숨을 내쉰 유지유가 최재민에게 손을 까딱였다. 최재민이 움찔 물러섰다.

"뭐, 왜."

"담배 내놔."

"뭐, 뭐래, 나 담배 안 피워. 학생이야."

"씁. 얼른."

최재민이 마지못해 뒷주머니에서 담배를 꺼냈다. 유지유는 담배 한 대를 꼬나물고는 칙, 불을 붙였다. 깊게 빨아들이는 호흡. 담배 연기가 안개 사이로 섞였다.

탁!

담뱃불을 털어낸 유지유가 많이 남은 담배를 이연우가 물병을 던진 자리로 집어 던졌다. 비탈길로 던져진 담뱃불.

"아무리 기억을 잃고 괴물이 내몬다고 해도 우리가 불 속으로 가지는 않겠죠. 일단 이 골짜기부터 멀리 피하자고요."

붉은 노을이 지는 하늘 아래, 그들은 산을 불태웠다. 낙엽을, 나뭇가지를, 보고서를 장작 삼아.

활활 불타는 안개 속에서 괴성이 울렸다.

- 끄에에에엑!

18

세상이 불타올랐다. 붉게, 주홍빛으로, 뜨거운 열기를 내뿜으며, 사방으로 불씨를 휘날리며.

흐으윽. 히이익.

이제 기억은 중요치 않았다. 생존을 위한 몸부림만 남았다. 불길을 피해 내달리는 짐승의 질주. 숨이 턱 끝까지 차올라도 멈출 수 없었다. 뛰다 죽더라도 달려야 했다.

"연우, 씨! 정신, 차려요!"

"흐으, 괜찮, 괜찮지, 않은데!"

진작에 지쳐 쓰러지고도 남았을 텐데, 이연우는 어디서 솟았는지 모를 힘으로 내리막길을 내달렸다. 불안하게 흔들리는 뜀걸음과 쿵쾅거리는 심장박동.

이연우의 뒤로 최재민과 유지유도 필사적으로 달렸다. 최재민이 뚝뚝 끊어지는 호흡으로 외쳤다.

"아저씨! 여기! 내려가는 길! 맞아요?!"

"몰, 라!"

"아니, 씹! 그러다가 이상한 길로! 가면 어쩌려고!"

"너, 또 욕하지!"

유지유가 손을 치켜들었다가, 바로 내렸다. 뒤통수를 때릴 여력도 없었다. 다시 시선을 산길에 고정하며 달리는 데 집중했다.

그때였다.

"악!"

우당탕.

이연우가 돌부리에 걸리며 앞으로 세차게 넘어졌다. 허우적거리던 손이 가까스로 땅을 짚었지만, 그대로 힘이 빠져 무너졌다. 쿵, 흙바닥에 처박힌 얼굴.

"연우 씨!"

"아저씨!"

뒤따르던 두 명이 순식간에 이연우의 곁에서 멈췄다. 이연우는 다급하게 손으로 땅을 짚어 몸을 일으키려고 했지만, 좀처럼 일어서지 못했다. 파들거리는 손에 힘이 들어가지 않았다.

결국, 경련하는 손을 애매하게 들어 올렸다.

"부축, 부축 좀."

"어서 일어나세요!"

"아저씨, 빨리!"

양쪽에서 이연우의 팔을 잡고, 옆구리에 손을 넣어 일으켜 세웠다. 두 발로 선 이연우는 휘청이며 바로 발을 뗐다. 얼굴에 묻은 흙도, 입에 들어간 흙도 털어낼 시간이 없었다.

- 끄에에엑!

끔찍한 외침이 뒤편에서 들려왔다.

"달려!"

"흐으억!"

그들은 뒤도 돌아보지 않았다. 봐봤자 소용이 없었다. 발아래를 살피기도 힘들었다.

붉고, 하얗고, 까만 세상.

노을과 안개와 연기가 어지럽게 뒤섞인 시야는 모호하게 뭉개져, 무엇 하나 명확하게 보이지 않았다.

그저 메케한 연기 냄새. 강풍에 파도치는 나뭇잎의 소리, 불에 놀랐는지 쉴 새 없이 도망치는 산새와 산짐승의 소리만 사방에서 몰아쳤다.

투득. 타다닥.

그때 안개를 뚫고, 무언가가 그들 앞으로 툭 떨어졌다. 화들짝 놀란 최재민이 냅다 주먹부터 들어 올릴 때였다.

"뭐야!"

"다람쥐야! 그냥 계속 달려!"

걸음이 느려진 최재민의 등을 밀며, 유지유가 재촉했다. 그 말대로 자그마한 다람쥐가 바쁘게 달렸다.

순식간에 다람쥐한테 추월당한 이연우는 어질어질한 머리로 가까스로 기억을 떠올렸다.

지금까지 들린 괴성은 두 번. 최소한 그의 기억 속에서는 그랬다. 하지만 두 번이면 비교하기에 충분했다.

"저거! 아까보다 가까워진 거 같은데!"

"뭐요! 괴물이요?"

"어!"

순간 최재민과 유지유의 호흡이 흐트러졌다. 숨을 헐떡이는 유지유가 발아래만 살피던 시선을 조금 들어, 전방의 안개를 노려봤다.

"여기가 어디쯤이죠? 많이 내려온 거 같은데, 산 입구까지 얼마나 남았을까요?"

"모르지! 애초에 내려가는 길이 맞는지도 모르잖아!"

"…내려가도, 주차장이라고, 안전할까요?"

문득 이연우가 달음박질을 멈췄다. 최재민과 유지유도 따라서 멈춰 섰다. 이연우는 호흡을 고르며, 그들을 보았다.

"산불이 났는데도, 괴물은 우리를, 쫓아오고 있습니다."

불을 지른 이유는 세 가지였다.

안개를 흩어뜨리기 위해, 괴물을 쫓아내기 위해, 사람이 죽은 골짜기를 피하기 위해.

효과가 있는지 그럭저럭 기억은 멀쩡한 듯했고, 위험한 골짜기로부터 멀어졌지만. 괴물은 오직 그들만 쫓고 있었다. 반드시 죽여버리겠다는 듯이 말이다.

"아저씨, 그래서 뭐 어쩌자고요? 설마, 싸우자고요? 뭔지도 모르는 괴물이랑?"

최재민이 고개를 재빠르게 내저으며, 이연우를 제치고 나아갔다.

"괴물이랑 어떻게 싸워요? 그러다 죽으면 어쩌려고요!"

"아니야. 해볼 만해. 왜냐면…"

그 순간.

- 끄에에에엑!

괴성이 확연하게 가까운 곳에서 들렸다. 그 위치를 짐작할 수 있을 만큼 가까운 거리.

이연우가 말했다.

"…못 해도 해야 해. 얼마 못 가 따라잡혀. 아니, 지금 당장 싸울 준비 해. 온다!"

그것은 소리로 다가왔다.

딱. 따닥. 콱!

나뭇가지를 연달아 부러뜨리며, 날카로운 무언가를 처박는 소리를 내며, 등산로가 아닌 비탈길에서. 흙바닥이 아닌 나무 위에서!

콰악! 콱! 뚜둑!

안개 너머, 고개를 들어야 볼 수 있는 높이에서, 카운트다운이 시작된 것처럼 점점 커지는 소리.

"이, 씨발!"

최재민이 교복 상의를 주먹에 돌돌 감았다. 유지유는 가방을 앞으로 메고 짤막한 나이프를 꺼냈다. 이연우는 벌벌 떨리는 손으로 두꺼운 나뭇가지를 주워 들었다.

이연우는 애써 침착하게 생각했다.

'이길 수 있어. 쫓아오는 속도를 보면 신체 능력이 그렇게 압도적으로 차이가 나지 않아. 그리고 숫자. 우리는 세 명이고 저건 하나야.'

지금까지 어떻게 살아남았는데. 이번에도 반드시 살아남을 것이다.

'그래, 여기서 죽지 않아.'

나뭇가지를 꽉 말아 쥐었다. 거친 나무껍질과 잔가시 같은 것이 손바닥을 파고들어, 쓰라린 고통이 번졌다. 고통과 탈진 때문에 줏대 없이 흔들리는 나무 몽둥이.

따닥!

다음 순간, 소리가 멈췄다.

바람조차 멈춘 고요한 산길. 그 많던 산짐승과 산새는 어디로 갔는지 일대가 적막했다.

"…"

"허억, 흐읍."

"들어와, 들어와, 들어와."

그들은 숨조차 제대로 쉬지 못하며 바짝 긴장했다. 극도로 확장된 눈이 마지막으로 소리가 들려온 지점을 노려봤다.

오른쪽, 나무 그림자 위의 어딘가.

교복을 두른 주먹을 바짝 들어 올리고, 나이프를 몇 번이고 고쳐 잡고, 나무 몽둥이를 야구 배트처럼 머리 뒤로 당겼다. 그렇게 당장이라도 공격할 태세를 갖추었지만…

이연우의 눈이 별안간 커졌다. 목을 꺾어 올려다본 머리 위 하늘.

"위! 떨어진다!"

탁한 안개를 뚫고, 사람 형상의 시꺼먼 그림자가 소리도 없이 셋의 가운데로.

"…아?"

고통이 머리를 저몄다. 시야가 붉었다. 이연우는 반사적으로 눈가를 닦았다. 피가 묻어났다. 머리에서 흐르는 듯했다. 아니, 머리만이 아니었다.

나무 몽둥이는 어쨌는지, 텅 빈 두 손이 새빨갰다. 순간 현기증이 몰려왔다. 세상이 멀어지는 듯했고, 다리에 힘이 풀려 주저앉았다.

이연우는 멀어지는 의식을 어떻게든 붙잡았다.

"그러니까, 괴물하고 싸우려고 했는데, 이게, 기억이 지워진 건가? 그럼 어떻게 된…"

흐린 시야와 사고가 또렷해졌다. 이연우는 천천히 주변을 둘러봤다.

유지유.

"…아, 뭐지? 끝난 건가?"

그녀도 멍한 얼굴로 주저앉아 있었다. 크게 다친 곳은 없어 보였다. 앞으로 멘 가방이 찢겨 있고, 찢어진 트레이닝복 아래의 피부에 가늘고 붉은 상처가 생겼지만, 심각하지는 않았다.

그런 유지유의 앞에 이상한 것이 누워 있었다. 사람 형상이지만, 사람이 아닌 괴물.

살점이 묻은 날카로운 손톱, 목에 꽂혀 있는 나이프. 움직이지 않았다. 죽은 것이 분명했다.

안도감이 몰려왔다. 긴장이 탁 풀어지며, 이연우는 아예 자리에 누웠다. 안개 낀 하늘이 어둡게 물들었지만, 마음이 편했다.

"아, 살았다."

"네, 저희가 이겼나 봐요."

바스락거리며 일어난 유지유가 이연우에게 다가왔다. 그녀는 이연우의 팔을 걱정스러운 눈으로 내려다봤다.

"팔뚝의 살점이 뜯겨 나갔어요. 응급처치만 하고 내려가야 해요."

"아."

아픈 줄도 몰랐다. 그냥, 조금 어지럽고, 졸음이 쏟아졌을 뿐.

"그렇죠. 쉴 시간이 없죠. …이럴 줄 알았으면 불은 안 질렀을 텐데. 괜히 했네."

"지나간 일은 넘어가자고요. 살았으면 된 거죠. 재민아! 너 그거 교복 줘봐! 붕대로 쓰게!"

대답이 돌아오지 않았다. 유지유가 눈을 깜빡였다.

"재민아? 뭐 해?"

힘겹게 상체를 일으킨 이연우가 고개만 돌려서 최재민을 봤다.

최재민은 볼살을 푸들푸들 떨어대며, 이빨을 잘게 부딪쳐댔다. 어디 다친 곳도 없는 게 셋 중 제일 멀쩡한 행색이면서, 두려움에 벌벌 떨며 그것의 시체를 보고 있었다.

"재민아? 왜 그래?"

"누, 누나. 아저씨. 이거, 이거."

"이거 뭐? 죽었잖아."

"그게 아니라."

고개를 돌린 최재민이 눈동자에 유지유와 이연우를 동시에 담았다. 하지만 공포에 질릴 대로 질린 눈은 둘이 아니라 허공을 보고 있었다.

"이거, 엄마랑 아빠가 둘 다 있는데, 지금 엄청, 엄청 화가 났다고…"

그 말과 동시에, 산을 뒤흔드는 처절한 비명이 들려왔다.

- 끄아아아악!

- 끄에에에에엑!

끝도 없이 메아리치는 비명이 둘.

'이건 싸우면 죽는다. 잡혀도 죽는다. 아.'

이연우가 벌떡 일어났다가, 현기증 때문에 다시 주저앉았다. 세상이 울렁울렁 파도쳤다. 그럼에도 흙을 그러쥐고, 나무 둥치를 끌어안으며 어떻게든 일어섰다. 하지만…

"아. 이거 진짜, 이러면 안 되는데."

피를 흘려서일까. 지금도 피가 멎지 않아서일까. 아니면 끝내 체력이 다해서일지도 모른다. 도무지 걸을 수 있을 것 같지가 않았다.

머리를 흔들고 있자니, 유지유가 다가와 최재민의 교복 상의로 이연우의 다친 팔을 꽉 묶었다.

"빨리! 빨리 가요!"

"아뇨, 아. 저 못 걸을 거 같은데."

몇 번 걸음을 떼려고 해봤는데, 똑바로 서 있기조차 힘들었다. 나무를 껴안고 있는데도 그랬다. 억지로 걸으려고 움직이다가는 그대로 넘어져 비탈길로 굴러떨어질 듯한 느낌.

'이러면 살 방법이…'

어떻게 생각해봐도 죽는 장면만 떠올랐다. 실족사, 출혈로 인한 사망, 이상에게 살해…

'그건 안 돼. 죽기는 싫어.'

이연우가 이를 악물고 한 걸음을 내디뎠으나, 그대로 발이 미끄러져 자빠졌다.

"연우 씨!"

"아…"

그렇게 눕고 나니, 더는 일어설 수가 없었다. 눈꺼풀이 무겁게 닫히고, 졸음이 쏟아졌다…

'죽기 싫은데. 진짜, 이렇게.'

먹먹한 귀로 소리가 들렸다.

"빨리 내려가서 도움을 요청해도 늦어. 등에 업는 건…"

"누나, 비켜봐. 내가 해볼게. …안 돼! 못 들어!"

이연우를 살려보려는 소리와 손길.

이연우가 힘겹게 눈을 떴다. 도망치지도, 이연우를 구하지도 못하고, 어쩔 줄 모르는 최재민과 유지유가 보였다.

그리고.

콰앙! 우지끈! 쾅!

점점 커지고 선명해지는 소리가 그들이 지나온 길을 따라 가까워졌다. 나무를 후려치고, 나무가 꺾여 쓰러지고, 바위를 깨부수는 굉음.

그 괴물의 부모가 미친 듯이 질주하며, 앞을 가로막는 장애물을 전부 때려 부수는 모양이었다.

피할 수 없는 죽음이 다가오고 있었다.

이연우는 흐린 목소리로 말했다.

"가세요."

"같이 돌아가야…"

"불가능하잖아요. 그냥 가세요."

살 수만 있다면, 염치 불구하고 민폐를 끼쳐서라도 들러붙었을 것이다. 목숨을 맞바꿀 수 있다면, 어쩌면 둘을 죽여서라도 살려고 했을지도 모른다.

하지만 피할 수 없는 죽음이라면, 굳이 여럿이 함께 죽을 이유가 없다.

"안전제일이라면서요. 가세요. 저거 금방 여기까지 올 텐데."

"…미안해요."

"아저씨."

최재민과 유지유는 입술을 깨물고는 자리에서 일어났다. 그들은 이연우에게 제대로 시선을 주지도 못하고 자리를 떴다. 안개 너머로 사라지는 인영.

홀로 남은 이연우는 잠깐 하늘을 보다가, 이상이 다가오기를 기다렸다.

"개 같은 새끼…"

요란하게 다가오기에 접근을 놓칠 수가 없다. 과연 그것들은 머지않아 다가왔다. 시꺼먼 그림자. 사람보다는 크고, 나무보다는 작은 두 개의 그림자.

"끄아아아악!"

비명 같은 고함을 지르며 뛰쳐나오는 괴물의 형상이 느릿하게 다가왔다. 죽음을 앞두고, 시간이 느리게 흘러가는 것 같았다.

의외로 주마등은 없었다. 아무 생각도 들지 않았다. 이연우는 멍하니 보기만 했다.

그때, 하늘에서 그물이 쏘아졌다.

19

"끄에에엑!"

"끄아아아악!"

우당탕퉁탕.

그물에 휘감긴 두 이상이 달려들던 속도 그대로 산길을 굴렀다. 땅바닥에 미끄러지고, 나무에 부딪혀 튕겨 나가, 끝내 안개 너머 비탈길로 사라지는 그림자.

"…뭐지?"

생각지도 못한 일이었다. 안개 너머를 멍하니 바라보던 이연우는 고개를 돌려, 그물이 쏟아진 방향의 하늘을 보았다.

그곳에는 큼직한 드론이 네 대나 소리도 없이 떠 있었다. 그중 두 대는 산 아래로 돌아갔고, 다른 두 대는 재빠르게 날며, 이상 개체를 쫓아 비탈길을 미끄러지듯 내려갔다.

동시에, 드론이 있던 하늘에서 시끄러운 소리가 들리기 시작했다.

투타타타타.

안개 낀 초저녁의 하늘, 소방용 헬기가 시커먼 그림자를 드리우며 화재 현장 위를 날았다.

우르르르.

동시에 안개를 헤치며 사람 무리가 산길을 뛰어올랐다.

전투복과 증강 현실 헬멧 같은 것으로 완전 무장한 여섯 명. 그들은 이연우를 본 척도 안 하고, 이상 개체가 굴러떨어진 산길로 곧장 내달렸다.

"목표물이 그물에 잡혔다! 계속 쫓는다!"

"확인!"

순식간에 안개 너머로 사라진 전투 소대.

이연우는 멍청하게 눈을 깜빡였다.

'뭐지…? 이렇게 때맞춰 회사에서 지원이 왔다고? 죽기 전에 환각을 보나?'

환각이 아니었다.

멀리서 목소리가 들려왔다.

"연우 씨! 어디 있어요? 살아 있죠?"

"아저씨, 말 좀 해봐! 어디야?"

"어, 아? 여기. 여기에 있는데…"

얼빠진 목소리로 대답하며 몸을 일으켜보니, 최재민과 유지유가 사람 몇 명을 데리고 내려갔던 산길을 고스란히 거슬러 올라오는 모습이 보였다.

특히, 붉은색 하트 문양이 새겨진 완장을 찬 의무병이 반가웠다. 안도감에 저절로 미소가 지어졌다. 이연우를 찾은 유지유의 얼굴에도 비슷한 웃음이 걸렸다.

"아! 찾았다! 빨리, 응급처치 좀 해주세요!"

"예, 비키십쇼."

빨간색 구급상자와 들것을 바닥에 내려놓은 의무병이 이연우 옆에 무릎을 꿇고 앉아, 능숙한 손길로 응급처치를 시작했다.

상처 부위의 옷을 찢고, 소독약을 뿌려 흙 따위를 씻어내고, 깨끗한 붕대로 압박했다. 그 과정에서 고통이 어마어마했다.

지나친 고통 앞에서는 짧은 비명조차 나오지 않았다. 꽉 멘 성대에서 외마디 신음만 새어 나왔다.

"끅!"

"어이구. 많이 다치셨네. 피도 많이 흘리셨고. 수혈이 필요하려나."

"끄으윽."

고통에 몸부림치다 보니, 어느 순간 길쭉한 들것으로 옮겨졌다.

"으차! 내려갑시다!"

몸이 둥실둥실 흔들리는 듯도 했고, 세상이 위아래로 흔들리는 듯도 했다. 멀어졌다 가까워지기를 반복하는 나뭇잎과 하늘이 한 방향으로 흘렀다.

문득, 이연우가 웃음을 실실 흘렸다. 고통도 살아 있으니까 느끼는 것이다.

'하하. 살았다. 정말 죽는 줄 알았는데.'

"어, 뭐야? 괜찮으세요? 왜 웃지? 위험한 거 같은데? 눈에 불 좀 비춰봐."

"저희 배터리 없는데…"

"제 앞주머니에 손전등 있으니까, 그거 꺼내서…"

"일단 빨리 내려가야…"

소란스러운 사람들의 손길을 받으면서, 들것에 누운 이연우는 순수하게 생존을 기뻐했다.

주차장에 사람들과 차가 꽉 들어찼다.

첩보 영화에서나 볼 법한 새까만 승합차가 몇 대나 늘어섰고, 구급차 같은 것도 두 대가 있었다. 그 사이를 바쁘게 오가는 사람들과 명령, 그리고 보고가 이어지는 목소리들.

"산불 진압 완료됐습니다!"

"포획된 두 이상 개체의 상태 보고하겠습니다. 화상이 있긴 한데, 심하지는 않다고 합니다."

"해수 대응 중대 1소대 이상 무!"

"화재로 인한 긴급 작전 슬슬 마무리하겠습니다."

반면, 이연우와 최재민과 유지유가 쉬고 있는 구급차는 상대적으로 조용했다.

최재민이 구급차에 걸터앉아 다리를 달랑거리며 물었다.

"아저씨, 괜찮아요?"

"괜찮아. 살았잖아."

수혈을 받던 이연우가 느릿하게 고개를 끄덕였다. 누워서 혈액 팩을 올려다보는 눈은 금방이라도 잠들 듯했다.

유지유도 구급차 벽에 기대앉아 고개를 꾸벅였다. 일이 끝나서 그런지, 피로가 몰려왔다.

하지만 다음 순간, 그들은 눈을 부릅뜨고 구급차 밖을 보았다.

저벅저벅.

딱 봐도 지위가 높은 사람들이 다가오고 있었다. 훈장이 달린 전투복을 입은 중년 남자가 선두였다. 키가 큰 그는 조사원들을 내려다보며, 입가를 비틀었다.

"이 또라이 새끼들. 산에 불을 지르질 않나, 중요한 이상 개체를 파괴하지를 않나. 아주 자기들 살겠다고 지랄을 한다, 지랄을 해."

곱지 않은 말. 이연우의 피곤한 머리는 그 말을 뒤늦게 이해했다.

"그럼 저희 보고 죽으라는 거예요?"

최재민이 바락 소리를 지르며 자리에서 일어나, 중년 남자를 똑바로 노려봤다. 죽을 위기를 방금 넘긴 사람한테 이만한 악담이 없었으니까.

하지만 중년 남자는 고개를 끄덕였다.

"그럼. 죽어야지. 응? 얌전히 죽었어야지. 너희가 죽인 이상 개체가 열 명, 100명의 사람을 살릴 수 있는 거면 몰라. 그런데 만 명, 10만 명을 살릴 수 있는 이상 개체네? 그런데 그 서식지에 불을 지르고, 심지어 하나는 파괴를 해?"

중년 남자가 성큼성큼 다가와, 최재민을 위에서 내려다보았다.

최재민이 주춤 물러서기 무섭게, 남자는 양손을 뻗어 최재민의 멱살을 잡고 끌어당겼다.

"애새끼야. 네가 아까 말했지. 이거 암컷이랑 수컷이 있고, 새끼 까는 개체라고. 이것들만 번식시키면 기억 소거제가 충분하게 공급되는데, 그걸로 살릴 수 있는 사람과 해결할 수 있는 문제가 얼마나 많은데. 이래도 너희 목숨 하나가 더 중요해?"

어두운 밤. 자동차의 라이트를 받아 빛나는 눈이 불꽃처럼 이글거렸다.

당장 주먹을 휘둘러도 이상하지 않은 분위기.

"중대장님. 아직 부모 개체도 멀쩡하고, 산불도 진화하지 않았습니까. 그만하셔도 될 것 같습니다. 그리고 얘는 아직 학생 아닙니까."

옆에 있던 전투원이 끼어들었다. 중대장이라 불린 남자는 잠깐 최재민을 노려보다가 탁 멱살을 놓았다.

"하여튼 조사원 새끼들은 마음에 들지가 않아. 자기들 사는 것만 우선이지."

휘청거리며 뒷걸음질을 친 최재민이 얼굴을 붉게 물들였다. 일그러진 눈으로 잠깐 허공을 보고, 입을 벌려 패륜적인 욕설을 뱉으려던 순간.

"느그 부우웁! 으으읍!"

"가만히 있어, 가만히!"

유지유가 손바닥으로 최재민의 코까지 틀어막고, 구급차 안으로 끌어당겼다. 최재민이 고개를 도리질했지만, 유지유가 과장되게 고통스러운 비명을 지르자 얌전히 구급차 안에 앉았다.

중대장은 돌아서다가 멈춘 자세로 고개를 돌려 그들을 보았다.

"뭐? 할 말 있으면 해봐."

"하하. 아뇨. 가보세요."

"중대장님… 학생이랑 이러시는 것도 조금 문제가…"

"이딴 세상에 학생이랑 어른이 어디 있다고. 됐다, 가자."

중대장은 그렇게 몇 걸음을 걷는가 싶더니, 다시 몸을 돌렸다. 안도의 한숨을 쉬던 유지유가 다시 바짝 긴장하며 최재민의 입을 틀어막았다.

그걸 한심한 눈초리로 보던 중대장은 턱을 까딱였다.

"거기, 너."

"저기, 이 애는…"

"애새끼 말고. 거기 누워 있는 놈."

이연우가 겨우겨우 몸을 일으켰다. 팔이 파들파들 떨려, 주삿바늘로 연결된 붉은 혈액 팩이 사정없이 요동쳤다. 전투원이 당황한 손짓을 하며 나섰다.

"중대장님, 오늘 왜 그러십니까? 왜 환자한테까지 그러십니까."

"지랄 안 한다, 인마. 그래, 너. 소속 바꾸고 싶으면 지금 말해."

"소속 말입니까?"

이연우가 의아한 목소리로 되물었다. 중대장은 고개를 한 번 까딱였다.

"우리 애들은 살아도 같이 살고, 죽어도 같이 죽는다. 이 새끼들처럼 자기들 살겠다고 먼저 도망치는 일은 없어."

마지막에 둘을 먼저 내려보낸 것을 이야기하는 듯했다.

이연우는 피로에 찌든 머리로 잠깐 생각한 후, 금방 결론을 내렸다.

이상으로 의심되는 사건에 투입되는 조사반 대 이상이 확실한 경우에만 파견되는 특전대.

이상 개체를 만날 수도, 안 만날 수도 있는 조사원 대 무조건 이상 개체와 맞서 싸워야 하는 특전대원.

심지어 상사가 저 중대장이다? 미치지 않고서야.

"괜찮습니다. 제가 체력도 안 좋고, 또…"

"싫음 말고."

중대장은 두 번 묻지 않고 바로 승합차로 갔다. 보좌하는 전투원이 조사원들을 향해 정중하게 고개를 꾸벅 숙이고는, 종종걸음으로 중대장을 쫓아갔다.

"…"

"…"

그가 떠난 자리에는 어색한 침묵이 감돌았다. 최재민과 유지유는 힐끔힐끔, 이연우의 눈치를 보았다. 이연우를 내버려두고 떠난 것이 마음에 걸리는 모양이었다.

이연우는 느릿느릿 다시 자리에 누웠다. 그의 나지막한 목소리가 깔렸다.

"괜찮습니다. 제가 가라고 말했잖습니까."

이 둘이 일부러 헛짓거리를 벌여 위기를 가져온 것도 아니고, 이연우를 일부러 죽이려고 한 것도 아니다. 모두가 최선을 다했지만, 결과가 나빴을 뿐.

이연우는 딱히 신경 쓰지 않았다.

최재민은 잠시 눈치를 보다가, 아직도 자기 입을 막고 있는 유지유의 손바닥을 때렸다.

찰싹찰싹.

"아! 아직도 잡고 있었네."

"푸흐. 숨 막혀 죽는 줄 알았네. 왜 말도 못 하게 막고 그래!"

"네가 또 저 사람 부모 욕을 하려고 하니까."

"그건 맞는데… 저 인간이 말을 꼴 받게 하잖아!"

최재민이 씩씩거리며 중대장이 사라진 자리를 노려봤다. 그러다가는 또 유지유의 눈치를 보며 기어드는 목소리로 말했다.

"그냥 뭐 좀 물어보려고 했지."

"뭘."

"부모 다 죽었길래, 댁 부모도 다른 사람 살리려다 죽었냐고. 몇 명이나 살렸냐고."

"내가 느그 소리를 똑똑히 들었는데!"

빡!

유지유가 손바닥을 경쾌하게 휘둘러 최재민의 뒤통수를 때렸다. 최재민이 악악 소리를 질렀다.

"그만 좀 때려!"

빡!

"너는 더 맞아도 돼. 어차피 학교 졸업하면 조사반에서 일할 텐데, 머리 좀 나빠져도 괜찮아."

"안 해! 일 안 해!"

"하지 마! 그냥 실험실로 끌려가든가!"

"어떻게 그렇게 심한 말을…"

그들이 아웅다웅하는 소리가 자장가처럼 들려왔다. 이연우는 눈을 감고 나른한 감각에 몸을 맡겼다. 점점 어두워지는 시야와 멀어지는 소리. 마음이 편했다.

이연우의 다사다난했던 첫 업무가 이렇게 끝을 맞이했다.

회식

20

산에서 내려온 지 며칠이 지났다.

이연우는 끙끙 앓는 소리를 내며, 상평시 시내 구석에 위치한 고깃집으로 걸었다. 어기적거리는 발걸음으로 보도블록을 한참 걸은 뒤에야, 식당에 도착했다.

활짝 열어둔 문밖으로 고기 굽는 냄새가 진하게 흘러나왔다. 이연우는 깁스를 두른 손을 덜렁거리면서, 침을 꿀꺽 삼켰다. 그러고는 냉큼 안으로 들어갔다.

"어서 오십쇼! 몇 분입니까?"

얼굴에 징그러운 흉터가 있는 사장이 활짝 웃으며 반겼다. 흉악한 비주얼.

슬그머니 시선을 피한 이연우는 고개를 이리저리 돌려, 드문드문 손님이 있는 테이블을 둘러보았다.

"오늘 여기서 회식하기로 했는데요…"

"어! 신입! 여기야!"

우렁찬 목소리가 쩌렁쩌렁 울렸다. 구석 테이블에서 두툼한 체구의 반장이 두꺼운 손을 흔들었다.

사복을 입고 반장과 같은 테이블에 앉아 있던 최재민과 유지유도 저마다 손을 들거나, 고개를 까딱이며 아는 척을 했다. 이연우는 얼른 그곳으로 걸어갔다.

"안녕하십니까, 반장님, 선배님. 재민이도."

"어, 얼굴 보는 건 처음이지? 어때, 상처는 괜찮고?"

반장은 슬쩍 의자를 빼주면서도 깁스에서 시선을 떼지 못했다. 이연우는 깁스한 팔을 앞뒤로 흔들며 자리에 앉았다.

"며칠 푹 쉰 덕분에 괜찮습니다."

말 그대로 며칠 동안 고시텔 좁은 방에서 푹 쉬었다. 부상을 그렇게 당했는데, 출근이 웬 말이겠냐고.

물론 휴식과는 별개로, 혹사당한 온몸이 근육통으로 비명을 질러댔지만.

"암, 일 오래 하려면 푹 쉬어야지. 후유증 같은 거 안 남게 말이야."

그때, 험악한 인상의 사장이 큼직한 쟁반에 밑반찬 따위를 가져왔다. 척척, 김치와 파채, 콩나물을 내려놓은 사장은 해맑게 웃으며 말을 걸었다. 이연우를 곁눈질하면서.

"아이고, 신입 사원인가 봐요?"

"아, 예."

"자주 뵙겠네. 고맙게도 회식은 꼭 여기서 하더라고. 뭐, 음료수라도 드릴까?"

"거, 음료수는 뭔… 됐고, 소주나 줘."

이연우는 과도한 관심에 불편한 기색을 보였고, 반장은 심드렁히 주문했다. 사장은 재빨리 떠났다가, 소주와 가스버너, 돌판, 굵은소금을 뿌린 삼겹살을 부지런히 가져왔다.

"그럼 맛있게 드시고, 필요한 거 있으면 불러주세요."

사장이 다른 테이블로 떠났다. 유지유가 익숙하게 가스버너를 켜고, 고기를 올렸다.

치익. 치이익.

고기가 익는 소리. 소나기 소리 같은 맛있는 소리와 함께 고기 냄새가 훅 올라왔다.

꿀꺽, 침을 삼킨 이연우는 퍼뜩 정신을 차리고 한 손으로 수저통에서 젓가락과 숟가락을 꺼냈다. 막내 직원으로서 테이블 세팅을 할 생각이었다.

하지만…

달그락달그락.

수전증처럼 떨리는 손이 식기에 요란하게 부딪혔다. 근육통이 아직도 가시지 않았다.

"아저씨, 주세요! 제가 할게요."

말없이 넘겨주니, 최재민이 숟가락과 젓가락, 탑처럼 쌓은 소주잔을 하나씩 나눠 주었다.

최재민 본인의 자리에도 놓인 소주잔.

고기를 굽던 유지유가 눈매를 좁혔다.

"너는 왜? 콜라 담아 마시게?"

"아니. 나도 술 마실 건데?"

당당하게 마주 보는 최재민을 향해 유지유가 손을 들어 올렸다가, 집게와 가위를 들고 있는 것을 깨닫고 고민에 잠겼다. 가위로 머리를 내리쳐도 될까?

흉흉한 기색에 최재민이 의자를 밀며 뒤로 멀어졌다.

"아니, 내 말 좀 들어봐."

"해봐. 설득 못 하면 이걸로 찍을 거야."

"자, 들어봐."

의자를 바짝 당겨 앉은 최재민이 유지유와 이연우와 반장을 돌아보았다. 그러고는 목소리를 한껏 깔았다.

"저번에 죽을 뻔했잖아요."

"그래서? 끝?"

"아냐! 끝까지 좀 들어. 저번에는 어떻게 살았지만, 조사반에서 하는 일이 그런 거잖아. 대부분 문제없지만, 한번 잘못 걸리면 죽는 거."

"…"

소란스러운 고깃집 안에서 그들의 테이블에만 침묵이 내려앉았다. 유지유는 말없이 고기를 뒤집었다. 최재민이 계속 말했다.

"앞으로도 실습 나갈 텐데, 네가 성인 될 때까지 살아 있을지 어떻게 알아? 운 안 좋으면 바로 다음 실습 때 죽을지도 모르잖아. 그러니까, 살아 있는 동안 해보고 싶은 거 다 해봐야지."

끼릭.

반장이 말없이 소주 뚜껑을 돌려 열었다. 소주병이 최재민을 향했다.

"됐다, 마시게 둬라. 어른 앞에서 마시는 건 괜찮아. 이 기회에 주도 배우는 것도 괜찮고."

"예! 감사합니다!"

최재민이 두 손을 공손히 들어, 잔을 받았다. 텔레비전에서 본 걸 따라 하는지, 과하게 공손한 자세였다. 그리고 찰랑찰랑 잔을 채우는 소주.

유지유는 떨떠름하게 보다가, 병이 자신에게 오자 집게를 내려놓고 잔을 받았다. 이연우도 마찬가지였다. 멀쩡한 손으로 공손히 내민 이연우의 잔 앞에서, 반장이 잠깐 멈칫했다.

"너는 지금 술 마셔도 되나?"

깁스를 보는 눈. 이연우는 끄덕였다.

"몇 잔 정도는 괜찮겠죠. 오히려 마시면 낫지 않을까요?"

"으하하! 그렇지! 뭘 아는구먼!"

그러는 동안 고기가 완벽하게 익었다. 유지유가 가위로 싹둑싹둑 고기를 잘랐다. 한입에 먹기 딱 좋은 크기로.

"건배!"

"건배!"

반장이 잔을 높게 들었다. 네 개의 잔이 테이블 가운데에 모였다가 떨어졌다.

"으으으윽! 더럽게 맛없어!"

아예 뒤로 돌아 잔을 비운 최재민이 서둘러 돌아앉은 후, 고기를 세 점씩 집어 쌈장을 듬뿍 찍어 먹었다. 유지유는 그 장면을 어처구니없는 눈으로 보다가 몇 마디 했다.

"조금만 마셔. 사고 치지 말고."

"이걸 어떻게 많이 마셔? 말도 안 돼. 이걸 왜 맛있다고 마시지?"

"으하하!"

유쾌한 소란 속에서 이연우는 힘겹게 쌈을 만들었다. 멀쩡한 한쪽 손으로 앞접시에 싱싱한 상추를 놓고, 따듯한 밥 한 숟가락 넣고, 쌈장을 찍은 삼겹살을 올리고, 마늘도 살포시.

그렇게 겨우 만든 쌈을 입이 터져라 욱여넣었을 때, 반장이 주머니를 뒤지더니 작은 유리병을 꺼내, 이연우 앞에 놨다.

"신입아. 챙겨라."

우적우적.

이연우는 턱을 움직이며, 유리병을 봤다.

라벨이 없는 유리병은 탁한 갈색이었는데, 소화제나 숙취 제거제 같은 모양이었다. 안에는 투명한 액체가 찰랑였다.

반장이 나지막이 말했다.

"이번 일에 포상금은 없단다. 이유는 너희도 알지?"

"…예."

꿀꺽 쌈을 삼킨 이연우가 꽉 막힌 목소리로 답했고, 유지유가 고개를 살짝 숙였다.

그 중대장이란 사람한테 욕을 먹으면서 잘못이 뭔지 들었으니까. 이상 개체의 파괴, 서식지에 방화. 그들 손으로 지워버릴 뻔한 가능성.

반장은 수저로 테이블을 때리며 상부를 욕했다.

"씨부랄 놈들. 이게 인류보호회사야, 이상보호회사야. 이딴 걸 잘못이라고. 하여튼, 포상금 대신 우리 조사반에 기억 소거제가 몇 개 보급됐다. 너한테 준 것도 그거야."

"이게 그 기억 소거제입니까?"

이연우는 기억 소거제를 들어 올린 후, 몇 번 흔들었다. 안에 든 투명한 액체가 평범하게 출렁였다. 이연우는 시선을 돌려 반장을 봤다.

"그런데 이걸 왜 저한테…?"

"사직서 같은 거야. 지유는 이미 가지고 있어."

반장은 자기 잔에 술을 따르며, 소주가 흐르는 것을 보았다.

"사직서랑 같이 품고 있다가, 퇴직할 때 마시라고."

"아."

유지유가 맞다며 고개를 끄덕였다. 이연우는 조심스럽게 유리병을 바지 주머니에 챙겼다.

그 후로도 삼겹살을 몇 번 더 시키고, 소주 몇 병을 더 비웠다. 시간이 늦은 밤을 향해 달려갈수록 멀쩡했던 얼굴들에 불쾌하게 취기가 맴돌았다.

삼겹살과 김치와 콩나물을 잘게 잘라 넣고 복음밥까지 남김없이 먹어치운 후, 반장이 자리에서 일어났다.

"이만 가자. 저, 저 새끼 취한 거 봐라."

"아아아. 나 더 마시 수 이쓸 거 가튼데? 안 치해써!"

최재민이 팔을 파닥이며 혀 꼬인 소리를 냈다. 제 몸도 제대로 못 가눴다. 유지유가 최재민의 뒤통수를 내리쳤다.

빡!

"내가 조금만 마시라고 했지?"

"조오금 마셨는데!"

"돌겠네. 이걸 어쩌지."

"일단 끌고 나가죠?"

반장이 계산하는 동안, 유지유와 이연우는 최재민을 양쪽에서 붙잡아 바깥으로 끌고 갔다. 두 발이 바닥에 질질 끌렸는데, 최재민은 그게 재밌다고 실실거렸다.

"와!"

"안녕히 가십쇼!"

험악한 얼굴의 사장이 웃으며 그들을 배웅했고, 반장은 법인카드를 꺼내 건넸다. 사장이 카드를 받아 들며 궁금한 듯 질문했다.

"맛있게 드셨습니까?"

"고깃집인데 고기가 맛이 없으면 안 되지."

"하하. 고기 맛은 문제가 없다는 거죠?"

"왜, 장사가 잘 안되나?"

결제가 끝났다. 사장은 카드를 돌려주었고, 반장은 카드와 영수증을 함께 지갑에 집어넣으며 슬쩍 물었다.

"단골손님 몇 분 빼면 손님이 안 와서요. 오시던 단골손님도 점점 줄어들어서… 이러다 장사 망하면 어떻게 먹고사나 걱정이고."

걱정이 잔뜩 섞인 대답.

반장은 묵묵히 듣다가, 한 번 웃고는 핀잔 섞인 잔소리를 돌려줬다.

"먹고사는 걱정이구먼. 이 사람아, 복 받았으니까 그런 걱정이라도 하는 거야."

"하하. 그런가요? 하긴 안사람도 무슨 걱정을 사서 하냐고 하던데."

사장은 웃었다. 반장이 고개를 절레절레 젓고는 활짝 열린 문으로 나섰다. 뒤에서 인사 소리가 들려왔다.

"안녕히 가십쇼!"

반짝이는 간판을 피해, 어두운 흡연 구역으로 간 반장은 품에서 담배 한 대를 꺼내 입에 물었다. 칙칙 부싯돌 부딪치는 소리.

피어오른 불꽃과 함께 반장의 머릿속에서 한때 같은 조사원이었던 남자의 목소리가 들렸다.

'야. 나 더는 못 하겠다. 매일매일이 지옥이야. 업무만 문제가 아니야.'

'오늘은 문제없이 살아남을까, 미친놈들이 공격해 오지 않을까, 내가 사는 도시가 파괴되지는 않을까. 내일 갑자기 지구가 멸망하지는 않을까. 이딴 걱정만 하면서 사는 게 어떻게 사람 사는 삶이냐.'

'나도 이제 평범한 사람들처럼 먹고사는 걱정만 하면서 살고 싶어.'

반장과 함께 조사원으로 10년을 버텼던 동료는 그렇게 기억 소거제를 마시고 이상하지 않은, 평범한 세계로 갔다.

10년 동안의 기억을 잃은 조사원은 고깃집 사장이 되었고, 인생의 반려를 만나 결혼까지 하며 그가 원하던 것처럼 먹고사는 걱정을 하는 평범한 사람이 되었다.

담배를 깊이 빨았다. 반장이 한숨처럼 뱉은 욕은 연기와 함께 하늘로 흩렀다.

"새끼…"

그렇게 추억을 곱씹던 반장은 돌연 피식 웃었다. 저 앞에 난동을 피우는 조사원들이 있었으니까.

"흐어엉! 내가, 내가 두고 가서 미아내…!"

"팔! 팔! 팔! 악!"

"정신 차려! 정신 차려!"

이연우에게 매달리는 최재민과 비명을 지르며 도망치는 이연우와 최재민을 붙잡고 끌어내는 유지유. 언제 어떻게 헤어질지 모르는 사람들.

반장은 담배 한 대가 다 탈 시간 동안 그들을 바라보았다.

오류

21

[안개 속의 괴물 (임시)]

- 적대 수준: 옐로
- 위험 레벨: 2
- 중요 등급: D
- 상세: 서식지에 단기적인 기억을 지우는 안개를 만들어내는 이상.
- 대책: 최초 발견된 산을 특별 보호구역으로 지정하여 민간인의 출입을 막고, 이상 관리팀을 신설하여 이상 개체의 탈주를 막는다. 최초 서식지에서 이상 개체의 번식을 최우선으로 삼고 관리에 주의를 기울일 것.

또한, 이상 발견 절차에 따라 연구팀을 할당한다.

[최초 발견한 이상 개체를 연구하는 방향에 관하여]

신설 연구팀에게

언제나 그렇듯, 이상 발견 절차에 따라 해당 개체의 분석을 최우선으로 하십시오. 막 발견한 이상 개체, 아직은 모든 것이 추측일 뿐이니까요.

정말 번식이 가능할까? 정말 이 이상이 안개를 발생시키는 걸까? 안개와 괴물은 서로 다른 개체가 아닐까? 혹시 안개가 괴물을 만든 것은 아닐까? 어쩌면 기억을 지우는 것이 아니라, 기억을 먹는 것은 아닐까?

많은 질문이 있고, 미지는 위험이 되기 때문에 우리는 그것을 밝혀야만 하죠.

물론 기억 소거제의 공급 부족에 대해서는 익히 알 거라 믿겠습니다. 안개 성분의 안전성과 해당 개체의 번식 여부부터 연구하십시오.

그 때문에 희귀물질연구소와 크립티트연구동호회에서 우선 인원을 차출한 겁니다.

[안개 속의 괴물 1차 연구 보고서]

대략적인 결과가 도출되어 보고합니다.

안개의 기억 소거 성분 분석 결과, 안전합니다. 당장 기억 소거제의 원재료로 사용해도 문제없습니다.

물론, 장기적으로 복용할 경우 어찌 될지에 관한 데이터는 당연하게도 없지만, 기억 소거제를 장기적으로, 또 주기적으로 복용할 일은 드물기 때문에, 후순위 연구 과제로 미뤘습니다.

교배에도 성공하여 새끼가 출생하였습니다.

하지만 멸종의 대변인이 의심스러운 점을 발견하여, 그 점을 함께 보고하겠습니다. 이하 내용은 멸종의 대변인의 의견인 점을 감안하여 읽어주시길.

인간 여럿에게 기억 소거제를 임상 실험한 날짜와 새끼가 탄생한 날짜가 같다. 이는 무엇을 의미하는가?

이것의 식생활은 더욱 의미심장하다. 해당 이상 개체는 동물의 내장을 먹으나, 활동에 필요한 열량에 비하면 턱없이 부족한 양을 먹기 때문이다.

내 생각은 이렇다.

이것의 필수영양소는 사람의 기억이다.

안개는 입이며, 입으로 기억을 섭취하여 생명 유지와 번식에 사용한다.

즉, 우리가 안개를 기억 소거제로 정제하여 사용한다는 것은 이들의 번식을 돕는 것이며, 안개를 정제한 기억 소거제를 많이 사용할수록 이들의 숫자는 기하급수적으로 증가할 것이다.

안개 속의 괴물의 적대 수준을 오렌지로 격상할 것을 제안한다. 이것의 숫자가 손쓸 수 없이 폭증하기 전에. 우리의 손으로 실수를 반복하기 전에.

[안개 속의 괴물 적대 등급 격상에 관하여]

멸종의 대변인 의견을 주의 깊게 검토한 결과, 관리 불가능한 위험은 아니라는 결론을 내렸습니다. 현재 수준을 유지하겠습니다.

근거는 다음과 같습니다.

1. 기억 소거제의 부족

기억 소거제의 공급을 늘릴 수만 있다면, 일정 수준의 위험은 감수해야죠, 어쩌겠습니까.

2. 이상 개체의 취약함

비록 유아 개체였지만, 초보적인 조사원 몇에게 죽음을 당할 정도로 나약했죠. 저것의 숫자가 감당하지 못할 정도로 불어나더라도, 단순한 총기와 화기만으로도 정리 가능할 겁니다.

물론 방심은 죄악이니, 경계 대책도 준비했습니다.

1. 서식지의 엄격한 제한과 개체 수의 세밀한 관측과 관리

2. 해당 이상 개체를 이용한 기억 소거제의 별도 관리

안개로 만든 기억 소거제를 MM-001로 명명하고, 여타 특수 비품처럼 별도 항목으로 관리합니다.

[시말서]

소속: 이상 조사반

직위: 조사원

성명: 이연우

본인은 조사 업무를 수행하던 중 산에 불을 지르고 이상을 파괴한 것에 대해 반성하고, 추후 같은 실수를 범하지 않을 것을 서약하며, 이에 시말서를 제출함.

깜빡. 깜빡.

명멸하는 커서를 따라 이연우도 눈을 깜빡였다. 깁스를 풀기도 전에 출근하자마자, 그것도 사무실로 처음 출근하자마자 시말서를 작성했다. 제대로 작성했나 의심부터 들었다.

슬쩍, 옆 책상을 보니, 유지유도 눈살을 잔뜩 찌푸리고 키보드를 치고 있었다. 고개를 조금 더 빼 모니터를 훔쳐봤다. 똑같은 시말서였다.

내용까지 똑같았다. 몇 글자만 다를 뿐.

"저, 선배님. 이거 시말서 이렇게 쓰는 게 맞나요?"

"한번 봐봐요."

이연우가 몸을 반대쪽으로 뺀 후, 모니터를 살짝 돌렸다. 몸을 기울인 유지유는 빠르게 한 번 훑더니, 다시 자리로 돌아갔다.

"그대로 올리면 될 것 같은데요?"

"너무 비슷하지 않습니까?"

"상관없을걸요?"

"그래요?"

"불만 있으면 자르라고 해요. 조사원이라고 해봤자 기껏해야 반장님까지 셋밖에 없는데, 위에 놈들이 뭐 어쩌겠어요."

유지유는 그렇게 말하면서 시말서를 업로드했다.

이연우는 다시 한번 시말서를 처음부터 읽었다. 아무리 봐도 유지유의 것과 너무 똑같았다. 보고 베낀 것처럼.

어딘가 불편한 마음이 들어, 몇 글자라도 고쳐보려고 한 손을 키보드 위로 올릴 때였다.

반장이 말했다.

"대충 써도 된다, 신입아. 어차피 조사원은 승진도 없고, 오래 일할수록 월급 올라가는 구조야. 이런 거 대충 쓴다고 불이익 없다."

"그렇습니까?"

잠시 망설이던 이연우가 업로드 버튼을 눌렀다. 찝찝했지만, 반장님까지 저렇게 말하는데.

그렇게 시말서 제출이 끝나기 무섭게…

"씨벌. 염병하네."

반장이 욕설을 내뱉었다. 살짝 놀란 이연우가 책상 칸막이 위로 머리를 쭉 빼 반장의 자리를 보았다. 유지유도 관심 없는 척하며 귀를 기울였다.

반장은 혼자 구시렁거리더니, 두꺼운 손을 들어 그들에게 이리 오라 손짓했다.

"이 새끼들은 또 뭔 지랄을 하려고 조사원을 차출해. 어이, 지유야, 신입아. 와봐라."

"예."

"가요."

두 명이 반장의 자리로 가니, 반장은 의자에 등을 기댄 자세로 모니터를 가리켰다. 그곳에는 요청서가 있었다.

[인원 차출 요청서]

뭐라 뭐라 형식적인 문장이 길게 나열돼 있었지만, 거부할 수 없다는 뜻만은 분명했다.

반장은 혀를 찼다.

"저기 위에서 내려온 명령인데, 조사원 한 명 아무나 데려다 쓴단다."

유지유가 피곤한 눈을 비볐다.

"뭔지 모르겠지만, 제가 가야겠네요. 연우 씨는 팔이 아직 아프잖아요."

"그건 아니야."

반장이 짜증 섞인 눈으로 요청서를 보다가 이연우를 쳐다봤다. 이연우가 아직 깁스를 풀지 않은 손을 꼼지락거렸지만, 반장은 개의치 않았다.

"이 새끼들 이거, 이름하고 사람만 빌리는 거야. 사람들 이목 속일 때 대충 조사원 활동으로 퉁치려고 이러는 거라고."

"…그럼, 제가 갑니까?"

이연우가 묻자, 반장은 고개를 끄덕였다.

"어차피 가도 할 거 없어. 대충 자리만 지키고 있다가 돌아오면 돼."

"그래도 지유 선배가 가는 게 낫지 않겠습니까? 저는 완전히 신입인데."

이연우가 유지유의 눈치를 보며 물었다. 편한 일이라고 사무 처리를 내팽개치고 냅다 떠나는 것도 보기가 안 좋았으니까.

하지만 유지유는 슬쩍 한발 물러섰다.

"연우 씨가 사무실에 있어봤자 무슨 일을 더 하겠어요. 제가 사무실에 있는 편이 효율적이죠."

옳은 말이었다. 이연우는 시말서 쓰는 법만 배웠지, 다른 건 조금도 알지 못했다. 게다가 팔 한쪽도 못 썼다.

그때, 유지유가 이상한 표정을 지었다.

"그리고 연우 씨, 보니까 사건 사고를 몰고 다니는 것 같던데… 제가 괜히 나섰다가 이상한 일에 엮일 거 같아서 무섭네요."

"어…"

이연우는 뭐라고 반박하지 못했다. 그가 느끼기에도 그랬다.

인간자격시험을 시작으로, 연수 때는 이상 개체가 폭주하지 않나, 적대 집단이 쳐들어오지 않나, 첫 업무부터 진짜 이상을 마주치지를 않나.

생각할수록 찜찜했다.

'액이 꼈나? 무당이라도 찾아가야 하나?'

예전 같으면 말 같지도 않은 소리라고 흘려 넘겼겠지만, 이상한 세상을 살아가는 이상…

반장이 쓸데없는 생각을 끊었다.

"신입아. 내일 저기 청해시 청해항구로 가라."

"아, 예. 그런데 가서 무슨 일을 하면 됩니까?"

"거기 다른 사람 있을 텐데, 그 사람 쫓아다니기만 하면 될

걸. 네가 뭐 할 거는 진짜 없을 거야."

이연우는 불편한 얼굴로 짧게 답했다.

"예."

남은 근무시간 동안 이연우는 유지유에게 기본적인 업무를 배웠고, 청해항구로 가는 날이 왔다.

청해항구 근처의 공용 주차장.

내리쬐는 햇볕이 따가워, 이연우는 편의점 얼음 커피를 쭉 빨며 주변을 둘러봤다.

바다 냄새가 물씬 풍기는 주차장에는 차가 거의 없었다. 차보다는 바닷바람에 실려 날아온 모래가 더 많은 자리를 차지했다. 노란 스프레이가 뿌려진 듯한 주차장.

이연우는 모래가 밟히는 아스팔트를 신발 바닥으로 바작거리며, 주차장 입구를 주시했다.

'날 부른 사람들은 언제 오는 거지? 그리고 어떤 차로 오는 거지? 승합차 같은 건가?'

그때, 전화가 울렸다. 모르는 번호였지만, 이연우는 바로 받았다.

"예, 이연우입니다."

- 요청받고 출장 나오신 분 맞습니까? 조사원?

다급한 목소리.

"네. 차출돼서 나온 조사원인데요."

이연우는 조심스럽게 대답하며 주변을 둘러보았다. 주차장으로 진입하는 용달차 한 대. 속도를 채 줄이지 못하고 위태롭게 드리프트를 했다.

끼이익!

- 지금 저희가 말한 위치에 있습니까?

"예. 주차장에서 기다리고 있는데요."

- 어디 있습니까?

지금 막 도착했다는 듯한 말. 이연우는 푸른색 용달차를 보면서 긴가민가했다.

"파란 트럭입니까? 짐칸 있고?"

- 맞습니다. 빨리 오시죠.

덜컹!

용달차가 브레이크를 밟아 급하게 속도를 늦췄다. 이연우는 잰걸음으로 트럭 뒤로 다가가 회색 천막을 쳐둔 짐칸을 지났다. 걸음이 잠깐 느려졌다.

바닷바람에 펄럭이는 천막의 틈새로 언뜻 외국인과 문짝 같은 것이 보였다.

'뭐지? 외국인? 문?'

의문을 속으로 삼키며, 이연우는 조수석에 올라탔다. 문을 닫기 무섭게, 인사치레도 없이 트럭이 출발했다. 주차장을 벗어나 도로로 진입하는 트럭.

이연우가 질문했다.

"어디로 가는 겁니까?"

"현재 상황부터 알려드리겠습니다."

"예? 아니, 어디로…"

"습격에 대비하십시오."

까만 정장을 입고 운전석에 앉은 남자는 백미러와 사이드미러를 곁눈질하며 빠르게 말했다. 불안하게 움직이는 시선. 액셀을 밟아 속도를 올리는 트럭.

이연우는 재빠르게 안전벨트부터 맸다.

'습격? 습격? 이름만 빌린다며? 자리만 지키면 된다며?'

마음 편하게 시간만 보낼 것 같지가 않다. 영화를 저장한 핸드폰을 주머니 깊이 꾹 쑤셔 넣은 이연우가 사이드미러를 보았다.

항구도시의 텅 빈 도로를 트럭이 속도 높여 달렸다.

22

달리는 트럭 옆으로 빠르게 지나가는 항구도시의 풍경.

키가 작은 건물들은 낡고 해진 페인트 옷을 입고, 불 꺼진 눈으로 자고 있었다. 건물의 잠을 깨울 사람이 없어, 도시가 고요하게 자는 듯했다.

쇠락한 항구도시의 풍경이었다.

그곳과 유일하게 어울리지 않는 것이 있다면, 차 하나 돌아다니지 않는 도로를 내달리는 트럭 한 대뿐.

부우웅!

신호도 무시하며 달리던 트럭이 과속방지턱에 걸려 크게 위아래로 들썩였다.

조수석에 앉은 이연우의 머리도 맥없이 좌우로 흔들리며, 쿵쿵 유리창과 목 받침대 따위에 마구 부딪혔다. 하지만 이연우는 머리가 아픈 와중에도 한 손으로 종이를 들고, 그 내용을 읽었다.

난폭 운전 따위보다 훨씬 위험한 내용이 쓰여 있었으니까.

'위험 레벨 4? 멸망주의자? 그러니까, 이게…'

순식간에 내용을 정리한 이연우가 종이를 거칠게 무릎 위에 올리며 운전석의 남자를 쳐다봤다.

"그러니까… 비유하자면, 지금 핵폭탄 재료를 짐칸에 실었고 세상이 멸망하길 바라는 미친놈들이 핵폭탄 재료를 탈취하려고 습격해 온다는 겁니까?"

"정확하게 이해하셨습니다."

"아니. 아니."

담담한 대답에 이연우는 다시 종이를 들어 그 내용을 읽었다. 첫 장에는 사진이 있었다.

이연우가 언뜻 보았던 외국인과 문짝. 정확히는, 문짝을 관통하듯 박혀 있는 외국인.

[끼인 남자]

- 적대 수준: 오렌지

- 위험 레벨: 1

- 중요 등급: B

- 상세: 문이나 벽이나 사물에 위치가 중첩되는 인간형 이상

'여기까지만 읽으면 괜찮은데…'

게임에서 가끔 보이는, 버그 걸린 캐릭터 느낌이니까. 문제는 다음이었다.

- 오류 NPC(ERROR NPC): 물리법칙이 어긋난 일련의 이상 개체. 오류 NPC가 모일수록 오류가 현실로 확대되어, 위험 레벨이 상승한다. 둘이 모이면 2, 셋이 모이면 3.
- 현재 회사에서 발견한 오류 NPC는 다섯이며, 발견하지 못했을 오류 NPC까지 생각하면 잠재적인 위험은 최대 6에서 7까지 상승한다.

운전석의 남자가 말했다.

"본사에서 엄중하게 관리하던 NPC 셋을 멸망주의자가 강탈했고, 회사는 남은 두 NPC를 다른 곳으로 비밀리에 이송하는 중이었습니다. 그중 하나가 뒤의 끼인 남자입니다."

"습격은 무슨 말입니까?"

"걸렸습니다."

"…예?"

이연우가 서류를 얼굴 옆으로 치우고 황당한 눈으로 남자를 보았다. 남자는 쉴 새 없이 눈을 움직여 사방을 경계하면서, 바짝 마른 입술을 혀로 핥았다.

"이송 작전을 멸망주의자한테 걸려서, 놈들이 청해항구까지 쳐들어왔습니다. 지금 경호가 없는 이유가 그 때문입니다.

경호 1중대와 타격 중대가 맞서 싸우고 있습니다."

말이 끝나기 무섭게.

펑! 쾅!

폭음이 멀리 항구 방향에서 들려왔다. 잠자는 항구도시를 일으키는 듯한 소리의 연속.

이연우가 빠르게 고개를 돌려 창밖을 보았지만, 눈에 띄는 현상은 없었다. 대신 폭음에 놀란 사람들이 하나둘 거리로 나오는 것이 보였다. 눈을 땡그랗게 뜨고 핸드폰을 꺼내는 아줌마와 도망치듯 건물로 들어가는 노인.

'나도 차에서 내리고 싶다. …내릴 수 없을까? 잘 말하면 될 것 같은데?'

이연우는 남자의 눈치를 살피면서 작게 중얼거렸다.

"아니, 나는 왜 부른 겁니까… 조사원 필요 없잖아요…"

"원래는 조사원 활동으로 위장하려고 했습니다. 죄송하지만, 일이 이렇게 된 이상 도와주셔야 합니다."

"뭘, 어떻게 말입니까?"

이연우가 깁스한 팔을 들어 올리고, 서류를 쥔 손도 항복하듯 위로 뻗었다.

"무기 같은 것도 없고, 있더라도 못 싸웁니다. 이 손 좀 보세요. 하다못해 힘쓰는 일도 못 합니다."

"손은 필요 없습니다. 조사원이시지 않습니까. 이상을 발견하고 파악하는 데 이골이 나셨을 테니, 공격이나 습격의 전조를 빠르게 파악해 알려주십시오."

"아니…"

이연우가 뭐라고 말하려고 하자, 운전석의 남자가 고개를 돌려 이연우와 시선을 마주했다. 진지하고 절실한 눈동자.

"부탁드립니다. 지금 멸망주의자가 몇 명인지, 어떤 이상을 얼마나 들고 왔는지 모릅니다. 까딱 잘못했다가는 우리나라에 핵폭탄이 떨어지는 것과 비슷한 일이 벌어집니다."

절절한 목소리도 이연우에게는 닿지 않았다.

핵폭탄이 떨어지면 폭심지에서 도망쳐야지, 고작 사람 하나가 그걸 어떻게 막나.

"이봐요, 저는 조사 업무 딱 한 번…"

이연우는 어떻게든 내리기 위해 운전석의 남자를 설득하려고 했다.

한창 목소리를 높이던 이연우의 눈동자가 돌연 커졌다. 남자보다 절실한 목소리가 터졌다.

"앞! 앞에! 차!"

반대쪽 도로에서 승용차 한 대가 달려왔다. 조금 과속하고 있었지만, 평범한 차처럼 보였다. 역주행도 아니었으니까.

하지만 넓고 투명한 전면 유리창 너머에는 사람이 없었다.

부우우웅!

다음 순간, 중앙선을 넘은 승용차가 역주행하며, 이연우가 탄 트럭으로 달려들었다.

콰아앙!

청해항구의 한 주차장.

파도치는 소리가 들리는 주차장이 붉게 물들었다. 피를 흘리는 시체가 도처에 널려 있었다. 정장을 입은 경호원과 전투 슈트를 입은 타격대원이 쓰레기처럼 바닥에 널브러져 있었다.

그 주변에는 스키드마크가 찍힌 아스팔트와 무질서하게 널려 있는 자동차가 있었다. 폭발하여 불이 붙기도 하고, 찌그러져 있기도 한 자동차.

그리고 두 명의 이질적인 사람이 난장판의 가운데에 있었다.

딸깍딸깍! 꾸욱!

자동차에 기대앉아, 자는 사람처럼 눈을 감은 소년. 야구 모자를 꾹 눌러쓴 소년은 손가락으로 게임기 컨트롤러를 현란하게 움직이더니, 다음 순간 눈을 뜨고 두 손을 위로 번쩍 치켜들었다.

"나이스! 들이박아서 막았음!"

"위치는?"

푸르게 빛나는 장난감 총을 든 남자가 대뜸 묻자, 소년은 눈을 깜빡였다.

"모르겠는데? 내가 이 나라 사람도 아니고, 어떻게 알아? 그런데 운전해서 어떻게 가야 되는지는 알아."

"그럼, 네가 운전하는 차를 타고 가야겠군."

"좋아! 여기는 도로에 차가 없어서 속도 내는 재미가 있어."

"우리가 타는 차는 안전 운전 해라."

"그건 재미없는데?"

자동차를 짚고 자리에서 일어난 소년은 문득 다시 컨트롤러를 휘둘렀다.

"그런데 NPC랑 같이 있는 회사 사람이 아직 안 죽은 것 같아. 얘네처럼 다 차로 뭉개는 편이 낫지 않아?"

"안 돼. 혹시라도 NPC가 휘말려서 사망하면 지구 어딘가에서 리스폰될 텐데, 그걸 다시 찾기는 귀찮아."

"재미없게. …그럼 다른 차로 길이라도 막을까? 오도 가도 못하게?"

"그건 괜찮군."

소년이 다시 주저앉아, 게임기 컨트롤러를 두 손으로 쥐었다. 감은 눈과 육신을 벗어난 의식. 소년은 가상현실 게임을 하듯, 컨트롤러로 먼 거리의 차를 조종했다.

남자는 장난감 총을 쥔 채, 소년을 내려다봤다.

그런 둘을 보는 시선이 있었다.

하반신이 으스러진 타격대원.

"…"

타격대원은 터지려는 비명과 울컥 올라오는 핏물을 삼켰다. 조금의 소리도 내면 안 된다. 고통에 떨리는 손으로 수류탄을 쥐었다.

딸깍딸깍.

타격대원은 소년이 컨트롤러를 움직이는 소리에 숨어 안전클립을 제거하고 안전핀을 뽑았다. 중년 남자는 눈치채지 못했다. 타격대원은 깃털을 밀어내듯 둥그런 수류탄을 밀었다.

데굴데굴.

핏물에 젖은 도로를 소리 없이 구르는 수류탄. 타격대원이 깨진 헬멧 너머로 눈 한번 깜빡이지 못하고 바라볼 때였다.

중년 남자와 눈이 마주쳤다. 그의 대응은 신속했다.

찰칵찰칵.

중년 남자는 푸른 장난감 총으로 수류탄을 쏘고, 이어 멀리 보이는 바다를 쐈다. 발사되는 것은 없었다. 대신 총구가 겨눈 장소에 푸른 구멍이 뚫렸다.

수류탄은 데구르르 굴러 푸른 구멍으로 들어갔고, 바다로 떨어졌다. 직후 먼바다에서 물보라가 높게 치솟았다. 멀리서 아스라이 들려오는 폭음.

실패했다. 타격대원은 소리로 직감했다. 그는 피를 토하며 희미한 목소리로 말했다.

"탈취자… 그리고, 운전자… 상부에 보고했다… 네놈들의 전담 부대가 올 거야."

물보라가 가라앉는 광경을 보던 탈취자는 그 말에 천천히 고개를 내려 타격대원을 보았다. 그러고는 손목만 움직여 총으로 하늘을 쏘고, 총구를 내려 타격대원을 조준했다.

"그 전담 부대, 여기에는 없군."

무미건조한 읊조림. 이어지는 격발.

타격대원이 누운 지면에 푸른 구멍이 뚫렸고, 그곳으로 빨려 들어간 타격대원은 하늘의 구멍에서 떨어졌다. 낙하지점은 주차장의 승용차. 콰앙. 타격대원이 승용차 천장을 으스러뜨리며 추락했다. 구부러진 차체와 탁해진 유리창.

"…그래도 방심하면 안 되겠어."

탈취자는 혹시 남은 생존자가 있을까, 시체를 하나하나 바다로 이동시켰다.

찰칵. 찰칵. 찰칵.

방아쇠를 몇 번이나 당겼을까. 붉은 핏물과 파손된 주차장만이 남았다.

소년, 즉 운전자가 벌떡 일어서다가 의아한 표정을 지었다.

"다 막았다! …뭐야? 웬일로 정리를 해?"

"정리가 아니라 확인 사살이다."

"그래? 그럼, 출발?"

"출발."

둘은 문이 잠기지 않은 아무 자동차에 올라탔다. 운전자는 뒷자리에 편하게 누워, 다시 컨트롤러를 쥐었다. 조수석에 앉은 탈취자가 안전벨트를 매며 말했다.

"지원하지."

"오. 그럼 나 브레이크 안 밟는다?"

"그렇게 해. 생각보다 시간이 부족할지도 몰라."

"그럼, 간다!"

까무룩 감긴 눈과 멀어진 의식. 운전자는 손가락만 깨어 있는 것처럼 컨트롤러의 버튼을 조작했다. 동시에 시동도 켜지 않은 자동차가 가속했다. 전면의 가로수를 향해.

부우우웅!

조수석의 탈취자는 코앞까지 다가온 가로수와, 옆으로 보이는 주차장 출구와 연결된 도로의 한 지점을 연달아 쐈다.

거칠게 질주하던 자동차가 가로수에 난 푸른 구멍을 통과하여 도로로 튀어나와 감속 없이 내달렸다.

탈취자는 생각했다.

'이번 공격 목적은 탈취, 그게 불가능하면 NPC 살해, 그조차 불가능하면… 세 번째까지 갈 일은 없을 것 같군.'

찰칵찰칵.

탈취자는 생각을 하면서도 쉴 새 없이 공간에 푸른 구멍을 뚫었다. 직선도로에서는 거리를 단축했고, 때로는 앞길을 막는 장애물을 치웠다. 저 하늘 위로.

그렇게 두 레드 등급 수배자는 이연우가 탄 트럭을 향해 빠르게 다가갔다. 그들이 지나간 도로에는 하늘로 날아간 장애물들이 강철과 살점의 비가 되어 쏟아져 내렸다.

23

끼이익. 쾅! 끼익! 콰아앙!

요란한 소음이 연달아 들렸다.

이연우는 천천히 눈을 떴다. 금이 간 유리창과 아픈 몸. 잠에 취한 듯 몽롱했던 눈이 순식간에 찢어질 듯 커졌다.

'사람 없는 자동차, 사고! 습격!'

연달아 치는 번개처럼 떠오르는 기억.

벌컥!

이연우는 냅다 트럭 문부터 열고 몸을 던졌으나, 안전벨트에 묶인 몸은 좌석을 벗어나지 못했다. 안전벨트에 매달려 손발을 퍼덕이던 이연우가 머리와 멀쩡한 손을 등 뒤로 돌렸다.

다급하게 빨간 프레스 버튼을 찾아 누르기 무섭게 풀리는 안전벨트와 바닥으로 뚝 떨어지는 몸.

"윽!"

이연우는 맨홀 뚜껑 위로 불안정하게 착지했다. 몸을 추스를 겨를도 없이, 이연우는 주변부터 둘러보았다.

"뭐야?"

쾅! 쾅!

지금, 이 순간에도 멈추지 않는 충돌음. 사람 없는 자동차가 달려와 트럭의 전후좌우를 빼곡하게 막았다.

연쇄 추돌 사고 현장처럼, 혹은 명절 고속도로처럼 도로가 꽉꽉 틀어막혔다.

그때, 탁, 발소리가 들렸다.

"…!"

트럭 반대편에서 들린 소리. 이연우는 몸을 낮추고, 트럭에 몸을 바짝 기댔다. 그리고 말소리가 들린 쪽을 향해 트럭을 돌아갔다.

"예! 지금 더는 이동 불가능합니다! …싸우던 부대가 전멸했다고요? 그러면, 아, 지금 지원하러 오고 있다고요? 얼마나 걸립니까? …한참 남지 않았습니까! 이러다 빼앗깁니다! …아뇨! 뒷수습이 지금 중요한 게 아니지 않습니까! …그럼, 습격자가 누구인지만이라도… 뭐요? 누구요? …어떻게든 해보라는 게, 도대체가! 젠장! 알아서 하겠습니다!"

운전석에 앉아 있던 남자가 핸드폰을 들고 고래고래 소리를 질렀다. 머리가 깨졌는지 피가 줄줄 흐르는 이마를 닦아내고는, 핸드폰을 거칠게 던졌다.

핸드폰이 아스팔트 위에서 몇 번 튕긴 후 미끄러져 이연우의 발 앞에서 멈췄다.

남자와 이연우가 눈을 마주쳤다. 이연우가 먼저 입을 열었다.

"상황이 뭐 어떻게 된 겁니까? 도망치면 됩니까?"

"아뇨… 포기하는 건 차악입니다. 어떻게든 끼인 남자를 지켜야 합니다. 그게 최선입니다."

그 말에 이연우는 우중충한 표정으로 도로를 둘러봤다. 답답한 심정처럼 꽉 막힌 도로.

"말이 되는 소리를… 여기서 뭘 어떻게 지킵니까? 전투원도 전멸했다면서요."

"차선책이 있습니다."

잠시 망설이던 남자가 정장 안주머니에서 짤막한 나이프를 꺼냈다. 이연우가 당혹스러운 심정으로 질문했다.

"설마 그걸로 싸우자고요? 습격자를 물리치는 게 차선이란 말은 아니죠?"

"아닙니다. …끼인 남자를 죽이는 겁니다."

어느 순간, 사고가 멈춘 도로가 조용했다.

시간이 없었다. 남자는 입술을 깨물고는 트럭 뒤로 걸었다. 그는 스스로를 설득하듯, 말을 멈추지 않았다.

"끼인 남자는 이상 개체입니다. 그리고 죽이더라도 죽지 않습니다. 지구 어딘가에서 리스폰될 뿐이죠. 멸망주의자에게 빼앗기느니, 차라리 멀리 보내는 편이…"

멸망주의자는 점조직에 가깝다. 회사의 정보 자원이 압도적으로 뛰어나니, 썩 나쁘지 않은 결과일 것이다. 회사가 먼저 찾아 회수할 테니까.

'대충 끝인가? 이제 내 살길만 찾으면 되는데. 도망치거나 숨는 편이 낫겠지?'

이연우는 혹시 모를 테러리스트의 화풀이로부터 안전할 방법을 생각했다.

남자의 뒤를 쫓아 걷다가, 문득 드는 생각에 걸음을 멈췄다. 그리고 그가 내렸던 장소로 돌아가자, 둥근 맨홀 뚜껑이 보였다.

'이거…'

이연우가 말했다.

"저기요, 그 습격자는 몇 명이고, 무슨 이상입니까?"

"습격자는 사람입니다. 이상 개체를 무기처럼 쓰는 수배자인 탈취자와 운전자입니다. 짧게 설명하자면…"

탈취자.

공간에 푸른 구멍을 뚫는 총을 이용해 회사의 물건을 훔치는 도둑.

운전자.

생명 없는 탈것을 조종하는 컨트롤러를 이용해 교통사고를 일으키고, 비행기를 떨어뜨리고, 기차를 탈선시키고, 탱크와 전투기를 사용하는 테러리스트.

이연우는 잠깐 생각하다가 맨홀 뚜껑을 툭 찼다.

"관측이나 추적 같은 건 못 한다는 말이죠?"

"예. 운전자는 어느 정도 하겠지만, 지금은 이곳으로 오는 중이라 아마 못 할…"

가능할지도 모른다는 대답. 하지만 이연우는 냉큼 말했다.

"그럼 숨기기만 해도 되겠네요?"

"예?"

남자는 짐칸의 천막에 손을 올리다가 이연우를 향해 고개를 돌렸다.

이연우는 맨홀 뚜껑을 가리켰다.

"그 이상 개체랑 맨홀 아래에 숨죠. 어때요?"

"…나쁘지 않습니다. 뚜껑은 제가 열겠습니다."

촤악!

이연우와 남자가 짐칸의 천막을 옆으로 치웠다. 어둑한 짐칸 내부가 어스름하게 보였다.

똑바로 서 있는 문짝과 문짝에서 튀어나온 남자의 상반신. 갑자기 쏟아진 햇빛에 끼인 남자가 고개를 들었다.

"저기요. 저 허리가 너무 아픈데, 자세라도 바꾸게 해주세요. 잘 비벼주면 나올 수 있거든요. 안 도망칠게요."

이연우와 남자는 서로 눈을 마주친 후, 짧게 고개를 끄덕였다.

"합시다."

"아, 고마워요. 진짜 허리가 너무 아파서…"

남자가 짐칸으로 올라가 문을 앞뒤로 마구 흔들자 끼인 남자가 조금씩 흔들리더니, 어느 순간 유령처럼 문짝에서 벗어났다. 남자는 기지개를 켜며, 숨을 깊게 뱉었다.

"아, 좋다."

"이럴 시간 없습니다. 빨리 나오세요."

"아, 네네. 가요."

끼인 남자는 자신을 끌어당기는 남자의 손을 붙잡고, 짐칸에서 내렸다. 끼인 남자는 햇볕에 눈을 찌푸리면서 말했다.

"사고가 크게 났네요. 그래서 저는 어디로 가나요?"

"여기로 들어가십시오."

맨홀 뚜껑을 따는 것은 현장 요원의 기본 소양이라며, 남자가 트럭에서 도구를 꺼내 맨홀을 열었다. 녹슨 손잡이 같은 것이 사다리처럼 맨홀의 벽면에 박혀 있었다. 언뜻 악취가 올라왔다.

"여길요?"

머뭇거리는 끼인 남자의 등을 이연우가 꾹 밀었다.

"시간 없습니다. 빨리요."

"아, 싫은데. …알았어요. 회사 말은 잘 들어야죠."

척, 척, 척.

다행히 중간에 끼는 사고 없이, 끼인 남자가 내려갔다. 다음으로 이연우가 맨홀로 몸을 집어넣었다. 두 발로 사다리를 밟고, 한 손으로 지면을 붙잡았다.

척, 척, 척.

하수도에 발을 디딘 이연우가 고개를 꺾어 외쳤다.

"내려오십시오!"

"아닙니다."

"예?"

태양처럼 둥그런 빛이 내려오는 맨홀 입구. 동그란 머리가 쓱 그림자를 드리웠다. 남자가 말했다.

"저는 미끼가 되겠습니다. 혹시라도 못 찾게, 다른 곳으로 유도하겠습니다."

남자는 그렇게 말하고는 뚜껑을 닫았다. 초승달 모양처럼 닫히는 입구. 이연우가 빨리 외쳤다.

"잠깐, 잠깐만요! 나이프 주세요!"

멈칫, 닫히다 만 입구의 틈으로 이연우의 목소리가 새어 나갔다.

"혹시 걸리면 차선책이라도 하게요!"

"알겠습니다. 조심하십시오."

나이프가 뚝 떨어졌다. 더러운 물을 튀기면서, 철퍽. 추락한 나이프.

오수도 아랑곳하지 않고 나이프를 주운 이연우의 입에서 안도의 한숨이 흘러나왔다.

'됐다. 혹시라도 놈들한테 걸리면 협박하면 돼.'

날붙이에 불과하지만, 무기가 있다. 끼인 남자를 인질로 삼을 수 있다.

인질극을 벌여 지원이 올 때까지 시간을 벌 수도 있고, 여차하면 인질을 담보로 목숨을 구할 수도 있다.

이연우가 나이프를 깁스 위에 올려놓고는, 주머니에서 핸드폰을 꺼내 손전등 앱을 켰다. 어두컴컴한 하수도를 새하얀 불빛이 비췄다.

축축한 습기, 끔찍한 악취, 오물과 이끼. 소름 끼치는 어둠.

하지만 안전하다.

그때 끼인 남자가 이연우를 불렀다.

"저기요…"

"아, 예?"

핸드폰을 돌려 불을 비추니, 끼인 남자가 이연우를 향해 손을 내밀었다.

"저 발 끼었는데, 빼주세요. 이거 축축해서 기분이 나빠요…"

하수가 흐르는 골에 끼인 남자의 발 한쪽이 깊이 박혀 있었다. 이연우는 하수를 피해 끼인 남자에게 다가가 아무렇게나 남자를 흔들었다.

그렇게, 지면 아래에서 이연우와 끼인 남자는 일이 마무리되기를 기다렸다.

그들은 안이했다.

테러리스트의 생각을, 세상을 멸망시키겠다는 광인의 생각을 평범한 사람의 그것으로 예단했다.

빼앗지 못한다면 얌전히 돌아갈 것이라고.

"저거 안 쫓아가?"

"…"

탈취자는 트럭 옆에 서서, 멀지 않은 거리에 있는 정장 입은 남자를 보았다.

그들이 오기만을 기다렸다는 듯, 그들이 나타나자마자 도망치는 남자. 그는 나 도망치고 있다는 태도를 과장되게 보이면서 인도를 열심히 달렸다.

탈취자는 속지 않았다.

"미끼다."

"저게?"

"NPC가 없어. 쫓아갈 필요 없어."

끼인 남자도 없이 혼자 도망치는 꼴이, 딱 봐도 미끼다.

진짜는 근처에 숨겨뒀거나 도망을 쳤겠지.

"그럼 내 맘대로 한다?"

운전자가 컨트롤러를 쥐었다. 길을 꽉 막은 자동차 중 가장 외곽의 자동차가 급가속하며 남자를 쳤다. 짧막한 비명. 자동차는 남자의 위를 몇 번이고 앞뒤로 오갔다.

"아하하!"

운전자의 웃음소리를 배경으로 탈취자는 눈을 감고 생각에 잠겼다.

머릿속에서는 두 개의 시계가 돌아가고 있었다.

탈취자 전담 부대가 이곳에 오기까지 걸리는 시간. 얼마 안 남았다.

그리고 이송 트럭을 막았을 때부터의 시간.

결정을 내렸다. 탈취자가 눈을 떴다.

"숨겼다면 가까운 곳에. 도망쳤다면 멀리 가지 못했겠지."

"찾을 거야? 차 근처에는 없던데?"

"아니. 찾을 시간은 없어."

레드 등급의 의미가, 전담 부대의 의미가 그랬다. 오직 파괴와 살해가 최우선. 그것을 위해 오직 해당 개체와 수배자만을 대응하는 무장, 훈련된 인원.

탈취자의 전담 부대는 전 지구를 무대로 활동하는 탈취자를 쫓기 위해 비행기보다 빠르게 이동했다.

그의 출현이 보고되었으니, 곧 찾아올 터.

"뭐야, 그럼 이대로 돌아가?"

"아니. 세 번째가 있다."

탈취자는 장난감 총을 들어 올렸다.

빼앗지도, 죽이지도 못했을 때의 목표.

실험. 다른 말로 테러.

끼리릭.

탈취자는 장난감 총의 옆에 붙은 회전판을 돌렸다. 미리 열어둔 구멍과 연결되도록 지정된 번호가 열두 개.

찰칵, 찰칵, 찰칵.

1번, 2번, 3번.

세 개의 푸른 구멍이 뚫렸고, 각 구멍에서 하나씩 NPC가 튀어나왔다.

그리고, 오류가 현실을 침식했다.

깨진 여자와 반복하는 남자가 접촉했다. 주변의 도로가 고장 난 그래픽처럼 깨졌다.

깨진 보도블록을 떨어지는 남자가 관통했다. 멀리 있는 사물이 무중력 공간에 던져진 것처럼 떠올랐다.

걷잡을 수 없이 번져나가는 오류가 지면 아래로, 끼인 남자가 있는 장소까지 나아갔다.

24

"아, 왔다."

그 목소리는 어두운 하수도 벽에 부딪혀 음산하게 메아리쳤다. 한 치 앞도 안 보이는 어둠 속에서, 끼인 남자는 고개를 뒤로 꺾어 콘크리트 천장을 올려다봤다.

인터넷을 검색하던 이연우는 핸드폰을 세워, 끼인 남자에게 핸드폰 손전등을 비췄다.

"예? 뭐가 와요?"

하얀 조명을 정면에서 받은 끼인 남자가 천천히 고개를 내렸다. 손전등 빛에 하얗게 반사된 눈동자가 이연우를 향했다. 그는 눈도 깜빡이지 않고 왼손을 들었다.

"저 같은 거요. 하나, 둘, 셋. 나까지 넷이네?"

엄지손가락부터 하나씩 꼽은 손에는 약속하듯 새끼손가락만 펴져 있었다.

"그게 무슨 말…"

이연우는 무심코 끼인 남자를 향해 다가서다가, 말을 멈췄다. 오른발이 움직이지 않았다. 단단히 뿌리내린 것처럼. 발이 못이 되어 박힌 것처럼.

꿀꺽.

침을 삼킨 이연우가 천천히 고개를 숙였다. 정면을 비추던 핸드폰 조명이 이연우의 시선을 따라서 내려왔다. 그곳에는 발이 없었다. 오직 종아리뿐.

복숭아뼈 아래로, 발이 콘크리트를 뚫고 박혀 있었다.

"어, 어…"

무슨 일이 일어났는지 파악하기도 전에, 끼인 남자가 음울하게 말했다.

"괜찮아요. 세상이 나처럼 망가지고 있는 거니까. 금방 나올 수 있을 거예요."

"지금, 당신 같은 것이 왔다는 말… 맞습니까?"

이상한 사고 앞에서, 이연우는 침착하게 생각하려고 노력했다. 몇 번 겪은 바, 침착을 잃으면 무조건 죽기 때문에.

'NPC가 넷. 4레벨. 오류가 도시 크기로 확산…'

퉁.

생각을 끝마치기도 전에, 돌연 몸이 천장을 향해 튕겨 나갔다. 순식간에 시야가 어두워졌다. 콘크리트 내부에 조명이 있을 리 없으니까.

콘크리트를 관통한 순간에 보인 것은 맨홀의 수직 통로. 녹슨 디딤대 같은 것이 사다리처럼 연달아 박혀 있는 벽.

이연우는 다급하게 손을 뻗어 사다리를 붙잡았다. 하나뿐인 손에 쥐고 있던 핸드폰이 허공으로 날아가 빙글빙글 돌면서, 그림자가 요란하게 흔들렸다.

“크!”

한 손으로 사다리에 매달린 몸이 시계추처럼 흔들리며, 더러운 벽에 강하게 부딪혔다. 신음을 삼킨 이연우는 두 발을 마구 내저어 사다리부터 찾아 디뎠다. 가까스로 사다리에 안착한 이연우는 숨을 몰아쉬었다.

더러움이나 차에 치이고 벽에 부딪힌 고통 따위보다 머리를 어지럽히는 것이 있었다.

빙글빙글.

허공에 떠오른 핸드폰이 손가락으로 튕긴 동전처럼 돌며 조금씩 위로 올라갔다. 꼭 우주 공간처럼.

사태가 명확했다.

이연우가 벽에 머리를 쿵 박았다.

‘망했다. 어떻게, 어떻게 하지? 올라가야 하나? 여기 있어야 하나?’

아래에 있다가 또 튕겨 나가면? 그래서 콘크리트 내부에서 멈춘다면? 꼼짝없이 죽는다.

‘올라가도 똑같이 위험해.’

지상에도 건물이나 자동차나 가로수가 많았다. 하다못해 하늘로 날아갔다가 뚝 떨어진다면, 그 역시 죽는 것은 마찬가지.

잠깐, 사다리 중간에서 이연우는 수직 통로의 위와 아래를 훑어보았다. 핸드폰의 회전을 따라, 물러났다가 몰려오기를 반복하는 어둠.

이연우는 결정했다.

'차선책. 끼인 남자라도 죽이면 오류가 줄어들 거야.'

그때였다. 발아래에서 척척척, 끼인 남자가 기어오르는 소리가 들렸다. 이연우는 아래를 내려다보았다.

끼인 남자가 한 손에 언제 떨어뜨렸는지 모를 나이프를 쥐고 올라오고 있었다.

"젠장."

주르륵, 땀이 흘렀다.

'끼인 남자가 죽어줄까?'

나쁜 자세로 문짝에 끼어 있었다고 허리 통증을 호소하던 끼인 남자다. 리스폰된다지만, 고통까지 없지는 않을 터. 심지어 나이프까지 들었는데?

뚝, 땀방울이 아래로 떨어졌다.

이연우의 땀방울을 이마에 맞은 끼인 남자가 눈살을 찌푸렸다.

"많이 놀라셨어요? 저는 이게 일상인데."

"아니, 그게…"

"하긴, 이런 걸 겪으면 그렇겠죠. 다른 사람들도요. 우리야 죽어도 살아난다지만, 다른 사람들은 안 그렇잖아요."

"그, 그렇죠. 죽으면 끝이니까."

대화하는 동안 이연우는 나이프로 가는 눈길을 가까스로 멈춰 세웠다. 너를 죽이려고 한다는 뜻을 내비칠 수는 없으니까.

'어떻게 빼앗지? 어떻게 해야… 죽일 수 있지?'

이연우가 그런 생각에 골몰하는 동안, 끼인 남자는 넋두리처럼 말을 뱉었다.

"사실 저도 이런 제가 싫어요. 왜 세상을 망가뜨리게 만들어진 걸까요? 회사에서 저희를 핵폭탄처럼 가둬두는 것도 이해해요. 그런데 말이에요."

끼인 남자가 나이프를 고쳐 잡았다. 핸드폰이 위로 돌아가며 끼인 남자가 어둠에 잠겼다.

"그렇다고 저희를 함부로 막 대하면 안 되잖아요? 밥도 안 주고, 이상한 실험만 하고. 나도 사람인데. 그러니까…"

핸드폰이 반 바퀴 돌아, 하얀 조명이 다시 끼인 남자를 비추었다.

"이름도 모르는 회사 직원님. 살아남아서 증언해주세요. 끼인 남자가 사람을 위해 희생했다고. 그러니까 다음에 만나면 사람으로 대해달라고요."

푹!

나이프가 끼인 남자의 목을 찔렀다. 그의 동공이 탁하게 풀렸다.

다음 순간, 핸드폰이 한 바퀴 돌았고, 한차례 어두워졌다가 밝아진 사다리는 텅 비어 있었다. 그저 뎅그렁 떨어진 나이프의 소리만 메아리쳤다.

"…"

이연우는 말을 잃고, 석상처럼 우두커니 아래를 내려다보았다. 끼인 남자가 있던 자리를.

'이게 저 사람한테도 이득이야. 어차피 죽어도 다시 살아나. 한 번 죽어서 회사에 처우 개선을 요구…'

아무리 그래도 죽는 게 안 무서울까. 목을 칼로 쑤시는데, 아프지 않을 리가 없지 않나.

'나였다면 안 그랬어. 오류가 번지든 말든 나는 안 죽으니까. 사서 아플 이유가 없어.'

사다리를 붙잡은 이연우의 손에 힘이 들어갔다. 이연우는 저도 모르게 위를 보았다. 다른 NPC가, 오류를 품은 사람이 있을 지상을.

'…한 명 없어진 걸로는 부족해. 더 줄여야 해. 내가 살려면. 이게 맞아.'

지금도 허공을 부유하는 핸드폰이 증거였다. 아직 오류의 범위였다. 이연우는 혼자 중얼거리며, 사다리를 타고 올랐다.

척, 척, 척.

이연우는 사다리 끝에 도달해, 맨홀 뚜껑을 이마로 밀었다.

툭 쳤을 뿐인데, 맨홀 뚜껑이 붕 떠올랐다.

이연우는 지상으로 올라왔다.

난장판이었다.

물리 엔진이 고장 난 게임이었다.

지면에 발을 디딘 이연우의 첫 느낌은 그랬다. 꼭 망겜에 들어온 느낌.

자동차가 붕붕 날아다녔다. 때로는 순간 이동하듯 차가 있던 위치가 순식간에 변했고, 고속으로 위이잉 돌기도 했다. 그러다가 건물이나 사람한테 부딪혀 사고가 나는 경우도 부지기수였다.

또한, 곳곳에 보이는 것들은 깨진 그래픽처럼 원형을 알아보기 힘들었다. 거기에 그림자 없이 움직이는 것들까지.

두둥실.

이연우의 몸도 천천히 떠올랐다. 그는 자동차를 뚫고 자란 가로수를 붙잡아 몸을 고정한 후, 멍한 눈으로 거리를 둘러보았다.

'저 넷, 아니, 다섯.'

난장판 속에서도 이질적인 존재들이 한눈에 보였다.

손발이 기괴하게 확대되고 축소되며, 이목구비도 괴물처럼 계속 변하는 여자.

같은 구간을 반복해서 뛰는 남자.

하늘에서 떨어져 지면을 뚫고 들어갔다가, 다시 하늘에서 떨어지는 남자.

그리고, 수배자 두 명.

"이런 말은 없었잖아! 우리까지 휘말렸어! 어쩔 거야!"

"나도 몰랐다! 이렇게 빨리 확대될 줄은!"

게임기 컨트롤러를 든 꼬마가 열심히 허공을 헤엄쳤다. 멀지 않은 거리에서 장난감 총을 든 남자도 부지런히 달렸다.

그들의 시선 끝에 있는 것은 도로 중앙에 뚫린 푸른 구멍.

하지만 그들은 좀처럼 거기에 가까워지지 못했다.

"악! 또 돌아갔어!"

"빌어먹을!"

그들은 처음 있던 위치로 돌아가는가 하면, 돌연 튕겨 나가 구멍과 멀리 떨어진 곳으로 날아가기도 했다.

평범한 사람처럼 오류에서 자유롭지 못한 둘을 이연우는 당황한 눈으로 쳐다보았다.

'자폭 테러리스트야? 왜 아직도 여기 있어?'

이연우의 근처로 날아온 탈취자는 주변을 살피지도 않았다. 미친 사람처럼 악을 쓰며, 총을 사방으로 휘둘러대며 방아쇠를 당겼다.

"빌어먹을! 빌어먹을! 이러다가 전담 부대가 온단 말이다!"

찰칵찰칵찰칵찰칵.

난사에 가까운 사격. 이연우가 움찔 물러섰지만, 총구가 향한 방향에는 아무런 변화도 없었다.

정확히는, 구멍이 제대로 뚫리지 않았다.

총이 겨눈 곳과는 완전히 다른 허공에 그것도 몇 초가 지난 뒤에야 뚫렸으며, 그마저도 이상하게 깨진 모양이었다.

그들이 지닌 이상마저 오류에 침식당했다. 운전자도 마찬가지. 운전을 시도해도, 자동차가 멋대로 날아가고, 지면이나 건물 따위에 처박혔다.

악명 높은 수배자들마저 속수무책인 상황.

"…"

이연우는 힘 빠진 눈으로 거리를 둘러보았다. 오류에 완전히 침식된 거리. 한껏 폈던 어깨와 등이 구부러졌고, 근육이 느슨하게 풀렸다.

기세 좋게, 뭐든 해보겠다고 올라온 건 좋았다. 다 좋았는데, 일개 개인이 할 수 있는 게 없었다.

애초에 이상 개체에게 접근할 수조차 없었다. 저 수배자들마저 그들을 마음대로 못 움직이는데…

'그냥 맨홀 아래로 돌아갈까?'

자동차나 가로수 따위가 날아다니는 도로보다는 그편이 안전할 것 같았다. 이연우는 맨홀을 내려다보았다. 어두컴컴한 수직 통로와 사다리.

고작 몇 분 전에 있었던 일이었다. 끼인 남자가, 그의 목소리가 떠올랐다.

'목소리…'

탈취자가 욕설을 뱉고, 운전자가 앳된 목소리로 투덜대는 소리가 들렸다.

'목소리.'

물리법칙이 고장 난 세상에서도 목소리는 문제없이 서로에게 전달된다. 이연우는 눈을 딱 감고, 숨을 들이마셨다.

'오류 NPC 처리. 그들이 스스로 끼인 남자처럼 행동하게 만들면 돼.'

이연우는 그들을 설득하기로 했다.

25

'그런데… 어떻게 설득하지? 뭐라고 말해야 하지?'

자신감 있게 숨을 잔뜩 들이마신 것이 무색하게, 이연우는 좀처럼 목소리를 내지 못했다. 입은 꾹 다물어졌고, 입 안에서 온갖 말이 맴돌다가 사라졌다.

'죽어달라고? 세상을 위해 희생해달라고? 리스폰되는데 뭐가 문제냐고? 나 같아도 안 할 거 같은데.'

애초에 말을 그렇게 잘하는 편이 아니었다. 평범한 인사치레나 사무적인 대화면 몰라도, 상대를 설득할 언변은 없었다. 있었더라도 공시생으로 살며 다 사라졌다.

하물며 중대한 상황에서, 죽어달라고 설득해야 하는데…

결국, 말을 생각하는 것보다 숨찬 게 먼저였다. 이연우의 입술이 열리고, 힘없는 목소리가 흘러나왔다.

"저기요…"

아무도 듣지 않았다. NPC도, 수배자도 자기 할 일만 했다. 숨을 들이켠 이연우가 목소리를 높였다.

"저기요! 저기요!"

"…"

탈취자가 반응했다. 이연우 옆으로 튕겨 나온 탈취자는 빠르게 이연우를 훑어보았다.

더러운 옷과 오수에 젖은 신발, 깁스한 손까지. 머리부터 발끝까지 순식간에 지나간 시선.

"일반인?"

신경 쓸 필요도 없다는 듯, 탈취자는 다시 푸른 구멍을 향해 달렸다. 그 뒤통수를 이연우는 붙잡지 않았다. 지금은 수배자가 문제가 아니었다.

"거기! NPC 여러분! 제 말 좀 들어주세요!"

NPC.

그 단어에 모두가 반응을 보였다.

이연우가 회사원임을 깨닫고는 뒤늦게 경계하는 수배자들. 총과 컨트롤러를 바짝 쥐었다.

NPC는 고개를 돌려 이연우를 보았다. 깨진 여자의 툭 튀어나온 눈, 다른 곳을 보다 이연우를 보기를 반복하는 남자의 눈. 하늘에서 떨어지는 남자의 눈.

죽어달라고 설득해야 하는 사람의 눈이 여섯.

이연우는 눈을 질끈 감았다. 도무지 설득할 말이 떠오르지 않았다. 머리가 새하얗게 질렸다. 그래서 솔직하게, 떠오르는 대로 말을 뱉기로 했다.

고함이 터져 나왔다.

"끼인 남자는 자살했습니다! 여러분도 죽어주십시오!"

잠깐의 침묵. 잠시 후, 깨진 여자가 입을 쩍 벌렸다. 아귀처럼 찢어진 입에서 어린 여자아이의 목소리가 쏟아졌다.

"싫어!"

"그게… 들어보십시오. 여러분이 회사에서 부당한 대우를 받는다고 들었습니다!"

"그건 맞지."

반복하는 남자가 손을 올려 턱을 쓰다듬으며 말했다. 그 손짓이 반복됐다. 그가 말을 이었다.

"이불 하나 없는 보호방에 가둬놓고, 굶어도 안 죽는다고 밥도 안 주고, 실험이나 하고. 뭘 말해도 이상이 말한다고 듣는 척도 안 하고."

"아."

이연우는 짧은 탄식을 뱉었다.

'미친 회사 새끼들.'

회사의 말이라면 일단 악감정부터 가지는 게 당연했다. 끼인 남자가 남달랐다. 저들을 설득할 수 있을까, 이연우는 의심이 들었다.

쐐기를 박듯, 깨진 여자가 비명 같은 웃음을 터뜨렸다.

"다 죽어버려! 회사는 더 죽어버려! 너도!"

깨진 여자가 촉수처럼 늘어난 팔을 휘둘러 주변을 떠도는 자동차를 후려쳤다. 얻어맞은 풍선처럼, 자동차는 둥둥 날아오다가 멈춰서는 하늘로 올라갔다.

"죽어! 죽어!"

깨진 여자가 씩씩대며 몇 번 더 자동차와 가로수를 때렸지만, 그것들은 이연우에게까지 닿지는 않았다.

이연우는 제자리에서 한 걸음도 옮기지 않고, 입술을 잘근잘근 씹었다. 그러고는 다시 입을 열었다.

"그 처우 개선하고 싶지 않습니까? 여러분이 지금 이상 사태를 막기 위해 희생한다면, 제가 회사에 보고하고 증언하겠습니다. 그리고 여러분의 처우를 개선해달라고 위에…"

"네가 뭔데?"

떨어지는 남자가 짧게 묻고는 지면 아래로 사라졌다.

이연우는 고개를 숙였다. 떨어지는 남자가 사라진 지면을 내려다봤다. 조사원이라고 답하지 못했다. 조사원이 건의를 해봐야 회사가 듣는 척이라도 할까. 스스로도 믿지 못할 말이라 속으로만 웅얼거릴 뿐.

반복하는 남자가 몸을 돌리며 말했다.

"나도 딱히 사람을 죽이고 싶지는 않아. 그런데 내가 아프게 죽고 싶지도 않아."

그러고는 다시 달리기 시작했다.

"내가 오류 범위 밖으로만 나가면 이 현상은 다시 축소될 거야. 그러니까 나는 내버려둬. 알아서 할 거니까."

저기까지 달려가면 다시 시작점으로 돌아와 다시 달리기를 반복하는 남자. 무의미했다.

이어, 떨어지는 남자가 빠르게 말을 뱉었다.

"나는어차피못죽어물리적인상호작용이거의일어나지않아서…"

그가 지면을 뚫고 떨어졌다. 이연우는 잠시 그곳을 보다가, 마지막 남은 NPC를 보았다.

깨진 여자. 뾰족한 발끝으로 도로를 콩콩 찍다가, 보기도 싫다는 듯 홱 고개를 돌렸다.

'진짜 망했다.'

한 명도 설득하지 못했다. 딱 한 명만 어떻게 설득해도, 위험 레벨이 2로, 그 안개 속에서 본 괴물 수준으로 떨어질 텐데.

연거푸 마른세수를 하던 그때였다.

가만히 이연우를 바라보던 탈취자가 나섰다. 오류만 줄어들면 도주할 수 있다. 그가 눈을 빛내면서 다급하게 말했다.

"아니다. 너희가 죽는 편이 너희에게도 좋아."

"아픈 건 싫다니까."

반복하는 남자가 대충 답했지만, 이연우를 대할 때보다는 호의가 섞인 목소리였다. 그만이 아니라 다른 둘도 훨씬 집중했다.

"내가 너희를 빼내줬으니까, 일단 들어."

탈취자가 총을 들어 주변을 한 번 쭉 가리켰다. 멀리서 봐도 알 정도로 망가진 세상.

"이 정도 규모의 이상 사태다. 회사에서 모를 리가 없지. 내 전담 부대만이 아니라, 너희를 잡기 위한 부대가 올 거다. 그 끔찍한 방으로 바로 돌아가고 싶나?"

"그건 싫긴 한데…"

반복하는 남자가 뛰기를 멈추고 귀를 기울였다. 깨진 여자도 탈취자를 힐끔 보았다.

그들의 시선 앞에서 탈취자는 장난감 총으로 자기 머리를 쏘는 시늉을 했다.

"차라리 죽어서 잠깐의 자유라도 더 얻는 편이 낫다. 어디 오지에서 리스폰되기라도 한다면? 아주 좋겠군."

"음."

반복하는 남자가 혹한 기색으로 고민했다. 이때다 싶어, 이연우가 냉큼 말을 더했다.

"아니죠. 잠깐의 자유를 얻기 위해 죽는 게 아니라, 세상을 위해 희생했다가 덤으로 자유를 얻는 겁니다. 제 말이 얼마나 통할지는 모르겠지만, 상부에도 오류를 줄이기 위해 희생했다고 보고하겠습니다."

수배자와 조사원의 연속된 설득에 반복하는 남자가 짙은 한숨을 뱉었다.

"…그래서 어떻게 죽으라고? 무기는 줘야지."

됐다. 이연우는 빠르게 고개를 움직여 주변을 살폈다. 무기, 무기로 삼을 것.

때마침 맨홀 위로 나이프가 둥실 떠올랐다. 끼인 남자가 쓰고 떨어뜨린 나이프. 이연우는 가로수를 박차고 재빨리 맨홀로 날아가 나이프를 잡아채고는, 잠깐 멈칫했다.

'이걸 어떻게 전달하지?'

반복하는 남자가 있는 곳까지 무사히 도착할 자신이 없었다. 이연우뿐만이 아니라, 다들 뭐라 말하지 못했다. 이동이 그렇게 쉬우면, 수배자부터 진작에 도망쳤을 것이다.

'운에 맡긴다.'

이연우는 숨을 깊게 들이마시고, 전력으로 나이프를 던졌다.

쐐애애액.

손을 떠난 나이프가 허공을 갈랐다. 이연우의 간절한 눈과 탈취자의 급박한 눈이 나이프의 궤적을 뒤쫓았다.

"제발, 아무 문제 없이. 제발."

나이프는 허공에서 배를 뒤집는 자동차를 스쳐 지나가고, 난데없이 나타난 콜라 캔을 아슬아슬하게 피해, 촉수 괴물처럼 깨진 나무가 흔드는 촉수 다발 사이를 지나, 마침내 반복하는 남자의 손에 닿았다.

탁!

반복하는 남자가 나이프를 내려다보며, 한숨을 푹푹 내쉬었다.

"하필 나이프. 진짜 아플 텐데."

그가 시선을 돌려 이연우와 탈취자와 운전자 그리고 떨어지는 남자와 깨진 여자를 보았다. 그가 말했다.

"회사원, 약속은 지켜. 되든 안 되든 말하라고. 우리들, 사람으로 대해달라고."

"예. 꼭 말한 대로 보고하겠습니다."

그 대답에 반복하는 남자가 마음을 굳게 먹었다. 결의를 품은 눈동자. 꽉 쥔 나이프.

반복하는 남자가 목을 찔렀다. 반복하는 남자가 목을 찔렀다. 반복하는 남자가 목을 찔렀다. 반복하는 남자가 목을 찔렀다. 반복하는 남자가 목을 찔렀다. 반복하는 남자가 목을 찔렀다. 반복하는 남자가 목을 찔렀다.

푹. 푹. 푹. 푹. 푹.

칼질이 끝나지 않았다. 그는 비명도 지르지 못했다. 비명은 반복에 포함되지 않은 행동이라서. 그저 잔뜩 확장된 동공으로 그가 느끼는 끔찍한 고통을 그대로 내비칠 뿐.

"…"

이연우는 그 눈을 마주했다. 핏발 선 흰자, 경련하듯 마구잡이로 흔들리는 동공. 이연우는 약속을 꼭 지키겠다고 고개를 끄덕였다.

푹!

다음 순간, 반복하는 남자가 처음부터 없었던 사람처럼 사라졌다.

이제 남은 오류 NPC는 둘.

오류가 축소되었다. 거리 범위에서, 자그마한 공터나 좁은 운동장 크기로.

오류의 강도 역시 약해졌다.

쾅! 콰아앙! 쾅!

하늘을 떠다니던 자동차와 가로수 따위가 소나기가 되어 쏟아졌다. 계단 몇 칸 높이에서 떨어진 이연우는 몸을 웅크리고, 하늘을 올려다봤다.

다행히 이연우의 머리 위에는 떨어질 만한 것이 없었다. 럭비공처럼 튀는 콜라 캔이나 플라스틱 컵에 머리를 얻어맞은 게 전부. 이연우가 안도의 웃음을 지었다.

"하, 하."

위험 레벨 2도 충분히 위협적이지만, 기껏해야 안개 괴물 수준이다. 훨씬 안전하지 않나.

아직 상황은 끝나지 않았다.

물론 두 수배자는 진작에 도망쳤다. 오류가 가라앉기 무섭게, 뒤도 돌아보지 않고 푸른 구멍 속으로 몸을 내던졌다.

하지만 오류 NPC 둘이 모여 있기에, 아직 오류가 남았다.

통. 통. 통. 콱.

이연우는 전쟁이 휩쓸고 지나간 듯한 거리를 보았다. 찌그러지고 박살이 난 차량과 가로수.

사방에 널린 쓰레기같이 자잘한 물건과 콜라 캔 따위가 럭비공처럼 튀다가, 가로수나 지면에 푹 박혔다. 잘못 당하면 크게 다치다 못해 여러 사람이 죽을지도 모르는 오류.

이를 해결해야 했다.

"…"

이연우는 남은 오류 NPC를 보았다.

느긋한 표정으로 끝도 없이 떨어지는 남자. 그리고 잠깐 보았을 뿐이지만 성인보다는 어린 여자아이 느낌인 깨진 여자.

'깨진 여자를 설득해야 해. 떨어지는 남자는 뭐 상호작용이 안 된다니까.'

하필이면 가장 적대적인 NPC. 그나마 말을 듣는 척이라도 했던 탈취자도 없다.

하지만 이연우는 편한 목소리로 깨진 여자에게 말했다.

"밥 먹으러 갈래?"

"…밥?"

"밥이 싫으면 빵도 좋고. 간식도 좋고."

"…"

깨진 여자가 풍선처럼 부푼 두 눈으로 이연우를 쳐다보았다. 이연우는 고개를 끄덕였다.

'굳이 죽이지 않아도 돼. 죽으라고 설득하지 않아도 돼. 그

냥, 이 오류의 범위 밖으로만 가면 끝이야.'

깨진 여자가 망설이다가 떨어지는 남자를 보았다. 잠깐의 시선 교환. 떨어지는 남자는 빠르게 말했다.

"나는밥안먹어도돼어차피통과해서못먹…"

"…싫어. 거짓말이야."

깨진 여자가 불신 가득한 목소리로, 사실 외형은 워낙 그로테스크하고 과장된 괴물의 형상이라 그 감정인지 확실하지는 않지만, 이연우에게 말했다.

"거짓말! 나를 다른 사람한테 못 보여주잖아!"

"아니야."

이연우는 작게 웃으며 옷 안주머니에 든 기억 소거제를 꺼냈다. 그 난리 통 속에서도 깨지지 않은 기억 소거제.

"여차하면 기억 소거제 먹이면 되지. 나는 또 보급받으면 되니까 문제없어."

"…"

믿어보기로 했을까. 망설이던 깨진 여자가 말없이 이연우의 곁으로 다가왔다. 이연우는 깨진 여자를 이끌고 거리 저편으로, 오류가 없는 세상으로 걸었다. 거리 너머로 사라지는 둘.

떨어지는 남자만이 혼자 남은 거리.

"아나도음식먹어보고싶다."

떨어지는 남자가 몇 번이나 지면을 관통했을까.

곧, 남아 있던 오류마저 가라앉았다. 통통 튀던 물건들이

거리에 내려앉았고, 자잘하게 끼었던 것들이 현대 예술처럼 곳곳에 박힌 채로 남았다.

그렇게 현실로 나온 오류가 고쳐졌다.

깨진 여자를 데리고 오류의 범위를 벗어난 순간이었다. 오류가 복구되는 하늘에서 자그마한 무언가가 툭 떨어져, 이연우의 머리를 쳤다.

"…뭐야?"

이연우가 고개를 돌리자, 그의 앞에 떨어진 6면 주사위가 혼자 빙그르르 돌았다. 이연우가 멍하니 보는 동안, 춤을 추던 주사위가 멈추더니 한 면이 위에 나타났다.

대성공!

"뭔데."

그와 동시에 주사위가 현실에서 사라졌다. 대신 이연우의 정신 한구석에 나타났다.

눈을 감아도, 눈을 떠도 선명하게 느껴지는 주사위. 이연우의 표정이 잔뜩 일그러졌다.

'이건 또 뭔데.'

이연우는 주사위가 떨어진 하늘을 쳐다봤지만, 그곳에는 평소와 같은 하늘이 있을 뿐이었다.

걸음을 멈춘 이연우를 깨진 여자가 옆에서 올려다봤다.

"왜? 오류 처리했으니까 죽이게? 역시 회사는…"

"아니, 그게 아니라. 잠깐만, 잠깐만."

깨진 여자를 신경 쓸 겨를이 없었다. 정신으로 느껴지는 주사위. 느껴보니 여섯 개의 면에는 대성공과 대실패, 성공과 실패, 꽝과 꽝이 있었다.

어떻게 생각해도 이상인 주사위.

'다 끝났잖아! 나한테 왜 그러는 건데! 왜!'

이연우가 머리를 부여잡았다.

외전: 플러스 전환

26

존경하는 스승님께

교수님, 얼마 전 우리나라에서 위험 레벨 4의 이상 사태가 발생하였습니다. 멸망주의자의 테러로 인해 오류 NPC가 넷 모였기 때문입니다.

다행히 인구가 적은 도시에서, 짧은 시간 동안 발생하였기에 심각한 피해는 없었지만, 저는 두렵습니다.

우리가 사는 세상은 현실이 맞을까요? 고등한 시뮬레이션이 아닐까요?

우리는 실제로 존재하는 걸까요? 시뮬레이션의 일부에 불과한 것은 아닐까요?

애초에, 우주의 법칙에 어긋나는 이상이 존재한다는 사실 자체가 우리 세상이 거짓되었다는 증거 아닐까요?

이상의 존재를 알게 된 이후로, NPC로 인해 오류가 범람한 도시를 본 이후로, 저는 두려움을 떨칠 수가 없습니다. 우리의 존재가 거짓이라면, 우리가 살아가고 지켜온 세상이 고작 시뮬레이션 이라면.

교수님.

교수님께서는 우리 세상이 액자 안의 창작물일 가능성을 연구하는 메타문학연구학회에서 오랫동안 근무하셨다고 들었습니다. 부디 제게 진실을 알려주십시오.

내가, 우리가, 세상이 진실로 존재하는지. 우리 삶에 가치가 있는지.

과거의 제자가 오직 진실만을 원하며 올림

옛 제자에게

그런 일이 있었군요. 사망자에게 깊은 애도를 표합니다.

본론으로 넘어가자면, 존재의 실존과 인간의 존엄에 대한 의문은 누구나 가지는 법입니다. 특히 이상을 대하는 회사원이라면 더욱 그렇겠죠.

우리 세상이 시뮬레이션은 아닐까? 누군가 쓴 소설의 일부는 아닐까? 인간에게 자유의지는 없는 것이 아닐까? 인간은 유기물질로 이루어져 전기신호로 움직이는 생체 로봇에 불과한 것은 아닐까?

여러 연구소와 부서에서 열심히 연구하는 주제지요. 그리고 어느 정도 결실을 맺은 주제이기도 하고요.

만약 당신이 진짜 진실을 원한다면, 초대하겠습니다. 제4의 벽, 액자 너머의 세상을 탐구하는 부서로.

초대를 원한다면 괜찮은 날짜를 정해 답장을 보내주세요.
P.S. 이왕이면 빨리 오는 편이 좋을 겁니다. 우리의 오랜 연구가 결실을 볼 날이 얼마 안 남았거든요.

당신의 옛 스승이

교수님께
부서… 이름 없는 부서가 진실로 존재했군요. 회사에 있는 흔한 괴담인 줄 알았습니다. 하지만 부서가 진실로 존재한다면, 제가 원하는 답도 그곳에 있겠군요.
좋습니다! 가겠습니다! 시간은 언제든 좋습니다! 당장도 좋습니다!
최대한 빠른 답장 부탁드립니다.

옛날 제자가

초대는 거칠었다.

"정신 차리십시오. 도착했습니다."

거칠게 흔들리는 몸.

박사는 몽롱한 정신으로 눈을 몇 번 깜빡이며 기억을 떠올렸다.

'초대를 받고…'

검은 정장을 입은, 소속을 알 수 없는 요원이 나타나 자신의 눈을 가리고, 옷을 갈아입히고, 수면제까지 먹으라고 강압적으로 말했었다. 위치가 기밀이라면서.

항의해볼까, 생각하다가 진실을 아는 것이 우선이라 마지못해 수면제를 삼켰고…

'기억났다. 그러면 여기가 부서인가?'

박사가 천천히 주변을 둘러봤다.

어떤 건물의 복도였다. 새하얀 복도. 그를 연행하다시피 끌고 온 요원 둘이 좌우에서 그를 부축하고 있었다.

"일어났습니다."

박사가 힘을 주어 요원의 팔을 뿌리쳤다. 감정이 실렸다. 강압적인 태도는 불쾌했고, 불쾌한 기억은 쉽게 잊기 힘들었다. 원하는 것이 없었다면 아주…

강하게 밀려난 요원이 말없이 물러섰다.

그때 할머니의 목소리가 부드럽게 들려왔다.

"기분이 많이 상했나 봅니다. 하지만 이해해주세요. 이곳은 그만큼 중요한 시설이라서요."

"아, 교수님."

하얀 복도의 끝에서, 곱게 늙은, 정정한 할머니가 천천히 걸어왔다. 과거 강의를 들었던 교수, 지금은 그가 원하는 답을 쥔 사람.

교수가 선한 미소를 지으며 박사를 반겼다.

"오랜만입니다. 박사가 되어 회사에서 일하고 있다고요?"

"회사에 들어간 지는 꽤 되었습니다. 그보다 교수님, 이곳에 제가 원하는…"

박사가 성큼 걸음을 내딛다가 아직 남은 수면제 기운에 휘청였다. 요원이 빠르게 다가와 팔을 붙잡으려고 했지만, 박사는 손을 휘둘러 요원의 팔을 쳐냈다.

교수가 난처한 미소를 지었다.

"많이 급했나 봐요."

"급하죠. 급할 수밖에요. 이 세상이, 내가 헛것에 불과할지도 모른다는 생각이 얼마나 사람을 좀먹는지 아십니까!"

온갖 감정이 뒤섞인 목소리가 복도를 가득 채웠다. 박사는 비틀거리면서도, 기어코 두 발로 걸어 교수 앞까지 갔다. 그가 교수를 내려다보며, 버럭 소리를 질렀다.

"그래서 이렇게 왔습니다! 저 요원인지 뭔지의 무례한 태도까지 참으면서요! 어서 빨리 답을!"

"진정하세요. 부서에 대해 아무것도 모르지 않나요? 배경지식부터 배워야 제대로 이해할 수 있지 않을까요?"

교수는 성질 급한 학생을 대하듯, 박사를 다독였다. 침착하고 평온한 태도.

박사는 숨을 몰아쉬다가, 푹 고개를 숙였다.

"죄송합니다. 제가 과했습니다. 제가, 제가, 요즘 살아도 사는 것 같지가 않아서."

"이해합니다. 이 분야가 다 그래요. 자살률이 특히 높은 직업 중 하나이기도 하고요. 그래도 잘 버텼어요."

"…아닙니다."

교수의 위로가 닿았을까. 교수를 따라 박사의 호흡이 고르게 가라앉았다.

교수는 박사가 진정되기를 기다렸다가, 등을 돌려 복도 너머로 걷기 시작했다.

"잠깐 걸을까요? 목적지까지 가는 데 시간이 조금 걸리니, 짧게 강의하겠습니다."

박사는 재빨리 교수를 따라 걸었다. 느릿한 교수의 걸음을 답답해하면서.

새하얀 복도를 교수와 박사가 걸었다.

둘의 뒤를 따르는 요원이 있었지만, 요원들은 발소리조차 내지 않고 그림자처럼 있었기에, 오직 교수와 박사의 대화만이 고즈넉하게 이어졌다.

"액자식구성, 소설 속의 소설, 극중극, 제4의벽, 스크린 너머로 말을 거는 영화 인물, 메타적 연출. 익숙하죠?"

"…압니다. '그런데 갑자기 넌자가!' 그 이상 개체도 비슷하지 않습니까. 문장에 불과한 등장인물이 우리에게 말하기도 하고, 다른 책이나 그림으로 이동하기도 하고요."

"그럼 이해하기 쉽겠네요."

교수는 느릿한 걸음만큼이나 느린 어조로 강의를 계속했다.

"우리 부서가 연구하는 게 그것이었습니다. 우리 세상의 창작물인데 우리의 현실과 상호 작용하는 이상에게서 착안점을 얻었죠."

교수가 잠깐 걸음을 멈추고 숨을 골랐다. 정정해 보였지만 체력이 부족했다.

박사는 애가 타, 발을 동동 구르며 교수의 좌우에서 서성였다.

"그건 저도 압니다. 우리 세계가 액자 안의 세계일 가능성을 연구하는 메타문학연구학회에서 근무하셨다면서요. 아는 이야기는 말고, 본론을…"

교수는 푸근하게 웃었다.

"여기는 부서입니다. 메타문학연구학회가 아니죠. 당연히 다른 걸 연구하겠죠?"

"그건, 예."

기초적인 실수. 박사가 얼굴을 붉혔다. 아무리 급하다지만, 이런 실수를.

교수가 다시 걷기 시작했다. 박사는 얼른 따라붙었다.

"저희는 액자 밖의 세상으로 나가는 방법을 연구했습니다. 액자 밖의 세상과 상호 작용하는 방법을요."

"…"

이번에는 박사가 걸음을 멈췄다. 교수는 몇 걸음을 더 걷다가, 박사의 발소리가 들리지 않자 뒤를 돌아보았다.

그곳에는 박사가 있었다.

창백하게 질린 얼굴. 눈썹이 쉴 새 없이 떨렸다. 한순간에 온몸의 수분을 쏟아내듯, 온몸에 식은땀을 흘리면서.

박사가 입을 열었다. 말이 되지 못하는 신음만 흘리다가, 간신히 돌처럼 굳어버린 혀를 움직여 말을 했다.

"그…건. 그건… 우리가 액자 속의 인물이라는…?"

"그렇게 충격받지 말아요."

"어떻게. 어떻게. 그러면. 그러면."

말을 잇지 못했다. 풀린 동공이 허공 어딘가를 보았고, 술에 취한 사람처럼 비틀거리다가 벽을 짚고 몸을 숙였다.

교수가 천천히 다가와 박사의 등을 토닥였다.

"생각하고 걱정하는 바는 알겠습니다. 하지만 우리는 실존하고, 우리의 세상도 실재하죠."

"거짓말하지 마십쇼!"

박사가 돌연 몸을 곧추세우며 비명을 질렀다. 한순간에 지쳐버린 그가 교수의 멱살을 잡았다.

두 요원이 민첩하게 다가왔으나, 교수는 한 손바닥을 내밀어 그들을 말렸다. 교수가 박사와 눈을 마주했다.

"우리 세상이 액자 속에 존재한다고, 우리의 가치가, 우리의 존재가 의미 없어지는 것은 아닙니다."

"어떻게 그럴 수가 있습니까! 내 인생이 누군가 쓴 글줄에 불과하다면! 거기에 도대체 무슨 의미가…"

"우주를 떠올려보세요."

뜬금없는 말.

교수는 하늘이 보이는 듯 천장을 올려다보았다. 그녀는 꿈을 꾸는 듯한 목소리로 말을 이었다.

"우리는 지구를 벗어나 달에 발자국을 찍고, 화성에 기지를 세우고, 태양계 바깥까지 탐사선을 보내죠."

"그게 지금 무슨 상관이란 말입니까."

"액자니, 메타니 하는 것도 같습니다."

박사가 슬그머니 멱살을 놓았다. 교수는 천장을 올려다보다가, 다시 박사를 마주했다.

"지구에서만 살다가 우주로 나가듯, 액자 속에서만 살다가 액자 바깥으로 진출하는 겁니다."

"액자 바깥으로…?"

"우리의 기술이 그만큼 발전했다는 거죠. 메타적 차원에서, 바깥으로 나갈 만큼. 더 쉽게 설명해줄까요?"

박사는 멍하니 고개를 끄덕였다.

"'그런데 갑자기 닌자가!' 같은 이상처럼 액자 바깥의 세상과 상호 작용하는 겁니다. 이래도 당신의 삶에 의미가 없을까요?"

액자 바깥의 세상과 상호 작용할 수 있다면, 단순한 소설 속 인물이라고 할 수 있을까? 누군가가 만들어낸 등장인물일 뿐이라고 할 수 있을까?

박사가 흔들리는 눈으로 교수를 보며, 희미한 희망을 품은 목소리로 질문했다.

"그게 가능합니까?"

"그럼요. 마침 거의 다 왔습니다."

교수가 복도 끝을 가리켰다. 교수의 손끝을 따라, 박사도 복도의 끝을 보았다.

"벽이지 않습니까?"

"제4의벽도 벽이지요."

교수가 박사의 손을 잡고 벽으로 이끌었다. 교수가 말했다.

"우리는 잠깐 액자 바깥으로 나갈 겁니다."

"바깥으로."

"목적지로 가려면 바깥을 경유해야 하거든요. 가죠."

"도착했습니다."

"벌써 말입니까?"

박사가 어리둥절한 눈으로 교수를 보았다. 기억이 없었다. 아무것도 보지 못했다. 그냥, 눈을 뜨니까 공간이 바뀌었을 뿐이었다.

교수는 안타깝다는 듯 탄식했다.

"적성이 없군요… 바깥세상과 상호 작용할 적성이 없어요."

"장난치시는 것 아닙니까? 공간 이동 같은 걸로…"

박사가 못 믿겠다며, 교수를 불신했다.

교수는 더 이상 박사와 눈을 마주하지 않았다. 박사의 뒤에 있는 무언가를 보면서, 설명할 뿐.

"우리 세상이 소설이라면, 방금 우리가 이동한 과정은 서

술되지 않았을 겁니다. 우리는 소설 바깥으로 나갔었으니까요."

"그게 무슨… 증명, 증명해주십시오. 저는 아직 믿을 수가 없습니다."

박사가 우왕좌왕했다. 바깥세상과 상호 작용할 수 없다면, 그의 인생은… 이런 현실은 받아들일 수 없었다.

교수가 박사를 지나치며, 사실을 나열하듯 객관적으로 말했다.

"안타깝게도, 박사는 액자 속 세상에서만 살아야겠습니다. 바깥으로 나갈 수 없어요."

"거짓말, 거짓말하지 마십시오! 회사의 기술이 이 정도밖에 안 될 리가…"

교수를 쫓아 몸을 돌린 박사가 말을 멈췄다.

그곳에는 거대한 기계 인형이 있었다. 작은 집만 한, 상반신뿐인 기계 인형.

타닥. 타닥.

트럭 크기의 키보드를 두들기는 기계 인형.

"저건 뭡니까? 여긴 어디고요?"

기계 인형의 앞까지 나아간 교수가, 그 중심에서 뒤돌았다. 거대한 키보드와 기계 인형을 등진 교수가 말했다.

"여기는 액자입니다. 바깥세상과 안쪽 세상의 교차점이죠. 그리고 이것은…"

교수의 감개무량한 목소리가 기계 인형이 타자 치는 소리와 섞였다.

“멸종 방어 장치 중 하나. 바깥세상과 상호 작용하기 위해 만들어낸 메타적 서술 기계. 우리는 ‘작가’라고 불렀죠.”

교수의 눈과 목소리에 열기가 머물렀다. 박사는 넋을 잃고 보고 들었다.

“설령 우리 세상이 진짜 소설이라 하더라도, 뭐 어떻습니까? 펜대를 쥔 건 우린데. 키보드를 치는 것이 우리라면, 우리의 삶도 충분히 의미 있지 않겠습니까?”

박사는 압도되어, ‘작가’의 손가락이 키보드를 연달아 치는 광경을 보았다.

그러다가 문득 치솟는 생각.

‘저것이 우리 세상을 액자 속 세상으로 만드는 것이다. 저것이 내 인생을 마음대로 적는 것이다. 저 작가만 파괴하면, 나도 액자 속 등장인물이 아니게 된다.’

퍽!

눈의 핏줄이 터지면서 눈동자가 붉게 물들었다. 박사는 붉게 물든 시야로 기계 인형을 노려보다가, 괴성을 지르며 달려들었다.

교수는 담담하게 박사를 지켜보다가, 옆으로 비켜섰다. 박사는 방해 없이 키보드까지 도달해, 주먹을 휘둘렀다.

“…아?”

주먹은 허무하게 키보드를 관통했다. 꼭 홀로그램을 때린 것처럼.

교수의 목소리가 들렸다.

"말했지 않습니까, 박사. 당신은 바깥세상과 상호 작용할 적성이 없다고. 당연히 작가와 상호 작용할 수도 없죠."

박사는 주먹을 거둬들인 후, 자신의 주먹을 멍하니 바라보았다. 교수의 평온한 목소리가 귓가를 때렸다.

"메타적으로 말하면, 엑스트라라고 말해도 되겠군요."

전신에 힘이 풀렸다. 박사가 주저앉았다. 기계 인형이 키보드를 치는 소리가 끝도 없이 메아리쳤다. 박사의 시야가 깜깜해졌다.

까무룩 정신을 잃은 박사가 키보드 앞에 쓰러졌다. 영혼이 빠져나간 듯 초췌한 얼굴. 핏줄이 터진 눈가에서 핏방울이 흘러내렸다.

"…"

교수는 박사를 내려다보았다. 박사의 얼굴 위로, 언젠가의 동료들이 겹쳐서 보였다.

메타문학연구학회의 말로는 좋지 않았다.

그들의 연구는 그들의 세상이 액자 안의 세상임을 끝내 증명하고야 말았다.

그날, 천둥 번개가 치던 날. 지혜의 번개가 사람의 영혼을 내리치던 날. 무슨 일이 일어났는가.

"정말 많은 사람이 떠났죠…"

교수가 눈을 감았다.

감당하기 힘든 진실 앞에서 적지 않은 동료들이 스스로 목숨을 끊었다. 많은 동료는 기억 소거제를 마셔 현실에서 도피했고, 오직 한 줌, 한 줌 남은 사람만이 이를 악물고 한 걸음 더 나아가기로 했다.

"우리 세상이 글에 불과하다면, 우리가 펜을 쥐자… 그림이라면 붓을 쥐고, 영화라면 시나리오를 쓰자…"

액자 안의 이야기를, 액자 안의 사람이 써나가자. 우리가 바깥으로 나가, 우리의 운명을 우리 손으로 만들어내자.

그래서 그들은 그렇게 했다.

부서의 이름을 삭제해 이름 없는 부서가 되었고, '작가'를 만들어 상호작용에 성공했다.

콜록. 콜록.

교수가 입을 가리고 기침했다. 한참 동안 기침하던 교수는 붉게 물든 입가를 닦아낸 후, 간절한 감정을 담아 박사에게 말했다.

"박사, 이겨내세요. 내 후임은 당신밖에 없습니다. 엑스트라라도 괜찮아요. 본디, 살아 움직이는 인물만큼 강한 힘을 가진 존재는 없습니다. 그러니, 이겨내서 살아 움직이세요. 나에게는 이제 남은 시간이 없습니다."

그들의 연구는 꽃을 피웠고, 마침내 중요한 결실을 맺는 날이 왔지만, 그 아름다운 광경을 볼 사람은 이제 남지 않았다.

이름 없는 부서의 많은 사람이 떠났다. 누군가는 수명이 다했고, 누군가는 무너져 내렸고, 누군가는, 누군가는…

이제 남은 연구자는 자신뿐.

타닥. 타닥. 타닥.

기계 인형이 키보드를 쳤다.

교수가 고개를 들어, 기계 인형을 올려다보았다. 그녀의 입가에 흐릿한 미소가 걸렸다.

“아, 시작됐군요.”

액자 바깥세상에서 지속 가능한 동력을 얻기 위한 절차가 진행되고 있었다.

[메타 관측자 확보 중…]

[메타 동력 후원자: 노벨피아, 시공사]

[플러스 전환 진행 중]

[연재 주기 및 시간: 토, 일, 월, 화, 수 00시 05분]

‘작가’가 써나가는 글귀를 보며, 교수가 눈을 감고 두 손을 모았다. 그녀는 염원했다.

‘부디, 액자 바깥의 존재들이 우리 세상의 이야기를 좋아하길.’

그리하여, 우리가 우리의 이야기를 오래도록 써나갈 수 있길.

악마

27

[오류 NPC의 처우 개선에 관하여]

우리가 오류 NPC의 목에 폭탄 목걸이를 채우지 않은 이유는, 혹여나 그것들이 폭탄 목걸이를 악용하여 탈출의 수단으로 삼을까 우려되었기 때문입니다.

하지만 이번 오류 확산 사태에서 보았듯이, 그것들이 회사에 협조할 의향이 있다면 목걸이 착용을 실행해도 괜찮겠다는 판단이 들었습니다.

그 대가로 그것들을 사람처럼 대해주어야겠지만요.

물론, 오류 NPC는 이상입니다.

지금 그 모습으로, 어느 날 갑자기 세상에 나타난 존재가 어찌 사람이겠습니까.

회사의 철칙, 이상이 아무리 사람답게 행동해도 사람이 아니다. 그러니 원칙적으로, 기존의 처우가 틀리지는 않았죠.

하지만 예외적으로, 사람다운 대우가 이상의 관리에 도움이 된다면
그렇게 하라는 것 또한 회사의 방침입니다.
오류 NPC의 처우를 개선하겠습니다.
자해 수단이 없는 푹신한 보호실에서 사람이 사는 방으로 옮기겠습니다. 회사원과 같은 식사를 제공하고, 다소의 취미 생활도 용인하겠습니다.
그리고 끼인 남자와 반복하는 남자는 찾기부터 해야겠죠.

반장의 계정을 빌려 열람한 보고서.

'다행이다. 잘됐어.'

이연우는 보고서를 몇 번이고 반복해서 읽은 후, 나직하게 숨을 뱉었다. 끼인 남자의 희생은 보답받았다. 회사가 방침을 바꿀까, 더 구속하지는 않을까, 걱정했던 것이 해소되었다.

회사와 끼인 남자가 다시 대면하는 날이 온다면, 그가 바라던 대로 사람 대 사람으로 만날 것이었다.

이연우가 의자 등받이에 천천히 등을 기댔다. 오래된 의자가 삐걱거리는 소리.

끼이익.

그때, 옆자리의 유지유가 핸드폰으로 뉴스를 보다가, 슬쩍 이연우에게 핸드폰을 내밀었다.

"이거, 연우 씨가 이번에 겪은 일이죠?"

"예? 아."

이연우가 몸을 앞으로 숙이며 핸드폰에 두 눈을 고정했다. 자그마한 화면 안에서는 기자가 말을 하고 있었는데, 그 장소는 얼마 전 이연우가 있던 오류의 중심지였다.

기자가 손으로 난장판이 된 거리를 가리키며 걸었고, 카메라는 거리를 넓게 잡았다.

[저는 지금 청해시에서 일어난 연쇄 폭발 사고 현장에 나와 있습니다. 보시다시피 전쟁터를 방불케 하는 현장입니다]

"아니, 이게 뉴스가…"

심지어 공중파다. 회사에서 알아서 막을 줄 알았는데, 이렇게 뉴스에까지 나오다니.

핸드폰에 고개를 처박았던 이연우가 당황하여 유지유를 보았지만, 유지유는 계속 보라고 턱짓을 할 뿐이었다.

[유조차 다섯 대가 연쇄 추돌로 동시에 폭발하며, 가스 배관까지 건드려 대규모 폭발이 일어났습니다. 한편, 사고의 원인은 촉법소년의 무면허 운전과 흡연으로 밝혀져…]

이연우가 입을 쩍 벌렸다. 눈까지 크게 떴다. 도무지 믿을 수가 없었다.

유조차, 그럴 수 있다. 가스 폭발도 그럴 수 있다. 촉법소년도 그럴 수 있다. 그런데 이걸 전부 섞는다고?

"이걸 사람들이 믿습니까? 이건 너무 말이 안 되잖아요."

"대부분은 그러려니 하고 넘어가죠. 못 믿는 사람이야 있겠지만. 그래도 큰 문제는 없어요."

유지유는 동영상을 멈춘 뒤, 관련된 동영상에서 다른 뉴스를 찾아 재생했다.

노인을 인터뷰하는 뉴스.

[김춘덕: 아무것도 기억나지가 않어. 머릿속이… 어, 깜깜하다니까.]

[참사를 보았을 청해시의 시민들은 충격성 기억상실을 호소하고 있습니다.]

충격성 기억상실.

이연우가 눈을 깜빡였다. 그러고 보니, 이전부터 뉴스에서 충격성 기억상실이란 단어를 자주 보았다.

연쇄 추돌 사고, 묻지 마 살인, 폭발 사고, 건물 붕괴 사고, 사고, 사고, 수많은 사고에서…

깨달음이 머릿속을 스쳤다. 이연우가 말했다.

"충격성 기억상실이 무슨 정신적 충격 그런 게 아니라 기억 소거제입니까?"

"그렇죠. 안개 형태로 뿌리고, 상수도에 뿌리고. 하여튼 이상 사건 크게 터지면 잔뜩 쏟아붓는다고 들었어요."

유지유가 덤덤하게 핸드폰을 도로 가져갔다. 그녀의 손톱이 핸드폰 화면을 리듬감 있게 톡톡 쳤다.

"그리고 정보 공작도 뭐 엄청나게 한다던데. 아니, 이걸 말하려고 한 게 아닌데."

핸드폰을 책상 위에 놓은 유지유가, 슬그머니 의자를 뒤로 빼며 이연우에게서 멀어졌다. 이연우가 멀뚱히 바라보니, 유지유는 의심스러운 눈초리로 이연우를 훑어보았다.

"정말 안 다치고 돌아와서 다행이에요. 그런데 이연우 씨 정말 저주라도 받은 거 아니에요? 어떻게 사람이 나갔다 하면…"

더 말하면 실례라고 생각했는지 유지유가 말을 끊었지만, 이연우도 뒷말을 뻔히 알았다. 하지만 반박할 수 없었다.

이연우는 한숨을 푹 내쉬며 의자에 뒤통수를 콩 찍었다.

"…저도 그렇게 생각합니다."

인간자격시험을 시작으로 뭔가가 아주 크게 잘못된 느낌이었다. 인생이 꼬일 대로 꼬인 느낌.

'진짜 무당이라도…'

문득 이연우가 고개를 책상 칸막이 위로 쑥 빼며, 크게 말했다.

"반장님. 혹시 아는 사람 중에 용한 무당 없으십니까?"

"신입아."

반장은 고개도 들지 않고 대답했다. 다소 어이없는 듯한 목소리였다.

"그런 무당이 있으면 이상 개체다. 다 회사에서 포획했겠지. 그러니까 엄한 데 혹해서 돈 버리는 짓은 하지 마라. 부적 사고 굿하고 그런 거."

"…그럼, 신부님이나 스님은 없습니까? 효과 없어도 심리적으로 뭔가 위안을 줄 만한 사람이요."

반장이 슬그머니 고개를 들어 이연우와 시선을 마주했다. 이연우는 눈이 탁한 게 아주 지쳐 보였다.

하긴 짧은 시간에 마주한 이상의 숫자만 해도… 오류만 해도 위험 레벨 4였다는데… 죽지 않고 살아 돌아온 게 용하지.

하지만 해줄 수 있는 게 없었다. 이연우의 퀭한 눈을 반장은 피했다.

"내가 아는 신부가 한 명 있긴 해. 그런데 네가 기대하는 그런 신부가 아니야."

이연우가 실망하여 책상 칸막이 안으로 고개를 숙였다. 그러다가 다시 고개를 들었다. 아직 요청 사항이 남아 있었다.

"그럼, 반장님. 무장이라도 어떻게 보급 못 받습니까? 권총이라도."

사실 무당이고 뭐고 다 필요 없다. 제대로 된 무기라도 하나 들면 마음이 아주 편해질 것 같았다. 같은 생각인지 유지유까지 합세하여, 반장을 바라보았다.

"반장님, 나이프만 드는 건 좀 아니지 않아요? 권총이라도 있었으면 안개 괴물도 안 다치고…"

이번에도 반장은 고개를 저었다.

"신입아. 지유야. 우리나라가 무슨 나라냐."

"예?"

"민간인은 총기 못 가지는 나라다. 우리는 민간인이고. 저기 특전대에서도 총 든 놈들은 서류상은 국방부 소속이야. 진짜 군인이라고."

그렇게 말하던 반장이 갑자기 자리에서 벌떡 일어났다. 그는 무슨 일을 떠올렸는지, 혼자 화를 내며 목소리를 높이기 시작했다.

"보안 근무 서는 애들이 왜 그딴 테이저건을 쓰는데? 외국 애들은 다 총 들어! 그그, 염병할 뱀 새끼! 한 번 쏘면 끝이야! 그딴 걸 총이라고, 지랄!"

이연우와 유지유는 잠깐 서로를 마주 봤다가, 고개를 숙이고 자기 할 일에 집중했다.

아무리 답답하고 화가 나도, 상대가 더 극렬하게 반응하면 힘이 빠지는 법이다. 그저 속으로 한숨만 푹푹 쉴 뿐.

이제는 아주 발까지 쾅쾅 구르는 반장을 뒤로하고, 이연우는 책상을 둘러봤다.

'내가 핸드폰을 어디에 뒀지?'

분명히 책상 어딘가에 뒀는데, 보이지 않았다. 이연우는 책상 이곳저곳을 뒤적이다가, 찾기를 그만두고 가만히 눈을 감았다.

주사위의 형상이 선명하게 보였다.

'핸드폰이 어디에 있을까?'

데구르르.

의지를 품고 강하게 생각하기 무섭게, 정신 속에서 혼자 구르는 주사위. 곧 주사위가 멈췄다.

꽝!

아무 변화도 없었다. 이연우는 다시 생각했다.

'다시. 핸드폰.'

데구르르.

성공!

자연스럽게 핸드폰이 보였다. 모니터 밑으로 깊게 들어간 핸드폰. 이연우는 핸드폰을 꺼내며 애매모호한 표정을 지었다.

'주사위. 나쁘지는 않은데.'

몇 번 실험해본 결과, 나름대로 쓸모가 있었다.

대부분은 꽝, 가끔 성공과 실패.

양날의 검이지만, 소소하게 쓴다면 유용했다. 이를테면 잃어버린 물건을 찾을 때나 까먹은 비밀번호를 떠올릴 때.

'대성공과 대실패는 아직 겪어본 적이 없지만, 거의 안 나오니까 막 걱정할 필요는 없겠지.'

쾅!

그때, 문짝이 부서져라 이상 조사반의 문이 거칠게 열리며 벽에 부딪쳤다. 이연우도, 유지유도, 아직도 화를 내고 있던 반장도 말을 멈추고, 문을 보았다.

허억. 허억.

그곳에는 땀으로 흠뻑 젖은 채 숨을 몰아쉬는 최재민이 있었다. 최재민은 호흡도 고르지 못하고 다급하게 입을 열었다.

"제 친구, 친구가!"

"학생아. 진정부터 하고."

반장이 언제 흥분했냐는 듯 말했지만, 최재민은 마지막 숨을 짜내듯 처절하게 소리쳤다.

"친구의 부모가 없어졌어요!"

"…뭐? 그, 뭐야. 실종?"

"아뇨! 아예 없어요! 부모가 없어요!"

최재민이 달려와 반장 앞에 섰다. 최재민은 땀을 식힐 겨를도 없이, 횡설수설하며 설명을 시작했다.

최재민이 보는 세상은 남들과 달랐다.

부모가 있는 것을 보면, 그들의 머리 위로 글씨가 보였다.

[부: 최동현(상태: 사망)]

[모: 이진(상태: 건강)]

이런 식으로.

그렇기에, 주말이 지나고 찾아온 월요일에 교실로 들어가자마자 알아볼 수 있었다.

"잼민이! 안녕!"

"어… 어, 안녕."

그의 옆자리에 앉은 여학생, 백아윤이 고개를 갸웃거리며 최재민을 바라봤다. 백아윤이 눈을 깜빡였다.

"밤새웠어? 왜 그렇게 힘이 없어?"

"그게, 일찍 잤는데…"

최재민은 가방을 내려놓지도 못하고 뻣뻣하게 서서, 시선을 조금 위로 올렸다. 백아윤의 머리 위.

[부:]

[모:]

공란이었다. 애초에 존재하지 않는다는 뜻.

사람이라면, 이럴 수가 없다.

에어컨도 켜지 않은 교실. 창밖에서 뜨거운 여름날의 바람이 불어왔지만, 등골을 타고 한기가 기어올랐다.

최재민은 떨리는 손을 주머니에 넣어 핸드폰부터 잡았다.

'이상이야. 이상이라고.'

백아윤처럼 생겨서 백아윤처럼 행동하지만, 그의 눈에는 보였다. 이건, 사람이 아니었다.

'지유 누나, 연우 형, 반장님. 아무한테나 전화해서…'

핸드폰을 꺼내는 순간.

드르륵.

교실 문이 열렸다. 담임 선생님이 들어왔다. 그는 들어오자마자 학생들을 향해 말했다.

"핸드폰 제출하자. 전원 끄고, 공기계 내지 말고. 안 가져왔다고 거짓말하지 말고. 특히 너 재민이. 핸드폰 들고 있는 거 다 봤어."

"선생님, 저, 전화 한 번만…"

"어, 안 돼. 지금까지 뭐 하고 인제 와서."

"선생님! 저는 오늘 진짜 놓고 왔어요!"

백아윤이 냉큼 말했다. 최재민은 전화할 방법을 생각하다 말고, 백아윤을 쳐다봤다. 이제야 드는 생각이 있었다.

'아윤이. 진짜 아윤이는 어떻게 된 거야?'

그렇게 어어, 하는 사이 핸드폰은 수거되었고, 수업이 시작됐다. 최재민은 수업에 조금도 집중하지 못하고, 백아윤만 살폈다.

28

학교에서의 시간은 금방 지나갔다.

사람을 재우는 이상이 아닐까, 의심되는 선생님의 수업 시간에 한 번도 졸지 않았는데도, 백아윤만 힐끔대다 보니 하교 시간이 왔다.

핸드폰을 돌려준 선생님이 짧게 말했다.

"뭐 없다. 끝. 가라."

우르르.

학생들이 한꺼번에 일어나며, 요란한 소음이 교실을 가득 채웠다. 의자가 동시에 밀리는 소리, 급하게 뛰어나가는 학생들의 발소리, 삼삼오오 모인 학생들이 떠드는 소리…

최재민은 끝까지 앉아서 백아윤을 관찰했다.

"…"

자리에서 일어난 백아윤이 가방을 등에 메고는, 최재민을 보았다. 최재민이 놀라 움찔 시선을 돌렸지만, 늦었다. 백아윤이 고개를 갸우뚱 기울였다.

"잼민이 오늘 이상하네?"

"내, 내가? 아닌데?"

'진짜 이상한 건…'

네 머리 위라고, 뒷말을 꿀꺽 삼킨 최재민이 뒤늦게 어색한 손짓으로 노트와 볼펜 따위를 가방에 집어넣었다.

백아윤은 연신 고개를 갸우뚱거리다가, 경쾌하게 발을 내디뎠다.

"내일 봐!"

"어, 어. 내일."

친구들과 떠들며 교실 문을 나서는 백아윤. 최재민은 그 뒤통수를 멍하니 보았다.

여전히 백아윤의 머리 위에 떠 있는 글자.

[부:]

[모:]

'하지만…'

으으.

최재민은 앓는 소리를 내었다. 의문이 들었다. 수업하는 내내 지켜봤지만, 이상한 점을 못 느꼈다. 평소와 같은 백아윤이었다.

고개를 갸웃거리는 몸짓이나, 졸 때 머리를 꾸벅거리는 리듬감이나. 때때로 흥얼거리는 노랫소리나 전부 똑같았다.

이쯤 되니, 의심이 들었다.

'아윤이가 이상이 아닌가? 아윤이네 부모님이 이상에게 당한 건가?'

존재를 지우는 지우개 같은 것이 있어, 부모님의 존재를 지웠다면 충분히 이렇게 보일 수도 있지 않을까? 그러면 아윤이는…

그런 생각을 하고 있는데, 스윽, 누군가가 머리에 손을 얹었다.

"잼민이, 뭐 하냐?"

친구였다. 최재민은 퍼뜩 정신을 차렸다. 그러고는 재빠르게 가방을 한쪽 어깨에만 걸치고 자리에서 일어났다.

"가려고."

"피시방, 고?"

"아냐, 빨리 들어가야 해."

"한 판만 돌리고 가."

친구가 뭐라 말하는 소리를 뒤로하고, 최재민은 달렸다. 학교 복도를, 계단을, 운동장을. 버스를 기다리지 못하고 도로를.

지금, 이 상황에서 그가 확실한 도움을 받을 수 있는 곳을 향해.

'빨리 조사반으로!'

"이렇게 된 거예요. 어떻게 하면 돼요? 뭘 해야 해요? 아윤이는 문제없는 거죠?"

최재민이 숨도 쉬지 않고 질문을 쏟아내며, 반장을 바라보았다. 희망을 원하는 눈빛.

이연우와 유지유도 최재민처럼 반장을 보았다. 듣는 것만으로는 그들도 알 수가 없었다. 긴 경력의 반장님이라면 뭔가 알까.

기대에 응하듯, 반장은 턱을 긁다가 상세하게 물었다.

"뭔지 알 거 같은데… 네 친구, 마지막으로 본 게 언제냐? 지금 그 이상 개체 말고."

"금요일이요. 주말 동안 못 봤으니까 3일 정도 지났어요."

"3일 정도면 큰 문제 없겠구먼."

"아."

그 말에 최재민은 긴장이 풀려 그대로 주저앉았다. 사무실 바닥에 앉아, 아무 책상에나 등을 기댔다. 고르게 가라앉는 호흡.

그러고는 땀범벅인 얼굴로 뒤늦게 반장을 올려다봤다.

"아윤이, 뭐에 당한 거예요? 아니면 부모님이 당한 건가요?"

"네 친구가 이상을 소환한 거 같은데."

"소환요?"

최재민이 눈을 동그랗게 떴다. 반장은 핸드폰과 차 키를 챙기며, 대수롭지 않게 말했다.

"나태의 악마라고, 여기 내 컴퓨터에서 찾아 읽어봐라."

최재민이 빠르게 일어나, 구부린 자세로 키보드를 두들겼다. 곧, 보고서가 모니터를 채웠다.

[나태의 악마]

- 적대 수준: 옐로
- 위험 레벨: 2
- 중요 등급: D
- 상세: 소환자의 복제 인간으로, 소환자와 동일하게 행동하는 이상. 소환된 지 13일이 지나면, 소환자는 지구에서 사라진다.
- 대책: 문자, 전화, 메일 등, 통신의 형식으로 소환법이 유포되기 때문에, AI를 통해 통신망을 염탐하여 중간에 통신을 납치한다.

반장은 설명을 덧붙였다.

"도플갱어 같은 건데, 네 친구가 대역으로 세운 것 같다. 해결이 어렵지는 않아. 문제는 이런 걸 시도한 네 친구지."

"걔가 왜 그런 걸. 어떻게…"

읽는 동안 반장은 나갈 채비를 마쳤다. 컴퓨터에서 눈을 떼지 못하는 최재민을 반장이 발끝으로 툭 찼다.

"가자. 이왕이면 빨리 해결해야지."

"아, 네. 빨리 가요."

최재민이 몸을 바로 세웠다. 반장은 앞서 걸으며, 이연우와 유지유에게 말했다.

"나는 얘랑 일 하나 해야겠다. 지유는 적당히 시간 때우다 퇴근하고, 신입이는 따라오고."

"저 말입니까? 알겠습니다."

난데없이 불린 이연우는 의아해하면서도 순순히 슬리퍼를 벗고 운동화로 갈아 신었다. 의문이 없지는 않았지만, 신입한테 일을 가르친다고 생각하면…

철컥.

반장이 사무실의 문고리를 잡으며 입을 열었다. 등을 보인 채 서 있었기에, 표정이 보이지는 않았다. 이연우와 서로 다른 곳을 보는 시선.

"별거 아니고, 사람 한 명 더 있으면 편하지 않겠냐. 설마 또 무슨 사고가 터지려고. 또 사고가 터지면 네가 이상인지 의심해야지. 하하."

반장은 농담처럼 말하고는 크게 웃으며 먼저 사무실을 나섰다. 그 뒤로 최재민이 달려갔다. 이연우는 운동화를 신다 말고 급하게 최재민과 반장을 쫓아갔다.

유지유는 몰려 나가는 그들을 보다가 의자를 바짝 당겨, 책상에 몸을 붙였다.

"저는 사무실 열심히 지키고 있을게요."

"오냐. 너무 일찍 퇴근하지는 말고! 위에서 연락이 올 수도 있으니까."

닫힌 문을 뚫고 들리는 쩌렁쩌렁한 목소리.

"예, 예."

유지유는 건성으로 고개를 끄덕였다. 핸드폰으로 동영상을 찾으면서였다. 세 명이 떠나 텅 빈 사무실을 유지유가 재생한 동영상의 소리가 채웠다.

그들은 반장의 차로 이동하기로 했다.

조수석에는 종이 박스가, 그것도 온갖 잡동사니가 수북하게 쌓인 종이 박스가 있었기 때문에 이연우와 최재민은 뒤에 앉았다.

시동만 걸어둔 차.

운전석에 앉은 반장은 몸을 돌려 종이 박스에 손을 깊이 넣은 후, 잡동사니를 이리저리 뒤적였다. 쓰레기와 수건과 공구 따위가 들썩였다.

"어디 보자… 악마를 잡아 죽이려면… 학생아, 받아라."

반장이 운전석과 조수석 사이로 손을 밀었다. 그 손에는 먹다 남은 소주와 권총처럼 생긴 전동 드릴이 있었다.

최재민이 냉큼 전동 드릴을 쥐며 눈을 반짝였다. 드릴을 얼굴 앞까지 가져가서는 앞뒤로 돌려보았다.

"드릴이에요? 와, 처음 봐."

권총처럼 들고 조수석의 목 받침대를 겨누는 시늉을 하는가 하면, 창밖을 겨누기도 했다.

정신없이 움직이는 드릴을 보던 이연우는 가만히 고개를

끄덕였다. 총이 안 되면 공구라도 대신…

그 현실이 새삼 어처구니없었는지, 반장은 헛웃음을 지었다.

"진짜 이딴 걸 무기로 들고… 됐다. 이거나 받아."

좌우로 흔들리는 소주병. 안에 든 액체가 찰랑거렸다. 이연우는 얌전히 소주병을 받아 들었다.

그 순간, 들뜬 것처럼 움직이던 전동 드릴이 얌전히 최재민의 무릎 위에 놓였다. 최재민은 망설이다가, 꺼림칙한 목소리로 말했다.

"그럼, 이걸로 아윤이… 아니, 아윤이처럼 생긴 그거 죽이는 거예요?"

"그렇지. 이마에 들이밀면 끝이야."

무덤덤한 말.

최재민은 가만히 전동 드릴을 내려다봤다. 대못같이 길고 뾰족한 드릴. 드릴로 이마에 구멍이 뚫리는 백아윤의 얼굴이 선명하게 상상됐다.

'혹시, 아윤이가 이상이 아니면 어쩌지? 부모님이 이상에 당한 거면?'

망설이는 생각이 고스란히 최재민의 얼굴에 드러났다. 앙다문 입술, 축 처진 눈매와 흔들리는 눈동자.

반장은 백미러로 최재민을 흘깃 보고는, 강한 어조로 말했다.

"망설이지 마. 네 눈에 부모가 없었다며. 그거 이상이야."

"하지만."

"네 친구 지구에서 사라지는 꼴 보고 싶냐? 그 자리는 저 이상 개체가 차지하고?"

"아뇨…"

최재민은 힘없이 말하고는 전동 드릴을 옆으로 치웠다. 가운데 자리에 놓인 전동 드릴.

반장이 내비게이션을 두드리며 말했다.

"그 친구, 평소대로 생활했다면 지금쯤 있을 곳이나 말해."

"아마 집에 있을걸요."

"주소."

"저랑 같은 아파트인데…"

최재민이 말하기 무섭게 반장은 내비게이션을 두드리다 말고 운전대를 잡았다. 굳이 내비게이션이 필요하지 않았다. 최재민의 집은 그도 알았으니까.

자동차는 부드럽게 주차장을 벗어나 도로를 달렸다.

최재민은 창밖을 보았으나, 복잡한 머리 때문에 저녁노을에 붉게 물드는 도시의 풍경이 눈에 들어오지 않았다.

'반장님이 맞겠지? 그래도 아윤이가 왜 그런 걸…'

의심을 떨쳐낼 수가 없었다.

최재민이 확신을 갖지 못하고 속으로 몇 번이고 생각을 뒤바꾸는 동안, 그들이 탄 차는 목적지에 도착했다.

"학생아. 가서 데려와."

"네…"

최재민은 느릿하게 차 문을 열고, 천천히 걸었다. 머릿속이 복잡한 탓이었다. 이런저런 생각에 골몰하다 보니, 어떻게 움직였는지도 기억에 남지 않았다.

어느새 최재민은 엘리베이터에서 내려 백아윤의 집 문 앞에 도착했다. 무의식적으로 초인종까지 눌렀다.

띵동띵동.

- 네, 누구세요?

"어, 어. 나 재민인데."

결국, 생각을 정리하기 전에 백아윤을 마주했다.

삑.

열린 문 너머, 편안한 잠옷을 입은 백아윤이 의아한 눈으로 최재민을 맞이했다.

"잼민이? 우리 집에는 왜?"

"아니, 그게. 어. 그, 숙제! 숙제 있잖아! 같이 하자고."

"우리 집에서?"

"카페에서!"

어색하고 의심스러운 언행이 계속되었지만, 백아윤은 눈을 깜빡이다가 고개를 끄덕였다.

"잠깐만. 옷만 갈아입고."

방으로 쏙 들어간 백아윤. 차마 현관문 너머로 발을 디디지 못한 최재민은 문 앞에 서 있다가 문득 깨달았다.

인기척이라고는 아윤이 하나뿐인 집.

'얘네 부모님 어디 가셨지? 왜 집에 아윤이뿐이지?'

이제 막 퇴근 시간이라 아버지는 늦을 수 있다지만, 어머니는 항상 있었는데.

최재민이 무심코 문가에 발을 디디려는 순간, 옷을 갈아입은 백아윤이 나왔다. 가방을 등에 짊어진 백아윤은 슬리퍼를 신고 나와, 현관문을 닫았다.

"가자! …그런데 너 가방은?"

"아래에 두고 왔는데… 그러는 너는, 부모님 어디 가셨어? 집에 혼자 있는 거 같던데?"

"두 분이 놀러 가셨는데? 재밌나 봐. 전화 한 통 없네."

백아윤은 투덜거리면서 엘리베이터 버튼을 눌렀다. 최재민의 머릿속에서는 의심이 더 깊어졌다.

'역시 아윤이네 부모님이…?'

좁은 엘리베이터를 둘이 타고 내려가는 동안, 의심은 절정에 달했다.

"음, 음음, 음."

백아윤이 혼자 노래를 흥얼거리며 고개를 까딱였다. 최재민이 자주 보아온 모습. 그는 백아윤을 보다가, 침을 삼킨 후 질문했다.

"그 노래, 네가 좋아하는 인디밴드의 노래라고 했었지? 밴드 이름이 뭐였지?"

"야! 내가 전에도 말해줬잖아! 아직도 안 들었어?"

"아니, 이름이 기억이 안 나서… 뭐였지?"

"레고맛 아이스크림. 노래가 엄청 엄청…"

백아윤은 좋아하는 밴드 이름을 말하며, 눈을 반짝거렸다. 목소리와 몸짓에 진심이 가득 담겨 있었다.

최재민은 멍하니 백아윤을 보다가, 마침내 결론을 내렸다.

'아윤이가 맞아. 나태의 악마가 아무리 똑같이 행동한다지만, 이런 감정까지 따라 할 수 있을 리가 없어.'

엘리베이터가 1층에 도착했다.

1층 현관 앞에서 최재민은 백아윤을 붙잡았다. 백아윤이 힘차게 걷다가 멈춰 섰다.

"왜?"

"잠깐만. 나 가방 가져올게."

반장과 이연우는 차에서 기다리다가 최재민이 백아윤을 현관에 두고 혼자 걸어오는 것을 보았다. 그 얼굴에 뻔히 드러나는 감정.

반장이 혀를 찼다.

"저저, 답답해 뒤지겠네. 내가 확인도 안 하고 죽이기부터 할까 봐 저러나?"

'글쎄. 두 명 다 따로 생각하는 게 있는데, 말을 안 해서 그런 거 같은데.'

이연우가 따로 대답하지 않고 속으로만 생각하는 동안, 반장이 뭐라 더 말하려다가 한숨을 푹 쉬었다.

“신입아, 그거… 소주병이랑 드릴이나 이리 줘봐라.”

이연우는 곧장 두 손으로 두 물건을 건네면서, 소주병에 시선을 두었다.

“이건 뭡니까?”

“특정 이상 개체가 알레르기 반응을 보이는 액체형 이상 개체. 줄여서 성수.”

“성수요?”

“옛날에 내가 구마 사제한테 뜯어 온 건데… 이럴 때가 아니지. 신입아, 너도 따라 나와. 재민이가 허튼짓하면 말리고.”

벌컥.

차 문을 열고 나온 반장이 성큼성큼 걸어, 백아윤을 향해 다가갔다.

“반장님, 들어보세요, 아윤이 아무래도…”

최재민이 반장을 붙잡으려 손을 뻗었지만, 이연우가 끼어들어 반장 대신 잡혔다. 반장은 거침없이 걸어 백아윤 앞에서 멈춰 섰다.

백아윤이 몸을 살짝 움츠렸다. 한 손에는 소주병, 한 손에는 전동 드릴을 든 남자. 백아윤에게서 겁먹은 목소리가 나왔다.

“누구세요?”

반장은 대답하지 않았다. 그 대신, 소주병을 백아윤의 머리 위에서 기울여 성수를 그대로 쏟았다.

치이익.

다음 순간, 백아윤의 얼굴 위로 붉은 물집이 더덕더덕 올라왔다. 징그러운 피부, 고통에 일그러진 얼굴. 퉁퉁 부은 입술이 벌어지면서 비명이 터지려는 찰나.

전동 드릴이 이마를 겨눴고, 드릴이 회전했다.

29

위이이잉.

드릴이 이마 정중앙을 뚫고 들어갔다. 드릴이 박힌 이마에서 핏물이 줄줄 흘러나왔다.

"안 돼!"

최재민이 절규하듯 입을 벌렸고, 반장 대신 그를 꽉 붙잡고 있던 이연우를 밀어냈다. 이연우가 비틀거리며 밀려난 틈에 최재민이 앞으로 내달리다가, 멈칫 걸음을 멈췄다.

흐물흐물.

숨이 끊어진 백아윤이 액체 괴물처럼 흘러내렸다. 이목구비도 찰흙처럼 뭉개지다가, 회색 점토가 되어 뚝뚝 1층 현관 바닥으로 떨어졌다.

점토를 잔뜩 묻히고 회전하던 드릴이 멈췄다.

최재민이 믿을 수 없다는 눈으로 바닥에 떨어진 백아윤이었던 것을 보았다.

붉었던 피가 투명한 물로 변했고, 회색 점토도 증발하듯 조금씩 사라졌다. 어떻게 봐도 사람이 아님을 증명하는 흔적.

"아윤이가 아니었다고…? 이게, 이게."

최재민이 좀처럼 정신을 차리지 못하는 동안, 반장은 소주병을 얼굴 앞까지 들고는 혀를 짧게 찼다.

"너무 많이 썼어. 아깝게."

소주 두 잔 정도나 될까. 손가락 한 마디쯤 차 있는 소주병. 찔끔 몇 방울만 뿌려도 되는데, 성질 때문에 확 부어버리는 바람에…

소주병 너머로 이연우가 다가왔다. 최재민이 긴장하여 지나치게 세게 붙잡은 팔이 아파서 주물럭거리면서.

"반장님. 끝난 겁니까?"

"나태의 악마는 끝났지. 남은 건 이런 걸 소환한 그 친구지."

반장은 이연우를 힐끔 보았다.

이연우는 어딘가 불안한 표정을 감추지 못하고 있었다. 마치 일이 이대로 끝나는 것이 이상하다는 듯, 사라져가는 회색 점토를 주시했다. 그러다가 입을 열었다.

"소환한 장본인이 남긴 했죠. 아, 제발."

"왜, 또 뭐 사고 터질 거 같나?"

"지금까지 겪은 게 다 그래서, 조금 그렇네요. 쓸데없는 걱정이면 좋겠는데…"

이연우가 한숨을 푹푹 내쉬었다.

반장은 이연우를 바라보다가, 고개를 돌려 최재민을 불렀다.

"학생아! 그건 그만 보고 이리로 와봐라."

"네? 아, 네."

슬금슬금 다가온 최재민이 시선을 한곳에 두지 못하고 눈동자를 이리저리 움직였다. 반장은 현관 난간에 걸터앉으며, 드릴을 까딱까딱 움직였다.

"그 친구 가정 사정이나, 뭐 문젯거리 알고 있냐? 학업 스트레스가 심하다거나."

보통, 나태의 악마를 소환하는 법은 문자로 오는데 그 내용이 평범한 사람은 코웃음 치며 무시할 만큼 허황된 것이다.

그런 걸 눌러보는 사람은 정신적으로 극한까지 몰린 사람인 편이다.

그러니까 백아윤이라는 친구도 어딘가 고통을 품고 있는지 묻는 것이었다.

"그게요…"

최재민은 좀처럼 답하지 못했다. 머릿속에서는 대답이 주르륵 떠올랐으나, 의심에 휩싸여 가라앉고 말았다.

'공부는 나보다는 잘하지만, 그렇게 잘하는 편은 아니야. 하지만 집이 딱히 공부하라고 하는 분위기가 아니었는데. 두 분 다 좋은 분 같았는데…'

거의 소꿉친구 느낌으로 같은 아파트에 살며, 같은 학교,

같은 학년, 같은 반을 다닌 지 꽤 되었다. 연수로 따지면, 다섯 손가락을 넘을 정도.

하지만 최재민은 끝내 고개를 숙이고 말았다.

"모르겠어요… 죄송해요."

나태의 악마를 진짜 백아윤으로 착각한 순간부터 최재민은 자신감을 잃었다. 부모를 감별하는 눈으로 똑똑히 보았음에도 속아 넘어갔으니까.

자신이 진짜 백아윤을 아는지, 의심이 들 수밖에.

반장은 드릴 손잡이로 최재민의 축 처진 어깨를 강하게 두들겼다.

"그게 왜 네 잘못이냐. 하여튼 겉으로 보기에는 별문제 없다는…"

"반장님."

이연우의 목소리. 반장의 고개가 순식간에 돌아가며 이연우를 보았다. 어느새 드릴을 꽉 쥔 손.

"뭐? 왜?"

"저기 오는데요?"

"어?"

이연우는 얼마 전에 깁스를 풀고 자유를 찾은 손으로 어딘가를 가리켰다.

노을이 가라앉고 남색으로 물든 하늘. 가로등이 켜진 인도를 부지런히 걸어오는 사람이 한 명 있었다. 백아윤이었다.

캐주얼한 옷을 입고 잔뜩 부푼 에코백을 흔들면서 걸어오던 백아윤이 문득 걸음을 멈췄다. 그녀의 시선이 최재민과 반장과 이연우를 번갈아 향하다가, 다시 최재민에게 돌아갔다.

"잼민이?"

의문과 조금의 불안이 섞인 목소리.

최재민은 백아윤의 머리 위에 평소 보던 문자가 있음을 확인하고는 빽 소리를 질렀다.

"야! 너 뭘 한 거야!"

하루 종일 걱정하고, 의심하고, 망설였던 감정이 모조리 고함이 되어 쏟아졌다. 최재민의 목소리가 아파트 단지에 메아리쳤다.

"너는 진정하고. 거기 학생. 악마 소환했지?"

갑자기 흥분한 최재민보다 반장이 먼저 앞서 나가며 물었다. 백아윤은 주춤 물러서면서 일단 고개를 젓고 봤다.

"아, 아, 아뇨? 악마를 어떻게 소환해요?"

"거짓말하지 말고. 다 알고 왔어. 잘못한 거 알지? 솔직하게 말해."

"그게요… 네에."

백아윤은 고개를 숙이며 발끝을 쳐다봤다. 굳이 설명하지 않아도 잘못을 알고 있었다. 최재민이 서둘러 다가와, 빠르게 질문하자 그제야 고개를 들었다.

"도대체 왜 그런 거야! 너 하마터면!"

"…공연 보고 싶었단 말이야! 레고맛 아이스크림 한 번도 못 봤는데, 딱 오늘이었다고!"

최재민이 얼빠진 표정을 짓다가, 어딘가 안도가 섞인 숨을 길게 뱉었다.

"너답긴 하다…"

"이거 봐! 이번 공연에서만 파는 굿즈야!"

백아윤은 에코백에서 레고로 만든 아이스크림 모형을 꺼내 리듬감 있게 흔들었다. 그 얼굴에는 아직도 공연에서 느꼈던 감동과 흥분이 남아, 노을처럼 붉은빛이 감돌았다.

"공연도 얼마나 좋았는데!"

"…"

"와."

반장과 이연우는 어처구니없어, 잠깐 말을 잃고 있었다. 공연 하나 보자고 수상한 악마 소환 같은 걸 한다고? 이상 무서운 줄도 모르고…

반장이 드릴 끝으로 머리를 벅벅 긁으며, 긴장이 풀린 목소리로 말했다.

"학생. 그런 거 함부로 건드리면 죽어. 조금만 늦었으면 학생은 지옥 갔어."

"지, 지옥요? 그런 말은 없었는데."

"그걸 다 알려주면 악마가 아니겠지. 다시는 그런 짓 하지 말라고."

백아윤은 몸을 움츠리고는 작게 고개를 끄덕였다. 그러다가 뒤늦게 호기심을 가지고 무언가 물어보려는 순간, 반장이 한 손으로 드릴과 소주병을 한꺼번에 쥐고는 빈손을 내밀었다.

"핸드폰 줘봐. 악마 소환법 온 거 띄워서."

"네… 문자로 왔는데… 잠깐만요."

백아윤은 얼른 레고 아이스크림을 에코백에 집어넣고, 핸드폰을 꺼내 두드렸다. 잠시 후, 백아윤이 반장에게 핸드폰을 건넸다.

최재민과 이연우도 궁금증을 이기지 못하고, 반장의 좌우에서 조그만 핸드폰에 머리를 들이밀었다. 그곳에는 장문의 문자가 있었다.

[학교가 싫으신가요? 누군가 내 숙제를 대신 했으면 좋겠나요? 학교를 당신 대신 나가고, 부모님에게 잔소리를 당신 대신 들었으면 좋겠나요?

아니면 출근하기 싫으신가요? 누군가 당신을 대신해 일을 하고, 당신 대신 상사에게 혼나며, 당신 대신 돈을 벌어주었으면 좋겠나요?

그런 당신을 위한 악마 소환 시스템!

당신을 대신해, 당신의 싫은 순간을 대신 해주는 도플갱어를 소환하는 법!

링크를 누르기만 하면, 도플갱어가 소환되어 당신의 고통을 대신 처리해줄 것입니다!
걱정은 하지 마세요! 아무 대가도 치를 필요 없으니까요! 당신은 짧은 인생 중 달콤한 순간만 즐기면 됩니다!
링크: 666.13.666]

보면 볼수록 이런 걸 누른 백아윤이 이해되지 않는 수상한 문자.

반장은 요즘 애들을 이해하지 못하겠다고 생각하고, 최재민은 백아윤을 흘겨보던 그때.

이연우는 핸드폰에서 본능적으로 시선을 떼고, 백아윤이 걸어온 길을 바라보았다. 그곳에는 두 명이 있었다. 수상한 느낌을 물씬 풍기며 걸어오는 두 명이.

"여기 어디쯤일 텐데…"

혼자 중얼거리는 왜소한 체격의 남자. 무기력한 느낌이 얼굴을 가득 채워 창백했다.

그리고…

낄낄낄.

큰 키에 구릿빛 피부를 하고 트레이닝복에 군복 상의를 걸친 남자가 핸드폰을 보며 낄낄 웃었다.

다음 순간, 왜소한 남자가 백아윤을 보며 말했다.

"아, 찾았다."

반장이 슬그머니 핸드폰을 내렸다. 그는 눈살을 찌푸리며, 왜소한 남자와 키 큰 남자를 보았다.

"…누구쇼?"

"아아, 회사 사람인가… 내가 늦었네… 엄청 빨리 움직였는데…"

왜소한 남자가 침울하게 중얼거리며, 백아윤에게서 반장으로 천천히 시선을 옮겼다. 생선 눈깔처럼 탁한 눈과 그 눈빛만큼이나 죽은 목소리.

"악마 숭배자인데… 악마 소환한 사람 데리러 왔어요. 괜찮으면, 그 소녀만 데려가도 될까요…?"

"하하, 될 리가 있나."

"제물로 쓰겠다고 데려가는 게 아닌데요. 악마 숭배자로 교육만 하려는 건데… 저랑 다툴 일이 아니지 않을까요…?"

탁한 눈이 다시 백아윤에게 향했다. 소녀를 원하는 눈.

최재민이 대각선으로 한 걸음 나아가, 그 시선으로부터 겁먹은 백아윤을 가렸다. 최재민의 시선은 왜소한 남자의 머리 위를 향했다.

"느그 부모님이…"

"아, 패륜적인 욕설은 너무한데… 그런데 제 부모님도 악마 숭배자 맞아요. 저도 배운 대로 하는 거 맞고요."

"어…"

담담한 말. 최재민은 입을 벙긋거리다가, 목표를 바꿔 키 큰 남자를 보았다. 여전히 핸드폰을 보며 낄낄 웃는 남자의 머리 위는 공란. 비었다.

최재민이 작게 중얼거렸다.

“저, 군복 상의 입은 거 이상이에요. 부모가 없어요.”

“악마겠지. 무슨 악마인지가 문제인데.”

반장은 한 손에 든 성수와 드릴을 힐끔 내려다보았다. 나태의 악마는 이미 특성을 알고 있었다. 그에 맞춰 최소한의 무장만 했다. 정체를 알 수 없는 이상 개체를 상대하기에는…

그렇게 느슨한 긴장이 그들 사이를 흐를 때.

왜소한 악마 숭배자가 말했다.

“싸우기는 싫은데. 어쩔 수 없죠… 악마님. 부탁드려요.”

“안 되지.”

“아, 또 왜요… 핸드폰도 드렸잖아요.”

악마라 불린 남자가 핸드폰을 보며 건성건성 대답했다.

“악마에게 명령하려면 뭘 해야 한다? 진짜 이름부터 외쳐야 한다.”

“아, 진짜… 이름에 별 의미도 없으면서…”

이름.

그 이름을 알면 어떤 악마인지, 어떤 특성을 지녔는지 짐작할 수 있다. 짐작하면 수월하게 대응할 수 있다. 반장과 이연우가 한마디도 놓치지 않기 위해 귀를 쫑긋 세웠다.

악마 숭배자는 그들을 보고 부끄럽다는 듯 민망하게 얼굴을 붉혔다.

"싫은데… 아, 불러드릴게요. 이…"

그러고는 눈을 딱 감고 작게 중얼거렸다.

"이름을바꾸는건너무재미있어 악마님… 빨리 해치워주세요."

낄낄낄.

악마가 웃었다. 악마가 손가락으로 반장을 가리켰다.

"새끼… 사고!"

그러자 아파트 꼭대기 층에서 화분이 떨어졌다. 화분은 갑자기 불어온 강풍을 타고 완만한 곡선을 그리며 떨어져, 그대로 반장의 머리를 강타했다.

부조리한 현실이 그들을 덮쳤다.

30

순식간에 일어난 사고였다.

산산이 조각나 비산하는 화분과 흙더미.

화분 조각과 흙더미를 뒤집어쓴 반장이 머리에서 피를 줄줄 흘리며, 비틀거리다 주저앉았다. 뇌가 흔들렸는지 어지럼증이 몰려왔다. 당장이라도 멀어지려는 의식을 반장은 붙잡았다.

'사고? 이름이 의미 없어? 부조리? 씨벌, 염병. 답이 없다.'

도망이 답이었다. 부끄러운 일도, 의무를 외면하는 일도 아니었다.

나태의 악마도 직접 처리할 필요가 없었는데, 애가 퍼렇게 질려서 달려온 꼴이 안타까워서, 그리고 이연우를 관찰하기 위해서 나섰을 뿐.

'자리를 피하고 상부에 보고한다. 알아서 학생도 보호하고 악마도 처리하겠지.'

당장 저 악마로부터 무사히 도망칠 수 있느냐는 가장 큰 문제가 남았지만, 반장은 걱정하지 않았다.

조사원의 제일가는 능력은 도망치는 것이며, 반장은 자신이 있었으니까.

짧은 순간, 흘러내린 피가 눈으로 들어가기도 전에 판단을 마치고 행동으로 옮겼다.

드르륵.

반장은 힘이 풀린 손아귀로 전동 드릴과 소주병을 밀어냈다. 전동 드릴이 던져지다시피 땅바닥으로 미끄러졌고, 소주병은 느릿하게 굴렀다.

동시에 백아윤의 핸드폰을 부여잡은 손이 경련하며, 손가락이 핸드폰 화면을 연속해서 두드렸다.

손가락 끝에 있는 것은 악마 소환 링크.

소환, 소환, 소환.

촤아악!

핸드폰 화면에서 회색 물줄기가 솟구치더니, 세 갈래로 나뉘어 인간 형상의 회색 점토가 되었다. 회색 점토는 곧 색을 띠며 반장으로 조형되었다.

갑작스러운 사고에 조사반의 누구도 대응하지 못했을 때, 반장은 외쳤다.

"후퇴!"

"예, 예? 어디로요?"

"아무 곳이나! 회사에서 빨리 찾아올 수 있는 장소로!"

반장 다음으로 상황을 이해하고 움직인 사람은 이연우였다. 이연우는 속으로 연신 욕을 내뱉으며, 냅다 아파트 정문으로 내달렸다.

'그럼 그렇지! 일이 쉽게 끝날 리가!'

"뛰어!"

다음으로 최재민이 백아윤의 팔을 붙잡고, 끌고 가다시피 하며 이연우를 뒤쫓아 달렸다. 최재민과 백아윤은 순식간에 이연우를 추월했다.

"저, 저."

한 명도 반장을 챙기는 사람이 없었다. 조사원의 본분에 충실하다고 해야 할지.

마지막으로 남은 반장은 한숨을 쉬고서는 우두커니 서 있는 나태의 악마 하나에게 자기 핸드폰을 꺼내 던졌다.

"회사로 연락해."

"알아, 인마."

핸드폰을 낚아챈 나태의 악마는 익숙하게 핸드폰의 지문인식을 해제하고, 전화번호를 누르기 시작했다.

다른 두 나태의 악마는 각각 바닥에 떨어진 전동 드릴과 소주병을 들어 꽉 쥐었다.

똑같이 생긴 반장이 넷. 말없이 악마를 노려보는 나태의 악마가 셋.

부조리의 악마는 얼굴을 흉신악살처럼 일그러뜨렸다. 당장 두꺼운 손가락을 뻗었다.

"나태종 따위가 감히…!"

"잠깐만요, 부조리의 악마님."

악마 숭배자가 악마의 손가락을 붙잡아 다시 내렸다. 악마 숭배자는 반장을 보고 말했다.

머리에 피를 질질 흘리며, 주변의 자동차 따위에 손을 짚어가면서 일어나는 진짜 반장을 향해.

"저기요… 다시 생각해보세요. 저희가 굳이 이렇게 싸울 필요가 있을까요…?"

"어, 좆이나 까."

"이왕 악마를 소환하셨으니, 당신도 악마 숭배자가 되는 건 어때요…? 그 소녀랑 같이요."

"이건 뭐 하는 새끼야."

간신히 몸을 일으킨 반장이 황당한 눈으로 악마 숭배자를 보았다. 악마 숭배자는 여전히 무기력한 목소리로 반장에게 말했다.

"저희도 귀가 있어요… 요즘 회사가 예전 같지 않다면서요. 사람은 줄어드는데 그만큼 안 뽑고, 지원도 어영부영하고… 그런데 굳이 몸 축내가면서 일할 필요가 있나요?"

반장은 뭐라 대화를 이어가려고 했다. 어찌 되었든 시간은 끌수록 좋으니까.

하지만 핸드폰을 쥔 나태의 악마가 통화하는 소리가 먼저 들려왔다.

"어. 조사반 반장이야. 여기 행복아파트인데, 악마 나왔다. 당연히 상평시지, 인마. 숭배자도 있고, 한 쌍이야. 그리고…"

파직. 펑!

돌연, 핸드폰이 터졌다. 스파크와 불꽃. 핸드폰을 쥔 나태의 악마 얼굴 반쪽과 손바닥이 화상과 폭발로 흉하게 망가졌다. 나태의 악마는 멀쩡한 눈으로 부조리의 악마가 뻗은 손가락을 보았다.

부조리의 악마가 손가락을 거두었다.

"새끼… 전자 기기를 써?"

부조리의 악마는 부조리한 현실을, 개연성 없는 결과를, 극단적으로 낮은 확률의 불행을 이끌어내는 이상.

그가 원한다면 갑자기 누군가 교통사고를 당할 수도 있고, 아이가 베란다 밖으로 떨어뜨린 벽돌에 맞을 수도 있고, 돌연 심장마비를 일으켜 죽을 수도 있다. 핸드폰 폭발도 마찬가지.

부조리의 악마와 계약한 악마 숭배자가 느긋하게 마지막으로 물었다.

"싫으면 죽으셔야 하는데… 어떻게 하실래요? 악마 숭배자 생활도 제법 재밌어요. 재밌는 악마님도 많고요."

말 같지도 않은 소리.

반장은 슬금슬금 물러섰다. 얼굴이 망가진 반장이 진짜 반장을 가렸고, 전동 드릴과 소주병을 든 반장들이 두 갈래로 나뉘어 나아갔다.

몸을 숨긴 진짜 반장이 말했다.

"그딴 짓을 할 거면 진작 했지."

오래도록 조사원으로 근무하며, 적대 집단도 제법 많이 봤다. 회사에 실망한 날도 많았으며, 때로는 다 때려치우고 싶은 날도 있었다.

그런데도 적대 집단으로 넘어가지 않고, 또 기억 소거제를 마시지 않고 남은 이유는 딱히 없었다. 그냥 살다 보니 그렇게 살았고, 앞으로도 그렇게 살겠지.

"…"

진짜 반장이 아파트 주차장의 자동차 사이로 몸을 피했다. 보아하니, 악마의 손가락질만 피하면 어떻게든 될 것 같았다.

동시에 남은 세 명의 반장이 악마 숭배자와 부조리의 악마를 향해 몸을 던졌다.

순식간에 그들에게 육박했다.

위이이잉!

맹렬하게 회전하는 드릴이 악마 숭배자의 심장을 도려내려는 순간, 부조리의 악마가 손을 뻗어 드릴과 심장 사이에 손을 끼워 넣었다.

"새끼… 빠져가지고."

콰직!

악마 숭배자의 심장 대신 악마의 손바닥을 관통한 드릴. 드릴은 부조리의 악마 손가락에 붙잡혀 뒤틀렸다. 심각한 고장이 난 것처럼 드릴이 휘고, 배터리가 혼자 떨어져 나가 바닥을 굴렀다.

"…"

동시에 부조리의 악마가 얼굴이 망가진 반장을 노려보았다. 지옥 불처럼 타오르는 눈빛. 얼굴이 망가진 반장이 심장을 움켜잡고 앞으로 엎어졌다. 심장마비였다.

그동안 부조리의 악마 앞까지 접근한, 손을 힘껏 치켜든 반장이 소주병을 내리쳤다.

"뒈져라!"

와장창!

주르륵.

부조리의 악마가 천천히 눈동자를 돌렸다. 소주병을 내리친 반장과 머리를 맞은 부조리의 악마가 시선을 교환했다.

"염병…"

깨진 소주병. 유리 가루와 성수를 뒤집어썼는데도, 부조리의 악마는 멀쩡했다. 부조리의 악마의 눈이 깎아낸 손톱처럼 곡선을 그리며 휘었다.

"성수? 안 통하지."

이름도, 성수도 무의미한 악마.

부조리의 악마가 머리에서 흐르는 피와 성수를 손가락으

로 찍은 뒤, 혓바닥으로 그것을 날름 핥았다. 그러고는, 성수가 묻은 손가락으로 깨진 소주병을 쥐고 있는 반장의 이마를 꾹 짓눌렀다.

치이익.

성수가 나태의 악마 피부를 태웠다. 부조리의 악마는 손톱을 세워 반장의 이마에 십자 모양 자국을 찍으며 말했다.

"넌 뇌출혈로 하자."

퍽!

머릿속에서 뭔가 터지고 끊어지는 소리가 났다. 나태의 악마는 그대로 쓰러지며 회색 점토가 되었다. 심장이 멎은 악마도 마찬가지.

이제 남은 나태의 악마는 하나.

망가진 드릴을 포기하고, 악마 숭배자를 쥐어패고 있는 반장.

퍽! 퍽! 퍽!

마운트포지션을 잡고, 주먹에 체중을 실어 가차 없이 악마 숭배자의 얼굴을 내리쳤다. 큼직한 주먹이 악마 숭배자의 얼굴을 짓뭉갰다. 악마 숭배자는 얼굴을 가리지도 못하고 얻어맞으며, 무기력한 신음만 흘렸다.

"아, 아, 악마님, 빨리…"

"나약한 새끼…"

부조리의 악마가 손바닥에 꽂힌 드릴을 뽑아, 마지막 남은 나태의 악마를 향해 휙 던졌다. 드릴로 뒤통수를 맞기 무섭게 몸에 무슨 일이 일어났는지, 반장 형상을 한 나태의 악마가 그대로 숨이 끊어졌다.

풀썩.

흐물흐물.

졸지에 회색 점토를 뒤집어쓴 악마 숭배자는 누운 상태로 회색 점토를 털어냈다. 회색 점토가 페인트처럼 흘러내렸다. 악마 숭배자는 점토가 잔뜩 묻은 손을 들어 올렸다.

"아야야… 아파라… 악마님, 머리 다치셨으니까 바르시죠…?"

악마는 회색 점토를 포션처럼 쓸 수 있기에.

머리가 깨지고 손바닥에 구멍이 뚫린 부조리의 악마는 악마 숭배자의 옆에 쪼그려 앉아, 회색 점토를 상처에 발랐다. 살점을 떼어다 붙인 것처럼 상처가 아물었다.

투덜거리는 목소리가 나왔다.

"하찮은 새끼들… 먹잇감에 불과한 놈들이 어디 감히 하늘 같은 대악마한테."

"아아… 그보다 어쩌죠…? 다 놓쳤는데…"

악마 숭배자가 얼굴을 움켜쥐고 상체를 일으켰다. 부어오르고, 멍이 들고, 찢어진 상처가 가득한 얼굴. 퉁퉁 부어 한껏 좁아진 시야로 주변을 둘러보았다.

시간이 적지 않게 흘렀다.

완연한 저녁이 된 아파트 단지. 베란다 창문으로 이곳을 엿보는 머리가 여럿. 퇴근하다가 깜짝 놀라 숨은 사람도 제법 있었다. 그들을 주시하며 기억하는 전자 기기의 눈까지.

하지만 어디에도 악마를 소환한 회사 사람은 물론이고, 그 소녀마저 보이지 않았다.

왜소한 악마 숭배자는 미련 없이 자리에서 일어났다.

"포기하죠… 이미 다 보고됐을 텐데, 크게 싸우기 전에 가요…"

"이대로 가겠다고?"

"괜히 회사의 악마 사냥꾼이나, 교황청 구마 사제랑 싸울 필요는 없잖아요…"

부조리의 악마는 잠깐 입을 다물었다. 이대로 물러선다는 게 썩 마음에 들지는 않았지만, 날개 달린 것을 부를 수도 있는 구마 사제와 마주치기는 더 싫었다.

결국, 핸드폰을 꺼내 현실에 넘쳐나는 부조리한 이야기나 다시 보기 시작했다.

암묵적인 동의.

악마 숭배자는 얼굴을 살살 문지르면서 아파트 후문으로 걸음을 옮기다가, 설렁설렁 뒤따라오는 악마에게 부탁했다.

"그래도 그냥 물러서긴 조금 그러니까, 방금 본 회사 사람들한테 저주만 한번 걸어주세요. 그러니까, 이름을바꾸는건 너무…"

"방금 이름 바꿨다."

"또요…? 이번에는 뭐로… 아니, 됐어요. 그냥 해주세요."

"새끼…"

악마가 핸드폰을 보던 고개를 조금 위로 들고, 짧게 말했다.

"됐다."

반장과 이연우와 최재민에게 저주가 내렸다. 불운한 사고를 당하는 저주가.

악마 숭배자와 악마는 느릿한 걸음으로 아파트 후문을 지나, 주택가의 어둑한 골목길로 접어들었다.

"다른 악마 숭배 예정자 있으니까, 그곳으로 가요…"

그렇게 그들은 다시 도시의 어둠 속으로 숨어들었다. 겁도 없이 악마를 소환한 사람을 찾아서 그들을 악마자치구로 데려가 훌륭한 악마 숭배자로 만들기 위해.

부조리의 악마가 낄낄 웃는 소리가 허공을 맴돌다가 잦아들었다.

허억. 흐윽.

심장이 터질 것만 같았다. 쉬지도 않고 내달려 큰길로 나온 이연우는 숨을 몰아쉬며 계속해서 달렸다.

사고를 일으키는 걸로 추정되는 악마로부터 조금이라도 멀어지기 위해.

그 순간이었다.

데구르르.

갑자기 주사위가 혼자 구르더니…

성공!

뭘 성공했는지 알 수 없는 결과를 내보였다.

'…뭐지?'

이연우가 걸음을 멈추고, 정신 한편의 주사위를 진득하게 살폈다. 그리고 두 눈으로 저 멀리 횡단보도를 건너 달려가는 최재민 또한 보았다.

우당탕.

크게 넘어져, 얼굴을 바닥에 찧는 최재민을.

31

부조리의 악마와 마주한 지 한 시간이 지났다.

조사반 세 명과 백아윤은 행복아파트로 돌아왔다. 회사의 악마 사냥꾼과 뒷수습 전문 인력, 그리고 교황청 소속 구마 사제를 데리고.

"어, 여기야."

반장이 붕대를 둘둘 감은 머리로 어느 한 곳을 가리켰다.

악마 숭배자와 마주쳤던 1층 현관.

싸움의 흔적이라고는 흩뿌려진 화분 조각과 흙더미, 깨진 소주병과 망가진 드릴 뿐이었다. 회색 점토는 전부 증발하여 사라졌다.

그런데도 검은 사제복을 입은 신부는 십자가를 매만지며 눈을 감았다. 살짝 찡그린 콧등.

"지독한 악마 냄새… 아주 진동을 합니다. 잡스러운 지옥

것이 셋, 수준이 다른 것이 하나."

"추적할 수 있습니까?"

검은 정장을 입은 악마 사냥꾼이 첼로 케이스를 고쳐 메며 물었다. 신부는 고개를 저었다.

"부자연스럽게 사라지고 있습니다. 사악한 힘으로 흔적을 지우는 거겠죠. 힘들겠습니다."

"…"

악마를 추적하지 못하리란 말.

악마 사냥꾼은 망설임 없이 몸을 돌려 돌아갔다. 싸우지 않는다면 여기 있을 이유가 없었다. 언젠가 회사에서 악마를 포착하는 날, 그가 다시 나설 것이다. 악마를 죽이기 위해.

혼자 가로등 너머로 멀어지는 악마 사냥꾼을 뒤로하고, 신부는 백아윤을 보았다.

"악마가 물러났으나, 또 찾아올지 모를 일입니다. 학생은 당분간 사제관에서 지내지요."

"그게… 부모님께 여쭤봐야 하는데요."

악마를 본 후 완전히 겁을 먹고 안색이 창백해진 백아윤이 시선을 내리깔았다.

신부는 개의치 않았다.

"부모님께는 제가 연락해보겠습니다. 템플스테이처럼 성당에서 머무는 활동을 한다고 말하면 들어주시지 않겠습니까? 이왕이면 친구나 부모님도 함께요."

"네에…"

"성경 공부도 하고, 봉사 시간도 채우고. 학생은 무엇보다 악마를 조심해야 하는 이유를 배우고요. 부모님께는 지금 연락하죠."

신부가 백아윤을 데리고 구석으로 갔다. 신부는 백아윤에게 부모님의 번호를 듣고는, 핸드폰을 귀에 붙였다.

"예, 안녕하십니까. 백아윤 학생 부모님 맞으시죠? 아뇨, 문제 때문이 아니라…"

남은 사람은 조사반의 세 명과 회사의 뒷수습 전문 인력.

어디서나 볼 수 있는 인상의 아저씨가 갑자기 반장의 등을 툭 쳤다.

"어이, 홍 반장. 한 푸닥거리 했나 봐? 머리가 깨졌어?"

"어어이. 이 팀장. 잔말 말고 뒤처리나 해."

"아, 그거…"

이 팀장이라 불린 아저씨가 애매한 표정을 짓는 순간, 치직하고 아파트의 스피커가 일제히 울렸다.

- 아, 아. 관리사무소에서 안내 방송 드립니다. 금일 저녁, 101동 현관에서 있었던 일에 대해 안내해드립니다. 해당 사건은 동영상 촬영 중 연출된 일로, 주민 여러분께서는 이에 대해 참고해주시기 바랍니다.

스피커 소리가 멎었다. 정적이 내려앉은 아파트 단지. 이 팀장은 주머니에서 담배를 꺼내 물고는 주변 눈치를 살핀 다음

불을 붙였다.

반장이 이 팀장을 노려봤다.

"이 팀장? 일 대충 하지? 이게 최선이야? 이러고도 담배가 빨려?"

"나한테 뭐라 하지 말어. 요즘 회사 지침이 이 지랄인데 내가 뭐 어쩌냐."

이 팀장은 담배를 깊이 빨아들인 다음, 푸우 연기를 내뿜었다. 반장 또한 담배를 꺼내며, 일단 이 팀장의 말을 들었다. 이 팀장의 하소연이 이어졌다.

"다소 노출돼도 상관없으니까 회사 자원 최대한 아끼라는데, 뭐 어째. 그 뭐야, 얼마 전에 항구였나? 그 정도 수준 아니면 다 대충대충이야."

"윗대가리들이 미쳤나."

반장은 라이터의 불을 담배에 대다 말고, 욕부터 뱉었다. 상식적으로 이해가 안 갔으니까.

이런 노출이 하나둘 쌓이면 이상이 일상이 된다. 일상이 된 이상은 회사도 막을 방도가 없다. 이러다가 이상이 전면적으로 공개되는 사태라도 터지면…

이 팀장은 담배를 털며, 흩날리는 담뱃재를 보았다.

"모르겠다, 나도. 윗대가리들이 정신을 어디에다가 팔아먹었는지. 나 때는 말이야, 이러지 않았어."

담배가 조금씩 타올랐다.

"정부에서 총기만은 절대 안 된다는 거, 어떻게 협상해서 특전대도 만들고. 사원한테 지원이고 복지고 빵빵하게 해주고. 그런데 요즘 꼬락서니 좀 봐라."

말하다 보니 화가 났을까. 이 팀장이 고개를 퍼뜩 쳐들고는 울분을 토하기 시작했다. 담배를 쥔 손이 마구 흔들리며, 담뱃재를 흩뿌렸다.

"있던 복지도 줄이고, 사람은 줄어드는데 뽑지는 않고, 이제는 은폐 작업도 가라 치라 하고. 딴 놈들 말 들어보면 지원도 개판으로 한다던데, 이 새끼들은 도대체 뭔 생각을…"

"어이, 담배."

"어? 앗, 뜨거워!"

필터까지 기어오른 불씨가 손가락에 닿았다. 이 팀장은 화들짝 놀라 담배꽁초를 던졌다. 바닥을 구르는 담배꽁초.

이 팀장은 맥이 풀린 듯, 꽁초를 밟아 끄며 말을 마무리했다.

"하여튼, 슬슬 퇴직할 때가 온 건가 싶다."

"그만두면 뭐 해서 먹고살게?"

반장이 이제야 담배에 불을 붙이며 묻자, 이 팀장은 고개를 저었다.

"모을 만큼 모았다. 남은 인생 즐기다 가면 되지 않겠냐. 홍반장. 너도 그만둬."

"지랄."

"몸 상해가면서 일해서 뭐가 남냐. 열정만으로 움직이기에는 너나 나나, 짬은 토할 만큼 먹었어."

"이 팀장아. 신입 듣는다."

반장의 눈짓에 이 팀장이 시선을 옮겼다. 구석에 우두커니 서 있는 최재민과 이연우. 최재민의 반창고를 붙인 얼굴과 이연우의 지친 얼굴.

이 팀장은 잘됐다며 말을 멈추지 않았다.

"그래도 조사반이라고 인원을 뽑긴 했네. 신입들아, 들어봐라. 예전이면 모르겠는데, 요즘 회사는…"

"또또… 헛소리하지?"

"쓥. 다 피가 되고 살이 되는 충고인데."

이 팀장은 심통 난 얼굴로 주머니에 손을 꽂고는, 털레털레 걷기 시작했다.

"홍 반장아. 난 간다. 다음에 볼 수 있으면 보자."

"진짜 이대로 간다고? 수습이 이게 끝이야?"

"으이. 고생해라."

이 팀장이 저 멀리 사라졌다. 반장은 그 뒷모습을 보다가, 슬쩍 최재민과 이연우를 보았다. 이 팀장의 말을 귀 기울여 들은 듯이, 걱정을 한가득 품은 기색.

반장은 헛기침한 후, 수습에 나섰다.

"학생아, 신입아. 너무 귀담아듣지는 말고. 원래 불만이 많은 사람이야."

"아, 네. 그런데 반장님, 저분 말이 진짜면 회사에 문제 있는 거 아니에요?"

최재민이 천진난만하게 물었다. 반장은 말문이 턱 막혀, 담배만 계속 빨다가 늦게 답했다.

"아냐. 그거 뭐야. 회사가 다른 곳에 집중하면 가끔 이래."

"정말요?"

"학생아, 네가 회사에 대해 뭘 아냐. 아무튼, 내 말이 맞아."

"아닌 거 같은데…"

반장이 다 피운 담배와 이 팀장이 버린 꽁초를 주워, 주변에 놓인 재떨이에 버렸다. 최재민과 이연우도 슬슬 떠날 준비를 했다.

반장이 말했다.

"학생은 이 아파트 살고. 신입아, 어디 사냐? 태워줄게."

"시내에 있는 고시텔입니다."

"아직도 고시텔에 산다고?"

"안 그래도 이사할 생각이었습니다. 이번에 마침 월세 보증금이랑 이것저것 살 돈이 다 모였거든요."

이연우가 뿌듯하게 말했다. 두 달 동안 월급을 모았더니, 괜찮은 월셋방으로 옮길 수 있을 것 같았다. 오류를 진정시킨 실적을 인정받아 추가로 포상금도 나올 예정이었다.

하나하나 떠올려보면 힘든 시간이었지만, 제법 성취감이 들었다.

반장은 선선히 이연우를 축하했다.

"네가 고생한 만큼 번 거지. 아무튼, 축하한다."

"감사합니다."

"와, 부럽다. 형, 나중에 놀러 가도 돼요?"

"나중에."

그런 대화를 마친 후, 그들은 서로 손을 흔들며 작별 인사를 했다.

"반장님, 연우 형, 조심해서 들어가세요."

"오냐, 너도 조심하고."

말없이 손을 흔드는 이연우. 최재민은 신부와 함께 있는 백아윤에게 갔고, 이연우는 반장의 차를 탔다.

내비게이션을 확인한 반장이 말했다.

"고시텔… 가는 데 조금 걸리겠구먼."

반장이 액셀을 밟았다. 차가 아파트 주차장을 벗어나, 한적한 도로를 달렸다. 반장은 백미러로 이연우를 보았다.

머리가 복잡했다. 반장은 좀처럼 운전에 집중하지 못했다.

퇴사하겠다는 이 팀장도 그랬고, 운영을 개판으로 하는 회사도 그랬고. 무엇보다 이연우도 그랬다.

"…"

반장이 백미러를 보았다. 이연우는 핸드폰을 보고 있었다. 뭐 재밌는 걸 보는지 미세하게 웃으면서. 미소 아래로 가시지 않는 짙은 피로. 더도 말고 덜도 말고 신입다운 얼굴이었다.

가슴에 돌을 얹은 것처럼 무거웠다. 아래 직원을 의심해야 하는 상황 자체가 불편했다.

하지만…

'이쯤이면 의심을 안 하는 게 이상하지…'

반장이 본 이력서. 직접 보고 들은 사건.

인간자격시험은 넘어가더라도, 연수 중에 격리 실패가 일어났고, 적대 집단이 습격해 왔다. 첫 출근에서는 이상을 발견했고, 차출되어 나간 현장에서는 멸망주의자의 습격을 받아 오류가 확산되기까지 했다.

'오늘은 악마 숭배자와 대악마가 오기까지 했고.'

우연이 연속되면 이상異常이다.

반장은 조사원으로서 이연우를 의심했다.

그리고 의심은 빠르게 풀어야 하는 법.

"크흠. 흠."

헛기침. 이연우가 핸드폰에서 눈을 떼고, 반장의 뒤통수를 보았다.

반장은 백미러로 슬쩍 이연우를 살피면서 직접적으로 말했다. 마침 괜찮은 구실도 있었다.

"신입아. 너 한번 검사받아보자."

"예?"

"너 무당 찾았었지 않냐. 오늘 악마 숭배자까지 마주친 걸 보니까, 조금 이상하긴 하다. 회사에서 정밀 검사 한번 받자."

"아."

이연우가 핸드폰 화면을 끄며, 잠시 창밖을 보았다. 눈동자가 불안하게 흔들렸다. 꾹 다문 입.

정밀 검사라는 단어가 풍기는 불온한 분위기가 꺼림칙한 걸까. 아니면 회사가 불편한 걸까. 그도 아니면, 이상이라?

반장은 추측을 멈추고, 설득을 시작했다.

"이상으로 판명될까 봐 걱정은 하지 말고. 어지간하면 내가 커버 칠 수 있어. 학생 봐라. 연구자들이 실험 도구로 쓰겠다는 걸 내가 데려온 거야."

"…받겠습니다."

이연우가 짧은 고민 끝에 검사를 받기로 했다. 반장은 저도 모르게 안도하며, 한 손으로 운전대를 쿵쿵 두들겼다.

"잘 생각했다. 검사라고 해도 별거 없어."

"그런데… 반장님."

"어? 왜?"

"검사받는 거, 이사만 마치고 해도 괜찮을까요?"

날짜까지 잡아놨는데 이사를 미루기는 많이 귀찮다는 이연우의 말에 반장은 별생각 없이 고개를 끄덕였다.

"이사한다고 했지, 참. 그러면 이사하고 검사받는 걸로 하자. 검사 결과 나올 때까지는 휴가로 처리하고."

"내일부터 출근하지 말라고요?"

이연우가 의문을 가지고 반장의 옆얼굴을 보았다. 하지만 반장으로서 해야 하는 당연한 대처였다.

"그래. 너는 이상을 끌어들이거나, 사고를 발생시키는 거 같은데… 아무래도 정확한 결과가 나올 때까지는 쉬는 게 맞아."

그런 이유라면야…

이연우가 납득한 얼굴로, 한편으로는 이미 자신을 이상으로 보는 반장이 불편한 얼굴로 핸드폰을 다시 켰다.

그의 머릿속에는 검사에 대한 생각이 떠돌았다.

그리고 이연우가 이사를 끝마치고, 회사 직원의 에스코트를 받으며 검사를 받으러 가는 날.

반장은 상부에서 연락을 받았다.

이연우가 실종되었다고.

애완인간

32

[위상학 개론]

…우리가 사는 우주만이 차원의 전부는 아닙니다. 우리 주변에는 인접한 다른 차원이 존재합니다.

(대충 다양한 차원을 묘사하는 그림)

악마로 분류된 이상 개체가 살아가는 지옥을 대표로, 저승의 존재와 알 수 없는 존재가 살고 알 수 없는 특성을 지닌 무수한 이차원들.

이러한 차원은 일반적으로 평행선처럼 우리의 세상과 조금의 연관도 없지만, 마법이라 불리는 특정한 상호작용법으로, 평행 차원에서 드리우는 그림자와 빛의 형태로, 또는 천문학적인 우연의 일치로 우리 세상과 교차하기도 합니다.

(세 개의 그림. 왼쪽부터 죽은 자와 대화하는 마법사, 고깃덩이로 변하는 농민, 요정의 세상에 떨어진 여행자가 있다.)

그리고 차원이 교차할 때면, 교차점의 운이 없는 사람은 이차원의 존재와 소통하거나, 이차원의 존재로 변화하거나, 때로는 아예 이차원으로 떠나기도 합니다.

이러한 차원에 관한 학문이 위상학이며…

단언컨대, 이연우는 사태가 이 지경이 되기를 바란 적이 단 한 번도 없었다. 그저 회사의 검사를 피하기를 바랐을 뿐이다.

거대한 세상, 풀잎이 가로수만큼 길게 자란 세상의 들판.

"미친 주사위 새끼야…"

쥐처럼 작은 이연우는 두 손바닥으로 얼굴을 부여잡으며, 조금 전의 과거를 떠올렸다.

이사는 금방 끝났다. 옮길 짐은 애초에 거의 없었다. 높게 쌓인 공무원 시험 교재는 버린 지 오래고, 개인 물품이랄 것도 딱히 없었으니까. 이연우의 차로 한 번에 옮길 수 있는 양.

짧은 시간에 끝난 이사.

햇볕이 잘 드는 복층 원룸.

휑하니 비었지만, 번 돈으로 사서 채우면 됐다. 공시생 탈출의 확실한 증거. 얼마나 보람차고 재밌을까.

"…"

하지만 원룸 가운데에 서 있는 이연우의 표정은 썩 좋지 않았다. 오히려 우중충했다. 회사에 정밀 검사를 받으러 갈 시간이 다가왔기 때문이다.

이연우는 발을 동동 굴렀다. 가만히 서 있지 못하고, 원룸을 빙글빙글 돌았다.

'아무리 생각해도 안 받는 게 맞는데…'

끼인 남자를 생각해보면 더욱 그랬다. 회사를 위해 목숨을 버린 다음에야 나아진 처우. 그 전에는 밥도 안 주고, 가둬두고 실험이나 했다지.

이상한 주사위를 품은 지금, 무슨 꼴을 당할지 걱정이 컸다. 최소한 감금일 거고, 이런저런 실험도 많이 당할 것 같았다. 무슨 이상인지 알아보겠다고 무슨 짓을 할지…

'실험을 반복하다 보면 위험한 일도 생길 텐데… 역시 검사는 안 하는 게 맞아.'

애초에 무당과 회사의 정밀 검사는 느낌이 아주 다르지 않나.

그렇게 결심했으나, 정밀 검사를 취소하는 것도 문제였다.

철퍼덕.

"아… 뭐라 말하지…"

이연우는 바닥에 앉아, 핸드폰을 들여다봤다. 그곳에는 두 개의 문자가 있었다.

검사 잘 받으라는 반장의 문자.

이상 검사과에서 온, 오늘 몇 시까지 데리러 오겠다는 문자.

"아아아!"

늘어지는 외침에 원룸이 진동했다. 이연우는 벌러덩 누워서 복층 원룸의 높은 천장을 노려보았다.

“그냥 안 받겠다고 하면, 빼도 박도 못하고 이상 가졌다고 자백하는 꼴인데.”

그렇다고 요령 좋게 이상 검사를 미룰 만한 말도 생각나지 않았다.

…그렇게 좋은 아이디어 없이 시간이 지났고, 전화가 왔다. 문자와 같은 번호, 이상 검사과. 이연우는 우울한 얼굴로 전화를 받았다.

“예, 맞습니다. 도착하셨다고요? 아… 네, 내려가겠습니다.”

이상 검사과에서 데리러 왔다.

이연우는 어기적어기적 일어나, 발뒤꿈치를 질질 끌며 원룸을 나갔다.

건물을 나가자마자 보인 것은 갓길에 주차한 승용차.

이상 검사과에서 나왔을 사람이 창문을 전부 내리고 이연우를 기다렸다. 그는 이미 이연우의 신상 정보를 받았는지, 이연우를 보고는 손을 들었다.

“여깁니다.”

“…”

이연우는 말없이 다가가서, 검사과의 사람과 창 너머로 보이는 차 내부를 보았다.

의사나 연구원보다는 전투원에 가까운 육체. 여차하면 제압할 생각인지, 삼단봉과 테이저건이 조수석에 놓여 있었다.

이연우는 고개를 푹 숙였다.

'데리러 온 거야, 체포하러 온 거야?'

벌써 느낌이 좋지 않았다. 이연우는 차 문을 향해 손을 뻗다가, 생각하고 말았다.

'아, 제발. 검사받기 싫은데. 어떻게든 피했으면…'

데구르르.

이연우가 고개를 들었다. 이연우의 거동을 주시하던 검사과의 직원과 눈이 마주쳤지만, 이연우의 정신은 구르기 시작한 주사위를 살피기 바빴다.

주사위가 멈췄다.

대성공!

그리고 세상이 변했다. 거대한 세상으로. 인간이 작고 약한 이차원으로.

"미친 주사위 새끼야… 돌려보내달라고…"

이연우가 울먹거리면서 말해도, 주사위는 묵묵부답이었다. 비슷한 안건으로 연속해서 사용하는 것은 불가능하다는 뜻일까. 이연우가 눈을 꾹 감으며 애써 눈물을 참았다.

'나는 검사를 피하고 싶다고 했지, 이런 이상한 세상으로 옮겨달라고 하지 않았다고…'

상황 파악은 어렵지 않았다.

나태의 악마를 소환한 채로 13일이 지나면 소환자가 지옥으로 가듯, 주사위가 이연우를 거대한 세상으로 옮겼다고.

이연우는 기껏해야 햄스터 크기며, 이곳은 햄스터 따위는 손쉽게 잡아먹는 생물이 무수한 세상이라고. 대형견처럼 크게 느껴지는 벌레의 무리와 비행기처럼 큰 새와 수많은 생물.

그야말로 생존을 장담할 수 없는 세계. 차라리 검사를 받고 마는 것이 나은 세계.

그때였다.

쿵! 쿵!

대지가 일정한 박자로 뒤흔들렸다. 이연우는 다급하게 나무만큼 커다란 풀잎을 껴안으며 다리를 고정하다가, 문득 고개를 들었다. 세상이 어두웠다.

구름이 태양을 가린 줄 알았다. 아니었다. 거인이었다. 거인이 그림자를 드리웠다.

쿵! 쿵!

대지를 흔들면서, 땅에 깊은 발자국을 내면서, 빌딩만큼 커다란 몸을 옮기면서.

거인의 거대한 발이 운석처럼 떨어지며, 이연우의 위로 짙은 어둠을 드리웠다. 점점 커지는 신발 밑창. 이연우의 체력으로 잠깐 달린다고 피할 크기가 아니었다. 이연우가 필사적인 비명을 질렀다.

"안 돼!"

"…응?"

멈칫, 거인의 발이 떨어지다 말고 허공에 멈췄다. 거대한 신발 밑창이 흙먼지를 후드득 떨어뜨리며 점점 멀어졌다.

이어, 한 발로 선 거인이 이연우를 내려다보았다.

"오. 인간이잖아?"

쿵!

거인은 들어 올린 발을 조심스럽게 내려놓고는, 쭈그려 앉았다. 멀리서 봐도 거대했던 얼굴이 충돌 직전의 운석처럼 거대하게 다가왔다. 주춤 물러서는 이연우.

동시에, 주사위가 다시 한번 굴렀다.

데구르르.

성공!

팔랑팔랑, 이연우의 인간 자격증이 옆으로 떨어져 내렸다.

물론 거인한테, 한 손가락만으로 이연우쯤은 짓눌러 죽일 수 있는 거인한테 온 신경을 집중하느라 이연우는 그것이 인간 자격증인지도 몰랐다.

거인이 조심스럽게 손톱으로 인간 자격증을 집어, 눈살을 잔뜩 찌푸리며 그것의 문장을 소리 내어 읽고서야 알았다.

"뭐라고 쓰여 있냐. 위 개체는 인간임을 증명합니다. 오."

거인이 손가락을 치우고, 이연우를 내려다봤다. 초승달처럼 휜 눈과 천둥 번개 같은 목소리.

"운이 좋군. 품종 인증서를 가진 인간이라니. 비싸게 팔 수 있겠어."

거대한 손이 느릿하게 뻗어 왔고, 생쥐 크기의 이연우는 어찌할 도리 없이 잡히고 말았다. 느슨하지만, 조금만 조이면 이연우를 터트려 죽일 듯한 강인한 힘이 느껴졌다.

흐으으. 흐윽.

이연우는 숨을 가늘게 내쉬며 눈을 감았다.

'인간 자격증은 왜… 아니, 그보다 대체 뭐 하는 세상인데…'

거대하기만 한 게 아니었다. 이연우는 다시 눈을 뜨고 입을 벌렸다. 혼신의 힘을 다한 고함.

"저기요! 여기는 어디고, 당신은…"

"오, 그래. 잉잉거리는 게 참 힘차구나. 내가 꼭 비싸게 팔아주마. 이래 봬도 잘나가는 애완인간 판매자거든."

거인은 인간 자격증을 주머니에 챙겨 넣고는, 툭 이연우의 머리를 쳤다. 목이 꺾일 듯이 머리가 흔들렸다.

하지만 고통보다는 애완인간이니 인간을 파니 하는 소리가 머리를 더 아프게 만들었다.

이연우는 거인의 걸음에 맞춰 몸을 뒤흔드는 진동과 거친 바람을 느끼며 속으로 절규했다.

'주사위 새끼야! 빨리 돌려보내달라고!'

거인은 들판을 지나, 어디까지나 이연우의 시선에서 거대한 성 같은 오두막, 거인에게는 그럭저럭 넓은 오두막으로 들어갔다.

거인은 오두막으로 들어가자마자, 쇠창살이 빽빽하게 꽂힌 우리를 꺼내 이연우를 집어넣었다. 좁은 원룸 크기의 우리에 들어간 이연우는 팔이며 다리를 주물럭거렸다.

꽉 붙잡혀서 이동하는 동안, 피가 안 통했다. 온몸이 저렸다.

"음, 음. 애들 밥부터 주고, 너는 조금 있다가 귀한 인간들 모아놓은 방으로 옮겨주마."

거인이 쿵쿵 바닥을 찍어가며 이동했다. 이연우는 냉정한 눈으로 거인을 살폈다. 잡혀 오는 동안 침착을 되찾았다.

'일단, 상황부터 정확히 파악하자.'

거인이 사는 거대한 세상으로 왔음은 알았다. 인간을 애완동물처럼 사고파는 세상인 것도, 거인은 인간의 말을 이해하지 못하고 짖는 소리 정도로 듣는다는 것도. 반대로 이연우는 거인의 말과 문자를 이해한다는 것도.

그래도 난생처음 겪는 세계, 보다 자세한 파악이 필요했다.

푸우욱!

거인이 큰 그릇을 들어, 컨테이너를 세워놓은 듯한 포대에서 동글동글한 사료를 퍼냈다.

거인은 콧노래를 흥얼거리며, 오두막 벽에 닭장처럼 쌓아놓은 우리로 갔다.

"밥 먹자, 상품들아."

그리고… 이연우는 보았다. 빼곡한 우리 속에 들어 있는 수많은 인간을. 그곳에 붙은 무수한 명패를.

[떨이! 인간 다섯을 하나 값에!]

[목줄까지 함께 드립니다!]

[가격은 문의해주시면 친절하게 답해드리겠습니다!]

[잡종. 수컷. 젊음. 건강함]

[잡종. 암컷. 늙음. 병약함]

[잡종. 수컷. 어림. 활발함]

[잡종… 암컷…]

[잡종… 얌전함…]

옷도 입지 못한 무수한 인간들이 우리 입구에 바짝 붙어 있었다. 거인이 우리 앞에 달린 밥그릇에 사료를 한 움큼씩 넣었다. 쇠창살 사이로 손을 뻗어, 사료를 주워 먹는 인간들.

이연우의 안색이 창백하게 질렸지만, 그건 시작에 불과했다.

"귀한 몸은 명품종 방으로 가자."

거인이 이연우의 우리를 들고 오두막 안쪽 방으로 갔다. 이리저리 흔들리는 우리 속에서, 이연우는 쇠창살을 붙잡고 또 다른 우리 속의 인간들과 시선을 마주했다.

끼이익.

방문이 열렸다.

33

끼이익!

명품관의 문이 열렸다.

문 너머에는 따듯한 빛을 뿌리는 벽난로와 고급스러운 원목 진열장이 벽을 장식하고 있었는데, 진열장에는 바깥보다 적은 숫자의 우리가 조금씩 거리를 두고 전시되듯 진열되어 있었다.

그 우리를 본 이연우는 헛숨을 들이켰다.

'인간? 저게?'

어떤 우리.

키가 비정상적으로 크고 뼈마디가 얇은 인간이 좁은 우리 안에서 몸을 웅크리고 있었다. 그 아래 붙은 명패.

[인간 품종개량 대회 큰 키 부문 1등상 수상]

그 옆의 우리.

길고 빽빽한 털을 지녀서 예티나 빅풋처럼 보이는 인간이

대자로 누워 숨을 헉헉댔다.

[인간 품종개량 대회 많은 털 부문 2등상 수상]

또 다른 우리.

보라색 피부를 지닌 인간이 피부를 벅벅 긁었다. 벗겨진 피부와 맺힌 핏방울.

[인간 품종개량 대회 자연적으로 있을 수 없는 피부색 부문 후보 선정]

그 외에도 이상한 생김새의 인간이 우리마다 하나씩 있었다. 머리 많은 인간 부문 수상, 가장 무거운 인간 부문 수상, 가장 가벼운 인간 부문 후보 선정 등등. 이연우가 멍하니 그들의 외형을 보고, 명패를 읽을 때였다.

후욱!

돌연 강해진 중력과 함께 시야가 위로 올라갔다. 정확히는 거인이 이연우의 우리를 갑자기 높이 들어 올렸다. 진열장의 빈자리를 쓱 훑어보며 거인이 중얼거렸다.

"마침 품종 인증서를 가진 인간이 하나 있으니, 그 옆에 두는 편이 좋겠군."

이왕이면 비슷한 테마의 상품을 모아두는 게 좋지 않겠냐며, 거인은 진열장 최상층에 이연우의 우리를 쿵 올려두었다.

그 충격에 휘청거리는 이연우를 뒤로하고, 거인이 명품관을 나갔다.

"너희 먹을 밥을 가져올 테니, 얌전히 기다리거라."

끼이익!

거대한 문이 닫혔다. 쿵쿵거리는 발소리가 멀어졌다. 인간의 숨소리만 들려오는 명품관.

이연우는 손을 뻗어 우리의 쇠창살부터 붙잡았다. 철컹철컹 흔들리는 쇠창살. 그 박자가 급하고 빨랐다.

'탈출! 탈출해야 해!'

인간을 멋대로 개량하고 개조하는 괴물에게 잡혀 왔다. 무슨 일을 당할지 알 수 없다. 이대로 가만히 있을 수는 없었다.

쇠창살을 밀어도 보고, 당겨도 보고, 그 틈으로 몸을 구겨 넣어도 보고. 하지만 엉성한 듯한 쇠창살은 꿈쩍도 안 했다.

'맨손으로 탈출은 힘든가…'

단단히 고정된 쇠창살. 이연우가 시선을 옮겼다. 어떤 도구나 우리의 취약한 지점이 있을까, 기대를 담아 우리를 훑어보는 시선.

그러다가 보았다.

바로 옆의 우리. 조금의 거리를 두고 떨어진 우리 안에 있는, 쇠창살에 매달려 좌우로 움직이는 인간을.

이연우가 입을 열었다.

"…저기, 제 말 들리세요? 이해되시나요?"

장발의 남자. 갈색 머리와 갈색 눈동자를 지닌 남자는 쇠창살을 붙잡고 기어올라 우리 천장을 찍더니 그 자리에서 폴짝 뛰어내렸다. 그가 말했다.

"네 말, 이해된다. 내 이름은 제임스 콩. 회사의 조사원이다."

품종 보증서, 그러니까 인간 자격증을 가졌다는 남자는 턱을 북북 긁으며 어색한 어조로 말했다. 이연우는 반색했다.

"아…!"

뭐 하는 세상인지 몰라도, 회사의 흔적을 보았다. 물론 해외 지사의 조사원이라는 남자도 잡혀 있기는 했지만.

쾅쾅!

이연우가 우리 바닥을 연달아 내리쳤다. 답답하다 못해 가슴이 터져버릴 것만 같았다. 흠집도 안 나는 바닥보다 저 인간이 더 갑갑했다.

"아니…! 어디 소속이시냐고요! 여기는 어디고요!"

"나, 모른다. 그냥 앞으로 계속 걸으라고 들었다."

"어디로 걸으라고 했는데요!"

"모른다. 길? 겹친다고 했다."

"아니…!"

어떻게 된 게, 같은 조사원이라는 사람한테 조금의 정보도 들을 수가 없었다. 혹시 일부러 저러나, 소속 지사가 다르다고 저러나, 이연우가 원망스러운 눈으로 노려보았지만, 제임스는 조금도 신경 쓰지 않았다.

원룸 크기의 우리를 빙빙 달리다가, 쇠창살을 붙잡고 상하좌우로 움직이다가, 혼잣말처럼 툭 뱉었을 뿐.

"바나나 먹고 싶다."

"아니… 저기요. 제발 대화 좀 합시다. 바나나가 중요한 게 아니잖아요. 우리 서로 위험한 상황이잖아요? 지금 사람이 막 개조되는 세상인데? 예?"

이연우의 절절한 목소리. 두 손으로 쇠창살을 붙잡고 제자리에서 콩콩 뛰어도 제임스는 고개를 저었다.

"안 위험하다. 너나 나는 여기 살 만하다. 그리고 나는 사람 아니었다. 우리 익숙하다."

"예…?"

이연우가 멍하니 고개를 들어 제임스를 보자, 제임스는 잠깐 이연우를 마주 보았다.

"나, 원숭이. 시험 보고 인간 됐다."

그러고는 다시 쇠창살을 붙잡고 움직이는 제임스.

이연우는 말을 잃었다. 새삼 제임스의 머리부터 발끝까지 훑어보았다. 쇠창살을 붙잡고 이동하는 근력을 빼면, 어떻게 봐도 인간이었다. 말도 마찬가지.

하지만 인간자격시험에 탈락한 인간이 짐승으로 인식되었던 걸 생각하면…

'합격자라고?'

원숭이지만 그 목소리와 행동을 인간으로 인식하게 만든 건 아닐까? 제임스를 본 거인이 이건 정품 인간이라고 확신할 수 있을 정도로 말이다.

인간 같지 않은 거인과 원숭이였던 인간과 자신.

'뭘 어떻게 해야…!'

이연우가 머리를 부여잡고 답이 보이지 않는 고민에 빠졌을 때였다.

끼이익!

문이 열리고, 거인이 돌아왔다.

거인은 도자기로 만들어진 큰 접시에 침 고이는 냄새를 풍기는 고깃덩이와 가위를 들고 왔다.

"밥 먹자!"

거인은 최상층의 제임스가 자리한 우리 앞에서부터 가위질을 시작했다. 싹둑, 싹둑. 잘게 잘라 먹기 좋은 크기로 썰린 고기가 우리 입구의 밥그릇에 떨어졌다.

이연우가 침을 꿀꺽 삼켰다.

마야르 반응을 훌륭하게 일으킨 갈색 고기. 군데군데 갈린 통후추가 박혀 있었다.

'맛있어 보이는데…?'

이연우가 저도 모르게 손바닥 크기의 살점 하나를 들어, 우리 안으로 가져왔다. 기름기가 뚝뚝 떨어졌다. 그걸 한 입 크게 무는 순간, 툭 터지는 육즙과 밑간한 소금과 후추의 맛과 향. 은은하게 입혀진 버터와 허브의 향까지.

귀한 몸이라고 식사까지 달랐다. 평소 대충 먹었던 세끼 식사보다 맛있었다. 이연우가 충격 속에서 기계처럼 고기를 씹었다. 이연우는 저도 모르게 생각했다.

'의외로 괜찮을지도…?'

거인이 다른 우리에도 고기를 썰어주며, 흐뭇하게 웃었다.

"잘 먹고, 비싸게 팔리거라."

이연우는 남은 고기를 허겁지겁 먹기 시작했다. 탈출이든 뭐든, 행동하려면 체력을 비축해야 한다는 이유였다.

결국, 탈출할 방도를 찾지 못하고, 제임스와 괜찮은 대화도 나누지 못하고 밤이 왔다. 달이 하늘의 중간을 지나, 슬슬 자정을 지나는 시간.

이연우는 눈을 감고 주사위에게 말했다.

'지구로! 제발!'

이 세상은 답이 없다. 식사가 훌륭해도, 결국은 인간을 멋대로 조작하는 괴물이 지배하는 세상. 지구로 돌아가는 편이 훨씬 낫다. 설령 회사의 의심을 받더라도.

데구르르.

이연우는 숨도 제대로 못 쉬고 결과를 기다렸고, 주사위가 멈췄다.

실패!

결국, 아무런 변화도 없이 좁은 원룸 크기의 우리에 남겨진 이연우. 그는 명상하듯 무릎 위에 손을 늘어뜨리고, 그대로 자리에 누웠다.

'같은 내용으로는 하루에 한 번? 오늘은 글렀다. 잠이나 자자.'

태아처럼 몸을 웅크렸다. 어쨌든 하루에 한 번, 탈출할 기회가 돌아온다. 사지 멀쩡하게, 어디 다치지 않고 건강하게 살아남는 것이 최우선 목적이었다.

벽난로의 불꽃에서 온기가 은은하게 퍼졌다.

날이 밝았다.

거인이 채소 따위에 드레싱을 버무린 샐러드를 아침 식사라고 나눠 줄 때, 이연우는 졸린 눈을 비비며 우리 입구로 나아갔다.

양상추, 양배추, 옥수수, 토마토, 닭가슴살 따위를 맛있는 소스와 비빈 샐러드가 잘게 잘려 있었다. 이연우는 닭가슴살과 옥수수만 빼 먹었고, 거인은 이연우의 우리를 툭 쳤다.

"편식하면 안 된다. 골고루 먹어야 건강하지."

이연우는 잠깐 씹던 입을 멈췄다.

'내가 진짜 애완동물인 줄 아나?'

거인과 똑같은 지능과 지성과 인격을 지닌 인간이었다. 흔한 들짐승과 같은 취급은…

거인이 말했다.

"오늘은 귀한 손님이 오시는데… 상태가 전체적으로 괜찮군. 잘 팔렸으면 좋겠는데."

이연우가 들고 있던 닭가슴살을 내려놓았다. 손에 잔뜩 묻은 소스를 차가운 물이 묻은 양상추 따위에 닦아냈다.

'손님… 팔리는 것보다는 여기 있는 게 낫나?'

입에 남은 고기를 삼킨 이연우가 고민했다.

이곳에 남는 편이 나을지, 어떻게든 팔려서 다른 곳으로 가는 편이 나을지.

'하루에 한 번, 지구로 돌아가기 위해 주사위를 굴릴 수 있어. 안전하게 시간을 버는 쪽이 낫고 아무래도 이곳이 안전하지.'

괜히 사람을 먹거나, 학대하거나, 버리거나, 죽이는 거인에게 팔려 가기라도 하면 답이 없었다. 주사위에 대성공이 나타나기 전에 죽을 수도 있었다.

그렇게 판단을 내리기 무섭게, 거인이 나가서 손님을 데려왔다.

웅성웅성.

쿠쿵쿵쿵.

두꺼운 나무 벽을 뚫고 들려오는 말소리와 발걸음의 진동소리. 곧 문이 열렸고, 판매자인 거인과 손님인 거인 가족이 들어왔다.

아빠 거인, 엄마 거인, 아들 거인, 딸 거인.

명품관으로 들어온 자식들이 눈과 입을 크게 벌리고 외쳤다.

"와! 이거 봐! 신기하게 생겼어!"

"엄청 복슬복슬해 보여!"

어른 거인보다는 작지만, 여전히 거대한 거인 아이 둘이 우리에 바짝 다가갔다. 창틀 사이로 들이미는 큼직한 눈동자. 손가락을 우리 안에 밀어 넣어 인간을 툭툭 쳤다.

이연우는 슬금슬금 물러나 우리 뒤쪽의 구석으로 몸을 숨겼다.

아빠 거인과 엄마 거인은 자식을 말리는 시늉만 하며, 판매자인 거인에게 말을 걸었다.

"품종 인증을 받은 인간이 있다고요?"

"둘이나 있습니다."

"호, 수컷은 있습니까?"

"그럼요. 둘 다 수컷입니다. 보시겠습니까?"

"어디 봅시다."

철컹.

거인은 제임스와 이연우의 우리를 붙잡아 꺼냈다. 제임스와 이연우는 서로 다른 자세로 창살을 붙잡고 균형을 잡았다. 그리고 아빠 거인과 엄마 거인의 시선을 받았다. 상품을 보듯 살피는 눈.

아빠 거인이 제임스와 이연우를 번갈아 보고는, 턱을 쓰다듬으며 물었다.

"혹시 중성화했습니까?"

34

'…중성화? 뭐? 안 돼!'

이연우가 기겁하며 주사위부터 찾으려고 할 때였다. 이연우만큼이나 놀란 판매자 거인이 얼른 고개를 내저었다. 목소리도 커졌다.

"설마요! 귀한 정품 인간 아닙니까. 번식시켜야 하는데, 중성화는 말도 안 되죠."

"그래서 물어본 겁니다. 품종 보증서를 가진 인간의 새끼가 비싸게 팔린다고 들어서요."

아빠 거인은 투자 상품을 보듯 냉정한 눈으로 제임스와 이연우를 가늠했다. 엄마 거인이 옆에서 말을 거들었다.

"우리가 인간 암컷 한 마리를 키우는데, 둘 사이에서 나온 새끼면 얼마에 팔릴까요?"

"혈통서가 따로 있습니까?"

"없어요. 혹시 그러면 가격이 많이 떨어…"

돈이 오가는 대화가 이어졌다.

판매자는 이왕이면 품종서 있는 인간을 사서 번식시키라고, 새끼를 낳으면 자신이 혈통서를 써주겠다고, 최대한 많이 팔기 위한 말을 했다.

아빠 거인과 엄마 거인은 판매자의 말을 귀담아들으면서도, 적은 투자로 적당한 돈을 회수할 방법을 찾아 말했다.

신경이 곤두선 이연우가 그들의 대화를 조금도 놓치지 않고 주워들을 때였다.

"헤어질 때가 왔다. 우리 중 한 명은 팔린다."

제임스가 이연우 방향의 쇠창살에 매달리며 말을 걸었다. 이연우가 눈동자만 돌려 제임스를 봤다. 상황을 보아하니, 이연우가 생각해도 둘 중 한 명은 확실히 팔릴 듯했다.

기분이나 느낌이 썩 좋지 않았다. 중성화 같은 소리를 들어서 더.

"…탈출할 생각은 없습니까?"

"돌아갈 길을 찾거나, 회사에서 연락하기 전까지는 없다. 그보다 너도 회사의 조사원이라고 했다. 맞나?"

일전에 자기소개를 하면서 밝힌 신분. 이연우는 고개를 끄덕였다.

"한국 지사에서 일하는 조사원입니다."

"잘됐다. 혹시 돌아가거나, 회사와 연락이 닿으면 너도 말을 전해달라."

"뭐라고요?"

이연우는 나란히 꽂힌 쇠창살 사이로 제임스를 바라봤다. 제임스는 매달린 쇠창살에서 뛰어내렸다. 흘러가듯 가볍게, 하지만 사무적이고 단조로운 목소리가 이어졌다.

"조사원 제임스 콩이 보고함. 이곳은 사람 살 곳이 아니다."

"그게 전부입니까?"

이연우는 전하고 싶은 다른 말이 있으면 편하게 말하라고, 귀를 툭툭 치는 시늉을 했다.

주사위가 있다. 살아만 있으면 돌아갈 수 있다. 그 사실을 밝히기는 꺼려졌어도, 말 정도는 얼마든지 전해줄 의향이 있었다.

하지만 제임스는 높게 뛰어 한 손으로 쇠창살에 매달린 후, 다른 손으로 턱을 북북 긁었다.

"없다. 이 세상에 대해서는 어차피 너도 보고하지 않나."

이상한 세상에 떨어졌으니, 조사원으로서 보고할 내용은 비슷하지 않겠냐는 말.

이연우는 고개를 저었다. 업무 이야기가 아니었다.

"다른 사람한테 전하고 싶은 말은 없습니까? 어쩌면 영원히 못 돌아갈 수도 있는데."

"…없다."

머뭇거린 끝에 단호한 대답. 대화가 끊어졌다. 이연우는 묵묵히 몸을 돌렸다.

그리고 이연우와 제임스를 반짝반짝 빛나는 눈으로 보는 두 아이 거인을 보았다. 아들 거인과 딸 거인이 입을 벌리고 감탄했다.

"와아! 얘네들 서로 대화하나 봐!"

"잉잉잉 우는 거 너무 귀여워!"

"아빠! 얘네 둘 다 키우면 안 돼? 둘이 친한가 봐!"

아빠 거인이 두 자식의 머리를 쓰다듬으며, 은근슬쩍 아이들을 뒤로 끌어당겼다.

"이미 집에 한 마리 있지 않니? 하나만 살 거야. 이봐요, 다른 건 안 살 건데, 둘 중 누가 더 낫습니까?"

아빠 거인이 판매자를 보며 말하자, 판매자가 아이들만큼이나 아쉬워하면서 제임스의 우리를 위로 들어 올렸다.

"둘 다 건강하고 문제없지만 성격이 다릅니다. 이 아이는 활발하고…"

이번에는 이연우의 우리를 올린다.

"이 아이는 얌전합니다."

"그 아이로 합시다. 우리 집에 있는 애는 성격이 너무 활발해서…"

"탁월한 선택입니다! 그러면 가격은…"

이연우의 의사와 상관없이 진행되는 이야기. 팔려버린 이연우가 떨떠름한 표정을 지었고, 제임스가 대충 손을 휘휘 저어 작별 인사를 마쳤다.

그리고 판매자가 검은 천을 꺼내 우리를 덮었다. 흔들리는 우리와 천으로 가렸는데도 크게 들려오는 목소리.

그렇게 이연우는 오두막에서 거인 가족이 사는 집으로 가게 되었다.

"자! 여기가 우리가 사는 집이야!"

휘익!

우리를 덮은 수건이 한순간에 걷혔다. 햇빛이 쏟아져 들어와, 이연우는 한 손으로 눈가를 가리면서 주변을 둘러보았다.

거인의 집.

붉은 벽돌로 쌓은 담벼락과 관리가 잘된 정원. 그리고 2층 저택. 그 크기가 거대하여 성벽에 둘러싸인 성 같았다.

후다닥!

딸 거인이 이연우의 우리를 앞뒤로 마구 흔들며 현관문으로 달렸다. 간신히 창살에 매달려 흔들리는 이연우. 뒤로 엄마 거인의 엄한 목소리가 들려왔다.

"뛰지 말고!"

"알았어!"

딸 거인은 현관문을 열고 계단을 올라가 2층의 촘촘한 철조망으로 막아둔 방까지 한 번에 내달렸다. 철조망 문을 밀며, 딸 거인이 말했다.

"여기가 네가 살 방이야!"

이연우는 어지러움과 창살에 매달리며 쭉 빠진 체력 때문에, 머리를 휘청이면서도 방을 둘러봤다.

널찍한 방.

인간을 키우는 방으로 삼았는지, 거인이 쓰는 가구는 없었다. 대신 인간용으로 쓰는 자그마한 집 모형과 화장실, 식탁이며 접시, 물그릇 따위의 미니어처 모형이 산만하게 놓여 있었다.

철컥.

우리가 방 중앙에 놓였다. 우리의 자물쇠가 풀렸다. 자물쇠와 열쇠를 대충 바닥에 내던진 딸 거인이 방 이곳저곳을 기웃거렸다.

"노랑이가 어디 숨었지? 노랑아! 나와봐! 네 친구 왔어!"

어떤 대답도, 행동 반응도 돌아오지 않았다. 거인이 쿵쿵 방 안을 돌아다니다가 포기하고는 이연우에게 돌아왔다.

"노랑이는 자나 봐. 내가 방 소개해줄게."

조심스럽게 우리 밖으로 한 발을 내밀던 이연우가 재빨리 우리 속으로 돌아갔다.

'어린애야. 무슨 짓을 할지 몰라.'

이연우는 신경도 쓰지 않고 우리를 아무렇게나 휘두르지 않았나. 쓰다듬겠다고 쥐어서 뼈를 부러뜨릴지도 모를 일.

"빨리 나와! 여기가 네 방이라니까?"

입구 반대쪽 구석으로 몸을 빼는 이연우를 쫓아, 딸 거인이 우리의 입구에 손을 쑤셔 넣었다. 오므린 주먹이 입구를 잔뜩 벌리며 들어오다가 막혔다. 쇠창살이 비명을 질렀다.

끼이익. 끼익.

딸 거인은 그 상태에서 손가락을 뻗어, 어떻게든 이연우를 잡기 위해 손가락을 까딱였다. 가로수 같은 손가락이 이연우의 코앞을 스치고 우리 바닥을 긁었다. 손톱이 바닥에 흉터를 남겼다.

끼이이익.

이연우의 동공을 가득 채우는 딸 거인의 손가락. 등에 닿은 쇠창살이 차가웠다. 이연우가 식은땀을 흘렸다.

'손대중을 모르나?'

제대로 잡히면 내장이 터질 것 같았다. 하다못해 갈비뼈라도 부러질 것 같았다. 아니면 살가죽이 찢어지거나.

그때, 쿵쿵 거대한 기척과 함께 아빠 거인이 올라왔다. 그가 철조망 문 너머에서 말했다.

"얘야. 애 겁먹겠다. 그만하고 내려오렴."

"아빠! 집에서 안 나와!"

"네가 막으니까 못 나오겠지. 자, 얼른."

아빠 거인은 철조망 문을 열며 딸에게 손짓했다. 딸 거인은 아쉬움이 역력한 기색으로 손을 빼고, 터덜터덜 아빠에게 갔다.

"내가 소개해주려고 했는데…"

"그건 다음에 해도 되지 않겠니. 아이들은 쉬게 두고, 가자."

탁!

철조망 문이 닫혔다. 거인이 계단을 내려가는 소음과 진동이 멀어졌다. 적막이 내려앉은 방.

이연우는 한숨을 돌리고 주변 눈치를 살피다가, 우리 밖으로 첫발을 내디뎠다.

넓은 방. 높은 벽 위로 창문이 달려 있었다. 이연우는 방에 널린 무수한 미니어처, 인간용 가구와 장난감을 향해 몸을 돌렸다.

그때, 뒤에서 소리가 들렸다.

"진짜 사 왔네, 미친놈들. 새끼 낳으라고 하면 누가 낳아 준대?"

이연우가 몸을 돌렸다. 어디에 숨어 있던 건지, 금발에 인종을 특정하기 힘든 이국적인 외모를 지닌 여자가 건들건들 걸어 나왔다.

그녀는 이연우를 흘깃 흘겨보고는, 양동이 크기의 컵 모형을 들고 물그릇으로 향했다. 한 아름 안아 든 양동이로 물을 퍼 올렸다. 등을 보인 채로 그녀가 말했다.

"야. 네가 어디서 온 뭐 하는 인간인지는 모르겠는데, 나는 애완인간으로 살 생각 없어."

"…나도 그런데."

낯선 세상에서 만난 낯선 인간.

무턱대고 친해지거나 편을 들 생각은 없었다. 같은 회사원이면 모르겠지만, 서로 다른 세상을 사는 사람 아닌가.

물론 쓸데없이 적대할 생각도 없었지만, 있는 듯 없는 듯 서로 무시하는 관계 정도가 적당하지 않을까.

"그래? 잘됐네. 그럼 도와."

찰랑찰랑 차오른 양동이를 끌어안은 여자가 이연우를 지나치다가, 딸 거인이 내동댕이친 열쇠를 발끝으로 툭 찼다.

"탈출할 거니까."

"탈출?"

이연우가 관심을 보인다고 생각했을까.

여자는 철조망 문으로 가, 철조망 구석에 물을 조금씩 뿌렸다. 이연우가 보니, 하루 이틀 해온 작업이 아니었다.

곰팡이처럼 조그맣게 철조망 구석만 녹슬어 있었다. 녹슨 철조망만 끊어내면 인간이 충분히 통과할 수 있는 크기.

"그거 열쇠 끌고 와. 그걸로 내리치고, 톱질할 거니까."

툭, 툭.

물방울이 이슬처럼 철조망에 맺혔다. 벌겋게 녹슨 철조망. 많이 삭았다. 쉽게 끊을 수 있을 것처럼 보였다. 열쇠의 울퉁불퉁한 부분으로도 끊어낼 수 있을 만큼.

이연우는 움직이지 않았다.

'탈출? 굳이?'

몸 멀쩡하게 버티다가, 주사위에 대성공이 뜨는 날이 오면 귀환하면 됐다.

물론 아이 거인의 거친 손짓은 위험하겠지만, 바깥이 더 위험할 것 같았다.

굳이 위험한 세상으로, 저택이라는 안전한 공간을 벗어나 온갖 벌레와 짐승과 미지의 위험이 가득한 거대한 세상으로 나아갈 이유가 없었다. 괜히 다치거나 죽기라도 하면…

이연우는 한참 동안 대답하지 않았다.

"야. 왜 대답을…"

물을 뿌리다 말고 고개를 돌린 여자의 표정이 무섭게 굳었다. 그녀는 이연우를 노려보며 작게 뇌까렸다.

"너, 탈출할 생각이 없구나."

35

노려보는 시선이 매서웠다. 아이 거인이 입혔는지, 여자는 공주 인형이 입을 법한 드레스를 입었는데도 우스꽝스럽지 않고 기세가 살벌했다.

이연우가 움찔 물러서며 두 손을 앞으로 들어 내저었다.

"탈출할 생각이 없는 게 아니라, 우리 방금 만나지 않았습니까? 인사나 자기소개가 먼저…"

"됐어, 저리 꺼져. 애완인간으로 평생 살아."

여자는 이연우를 노려보다가, 바닥에 나뒹구는 열쇠를 향해 걸었다. 열쇠 근처에 서 있던 이연우와 가까워졌다. 여자는 이연우의 앞에서 잠깐 걸음을 멈췄다.

그러고는 갑자기 두 손을 뻗어 이연우의 멱살을 잡고 끌어당겼다. 맥없이 끌려오는 이연우. 두 쌍의 눈이 바짝 가깝게 붙었다. 서로의 눈에 비친 자기 얼굴을 볼 수 있을 정도로 가깝게.

여자가 송곳니를 드러내며 으르렁거렸다.

"네가 어떻게 살든 내가 알 바 아닌데, 탈출 방해하면 물어버릴 거야. 이해했어?"

"알았으니까, 멱살은 좀 놓지."

이연우는 침착하게 멱살 잡은 여자의 손을 톡톡 쳤다. 이런 협박에 겁먹기에는 지금까지 겪은 일이 많았다. 진짜 위험은 예고 없이 찾아왔다.

여자는 코웃음을 치며 멱살을 놓았다. 그녀는 몸을 숙여 열쇠를 주워 들었다. 거인의 열쇠는 사람 팔처럼 길고 컸다. 공구로 써도 될 정도.

열쇠를 어깨에 걸치고 철망 문으로 가는 그녀를 이연우가 뒤쫓았다.

"혹시 인류보호회사에 대해서 들어봤습니까?"

"몰라."

회사원은 아니고.

"어디서 오셨습니까? 지구? 아메리카? 유럽? 아시아?"

"뭐라는 거야. 야! 방해할 거면 저리 꺼져! 헛소리하지 말고!"

지구 출신도 아니다.

빽 소리를 지른 여자는 열쇠 끝을 창끝처럼 세워, 녹슨 철망 틈새로 열쇠를 밀어 넣었다. 녹슨 철망이 쉽게 벌어지며, 열쇠가 철망 사이에 턱 걸렸다.

"흐읍!"

여자는 땀을 뻘뻘 흘렸다. 이를 악물고, 핏줄이 돋아날 정도로 힘을 주어 열쇠를 움직였다.

끼이익.

지렛대처럼 위아래로 흔들기도 하고, 톱처럼 앞뒤로 밀고 당기기도 했다. 철망의 구멍이 조금씩 벌어지고, 녹슨 철이 조금씩 닳아서 떨어졌다.

하지만 철망이 끊어지는 것보다 여자의 체력이 다하는 게 빨랐다. 땀으로 흠뻑 젖은 여자가 컵 모형에 남은 물을 벌컥벌컥 마시고는 벽에 기대앉았다. 숨을 몰아쉬는 여자의 시선이 이연우에게 향했다.

그녀가 탈출하겠다고 열심히 일하는 동안, 이연우는 느긋하게 방 안을 돌아다니며 인간용 미니어처 가구를 구경하고 있었다.

여자의 눈썹이 삐죽 기울었다.

"야. 진짜 탈출 안 해? 여기서 애완인간으로 살 거야?"

"알아서 할 거니까 신경 쓰지 마십시오."

"거짓말하지 말고."

이연우가 의자 모형을 돌린 후, 그 위에 앉았다. 이연우와 여자의 시선이 마주쳤다.

여자의 짜증이 담긴 눈. 이연우도 눈살을 찌푸렸다. 계속된 반말이 기분이 나빠서. 그래서 이연우도 완전히 말을 놓기로 했다.

"집을 벗어날 생각이 없긴 하지. 굳이 나가서 뭐 하게? 위험하기만 하잖아."

"그래서 여기서 짐승처럼 살겠다고? 던져주는 음식물 찌꺼기나 먹고, 억지로 입힌 옷이나 입고, 새끼 낳으라면 낳고, 그 새끼는 팔리고. 이렇게 살겠다고?"

"그건 아니지."

이연우가 고개를 저었다. 그렇게 살 생각은 없었다. 그리고 주사위라는 탈출 수단도 있었다.

그렇기에 이연우는 조금쯤은 낯선 나라를 구경하는 여행객의 마음으로 가볍게 질문했다.

"그런데 탈출한 다음은 어쩌려고? 솔직히 집 밖으로 나갔다가 고양이나 개나, 아무튼 짐승이라도 잘못 만나면 죽잖아."

거인이 사는 세상이 아니라, 거대한 세상이었다. 인간은 햄스터 크기고, 그만한 인간쯤은 손쉽게 사냥하는 벌레와 들짐승과 날짐승이 한둘이 아니었다. 하다못해 개미 무리조차 두려운데.

탈출은 끝이 아니라 시작이었다.

여자는 프릴이 달린 옷자락으로 땀을 닦아낸 후, 창밖을 보았다. 뉘엿뉘엿 저무는 태양이 노을빛을 흩뿌리는 창가. 여자가 말했다.

"…전에 들었어. 인간의 도시가 있다고. 인간의 생존을 위해 모여서, 인간에 의해 만들어진, 인간의 도시가 있다고."

끼익!

이연우가 벌떡 일어서는 바람에 의자가 바닥을 긁었다. 여자가 의아한 눈으로 이연우를 보았지만, 이연우는 여자를 향해 빠르게 말했다.

"그 말, 자세히 해봐."

인류보호회사의 흔적일까?

아니더라도 지구의 흔적은 맞는 것 같았다. 저 말은 지구에서 들어본 말이었으니까. 국민의, 국민에 의한, 국민을 위한. 비슷한 느낌이었다.

여자는 이연우를 보다가 턱을 까딱였다. 철망을 향한 턱짓.

"말해줄 테니까, 나 쉬는 동안 저거 톱질해봐."

"…"

이연우는 말없이 철망으로 가서, 열쇠의 손잡이 부분을 두 손으로 잡았다.

'주사위가 있더라도 회사로 추측되는 집단의 정보는 들어두는 게 나아.'

주사위에서 언제 대성공이 나올지 모르지 않나. 차선책을 준비해둔다는 느낌으로, 이연우는 열쇠로 톱질을 시작했다.

흐어억. 허어억.

이연우가 다 죽어가는 얼굴로 천장을 올려다봤다. 천장이 빙빙 돌았다. 눈을 감으면 심장이 쿵쾅대는 소리가 귀까지 들렸다.

이연우는 파들거리는 손을 가슴 위에 얹었다. 손만큼이나 떨리는 목소리가 나왔다.

"이제, 말을 해주지?"

여자는 그런 이연우를 황당한 눈으로 보았다. 아니, 뭐 얼마나 움직였다고.

"어떻게 이렇게 약해빠졌지…? 야, 너 어떻게 살아남았냐? 길에서 살아남을 몸이 아닌데."

나약한 자는 살아남을 수 없는 야생에 던져놓으면 며칠이나 버틸지 의심되는 체력과 근력.

여자는 한숨을 쉬며, 이연우에게 다가가 머리를 토닥였다.

"너는 탈출하면 안 되겠다. 집 나가면 바로 죽겠어. 너는 애완인간이 맞겠다."

한 번 토닥일 때마다 머리가 흔들리며 어지러움이 심해졌다. 이연우가 경련하는 손을 들어 여자의 손을 쳐내려고 했지만, 허우적거리며 허공만 휘저었다.

"말이나, 해."

"그래, 그래."

털썩.

여자는 이연우의 머리맡에 앉아, 잠시 말을 골랐다. 그러고는 입에서 입으로 전해져 내려오는 전설과 신화를 말하듯 이야기를 시작했다.

"우리 같은 인간이 많지는 않지만, 적지도 않아. 길을 떠돌다 보면 가끔 다른 인간을 만나기도 해."

"…"

이연우는 숨을 고르면서 얌전히 이야기를 들었다.

"언제였나, 골목 구석에서 늙은 인간을 만났거든. 그 할아범이 말해줬어."

여자는 창가를 보았다. 창문 밖에 있는 높은 벽돌담이 아니라, 더 넓은 세상을 보는 눈으로.

"우리는 본래 이 세상 사람이 아니라고. 인간만이 살아가는 세상에서 떨어진 사람들이, 거대한 세상에서 필사적으로 살아남아서 남긴 후손이라고."

그녀는 말했고, 이연우는 이해했다.

'본래 인간이 없는 세상이었나… 우연히 이 세상에 떨어진 인간들이 생존하고, 때때로 유입된 결과가 지금인가…'

거인과 대화가 안 통하는 이유도 비슷하지 않을까. 서로 다른 차원의 존재끼리 특별한 번역 없이는 소통이 힘든 것처럼.

여자는 계속해서 말했다.

"그리고 우리 세상의 인간이 우리를 구원하러 올 거라고. 언젠가 올 그날을 위해, 인간이 모인 도시가 있다고. 오직 인간만을 위한 도시가."

그 말을 끝으로 여자는 자기 눈에만 보이는 환상을 지우듯 눈을 천천히 깜빡였다.

이제는 인간을 사육하는 방과, 오가지도 못하게 막는 철망과, 창가 너머의 높은 돌담이 보였다.

여자는 벌떡 일어서며 피식 웃었다.

"나는 그곳으로 갈 거야."

"…어딘지는 알고?"

이연우가 여자를 올려다보았다. 여자는 자신만만하게 웃었다.

"몰라! 하지만 이대로 사육되다 죽는 것보다는 나을 거야. 부지런히 걷다 보면 언젠가는 도착하겠지. 그리고 도시를 찾으면…"

여자가 몸을 돌려 열쇠를 다시 붙잡았다. 우선 철망부터 끊기 위해 온몸을 움직였다. 그녀의 힘찬 목소리가 들려왔다.

"너도 구하러 와줄게."

이연우가 눈을 감았다가 떴다.

"됐어. 나는 알아서 탈출할 거야."

"뭐라는 거야. 너 그 몸으로 혼자 거리 나가지? 바로 죽어. 그냥 고맙다고 말해."

"됐다니까."

여자가 헛웃음을 뱉었다.

"알아서 잘 살아보든가. 내가 다른 인간들 다 구해서 인간 도시로 데려가도 너는 혼자 살아."

그때였다.

쿵쿵, 계단을 오르는 거대한 기척이 느껴졌다. 여자는 얼른 열쇠를 뽑아 멀리 던지고는 장난감이 쌓여 있는 산으로 후다닥 달렸다. 순식간에 사라지는 여자.

이연우가 눈만 깜빡이는 동안, 엄마 거인이 접시를 들지 않은 손으로 철망 문을 열었다.

"저녁 먹자. 응?"

엄마 거인이 이연우를 내려다봤다. 톱질이라는 중노동을 하느라 잔뜩 지친 이연우. 땀으로 목욕한 꼴과 피로가 가득한 얼굴. 큰일을 마친 듯한 몰골이었다.

엄마 거인이 음흉한 웃음을 지었다.

"벌써 했나? 옳지, 잘했다. 얼른 새끼를 낳으렴."

이연우가 어이없는 표정을 지어도, 엄마 거인은 콧노래를 흥얼거리며 접시에 담긴 식사를 인간용 그릇에 쏟아부었다.

계란프라이와 베이컨과 식빵. 인간용으로 잘게 잘린 음식물이 그릇에 담겼다.

엄마 거인이 말했다.

"체력이 많이 약한 거 같은데… 몸에 좋은 걸 먹여야 하나…"

엄마 거인은 그렇게 중얼거리며, 물그릇이며 화장실을 확인한 뒤 방을 떠났다. 닫힌 문과 고요한 방.

여자가 슬금슬금 기어 나와 빵을 들고 입에 욱여넣다가, 이연우의 시선을 피하며 슬쩍 빵을 들어 올렸다.

"뭐 해? 먹어."

이연우는 힘겹게 일어나 밥그릇으로 갔다. 떨리는 손으로 어렵게 음식을 입에 쑤셔 넣으면서, 여자의 안쓰러운 눈초리를 받으면서.

밤이 왔다.

자정이 넘은 시간.

부드러운 손수건 위에 누운 이연우는 눈을 깜빡이며 생각했다.

'복귀. 귀환. 아무튼, 돌아가기.'

데구르르.

꽝!

변화가 없었다. 이연우는 눈을 감고, 한숨을 푹 쉬었다. 슬슬 불안한 마음이 들었다.

'대성공 언제 뜨냐… 안 뜨는 건 아니겠지? 막 로또나 벼락 맞을 확률이면…'

만약, 대성공이나 대실패가 희박한 확률이라면 주사위만 믿고 있을 수 없었다. 대실패가 뜨면 무슨 일이 일어날지 걱정되기도 했다.

하지만 그렇다고 무작정 여자를 따라서 탈출하기도 애매했다.

'그 도시, 회사와 연관이 있는지도 확실하지 않아. 위치도 모르고. 진짜 존재하는지도 모르겠어. 있다 치더라도 인간 도시에 지구로 돌아가는 방법이 있는지도 몰라.'

확고했던 귀환에 대한 확신이 흐려졌다.

깊은 밤의 정적이 돌연 두렵게 다가왔다. 이연우는 손수건 이불을 끌어당기며 몸을 웅크렸다. 창가에서 비추는 달빛이 서늘했다.

망망대해에 버려진 느낌, 말이 통하지 않는 낯선 나라에 홀로 떨어진 느낌.

'확실하게 돌아갈 방법을 모르겠어. 내가 할 수 있는 게 없어…'

지금까지 마주했던 이상과는 달랐다.

자신의 힘으로 극복할 수 있는 위험이 아니었다. 무조건 주사위를 믿을 수도 없었고, 회사의 지원을 받기는커녕 연락도 닿지 않았다. 어쩌면, 평생을 이곳에서 애완인간으로 살아야 하는 건 아닐까?

불안한 생각이 뇌를 좀먹을 때였다.

돌연 이연우를 툭 치는 손길이 있었다. 이연우가 눈을 번쩍 떴다. 코앞에 노랑이라 불리는 여자가 있었다. 그녀의 눈이 달빛을 받아 반짝였다.

"야. 나, 간다."

"지금 바로?"

이연우가 몸을 일으키자, 여자는 장난감 가방과 끈 따위를 엮어 만든 가방을 내밀었다. 빵이나 엉성하게 만든 도구 따위가 삐죽 나와 있었다.

이미 떠날 준비가 끝났다는 증거.

"철망도 다 잘랐고, 빠져나갈 경로도 확인했어. 그 새끼들 다 자는 지금 탈출해야지."

"…도와줄게."

이연우는 망설이다가 이불을 걷어내고 일어났다.

'잠도 안 오고… 가만히 있어봤자, 나쁜 생각만 떠올라. 차라리 몸이라도 움직이자. 탈출은…'

거인 가족의 집에 남느냐, 여자를 쫓아가느냐.

주사위만 믿고 버티느냐, 아니면 위험을 무릅쓰고 존재가 확실하지 않은, 존재하더라도 회사와 관계가 있는지 알 수 없는 도시를 찾아 떠나느냐.

그 답은 내리지 못했다.

"네가?"

여자가 믿지 못하겠다는 눈으로 이연우를 보았다. 비웃는다기보다는 그 신체 능력으로 뭘 어떻게 돕느냐는 의문에 가까운 눈.

이연우는 무시하며 철망으로 다가갔다.

저녁을 먹은 뒤에도 계속해서 잘라낸 철망에 구멍이 뚫려 있었다. 사람이 지나가기 충분한 구멍이.

36

달빛이 밝게 비추는 밤.

녹슨 철사에 긁히지 않게 조심조심 구멍을 통과하고 복도를 살금살금 걸어, 아이 거인이 곤히 자는 방을 지나, 이연우와 여자는 까마득한 계단 앞에서 멈춰 섰다.

거인이 오르내리는 계단. 1층으로 내려가는 계단. 달빛이 닿지 않는 아랫부분은 어둠에 잠겨 있었다.

'여기를 내려가야 하는데…'

계단 한 칸 한 칸의 높이가 1층 건물처럼 느껴졌다. 계단 하나를 내려갈 때마다 담벼락에 매달렸다가 떨어져야 하는 상황.

못 할 건 없었지만, 오금이 저렸다.

이연우가 계단 끝에 서서 망설이는 동안, 여자는 이연우의 옆에 서서 계단 너머를 노려보았다. 소곤소곤 숨죽인 여자의 목소리.

"계단을 내려가면, 바로 주방으로 갈 거야. 주방 물 나오는 곳에 창문이 있는데, 그 창문이 열려 있거든."

"…계단, 안 다치고 내려갈 수 있겠어?"

이연우가 그렇게 말하자, 여자가 픽 웃었다.

거인이 문을 열 때, 문 닫는 것을 잊었을 때, 아이 거인이 자기 방으로 데려갈 때, 수많은 날 동안 열심히 탈출 연습을 해왔다.

거인이 활발한 인간이라고 속 편하게 웃는 동안 흘린 땀이 얼마나 많았나.

"이미 몇 번 내려가봤어. 그리고… 야, 이것도 못 하면 밖에 나갈 생각을 하면 안 되지."

이연우가 고개를 끄덕였다. 그것도 그렇다. 고작 계단 하나 못 내려가는데 어떻게 길거리에서 살아남을 수 있을까.

여자는 이연우의 등을 가볍게 친 후, 쭈그려 앉아 이연우를 올려다보았다.

"잘 봐. 이렇게 내려가면 돼."

여자는 몸을 돌려 두 손으로 계단 끝자락을 붙잡고 두 발로는 계단의 벽을 질질 끌며, 웅크렸던 팔다리를 천천히 폈다. 그리고 어느 순간, 두 손을 놓고 폴짝 뛰어내렸다.

계단 아래에서 여자가 이연우를 올려다봤다.

"해봐."

이연우는 떨떠름한 표정을 짓고는 천천히 여자의 행동을

따라 했다.

몸을 돌리고, 손으로 계단 끝을 짚고, 두 발로 계단 벽을…

쿵!

팔이 무게를 지탱하지 못했다. 이연우의 몸이 그대로 주르륵 떨어져 내렸다. 어설프게 착지한 이연우가 신음을 삼키며, 발목을 붙잡았다.

"야, 괜찮아? 아니, 그러게… 방에 있지 뭘 돕는다고 나와서…"

여자가 다가왔다. 이연우는 발목을 돌려본 뒤, 자리에서 일어났다. 얼굴은 잔뜩 찌푸렸지만, 발은 멀쩡하게 움직였다. 다행히 겹질리거나 관절이 상하지는 않았다.

"빨리 내려가자. 시간 버리지 말고."

이연우는 먼저 다음 계단을 내려갔다. 고통 속에서 나름의 요령을 얻어, 충격을 덜 받는 방법으로 추락했다. 그때마다 작게 울리는 소리.

여자는 스르륵 소리 없이 계단을 내려와, 이연우를 보았다. 조금은 불안한 얼굴이었다.

"야, 너 너무 시끄러운데."

이연우가 쿵쿵 추락하는 소리는 작았지만, 모두가 잠든 심야의 계단에서 자그마한 인간이 듣기에는 지나치게 큰 소리로 느껴졌다.

"…"

탈출을 돕겠다고 나서놓고 민폐를 끼칠 수는 없었다. 이연우는 이를 악물고, 어디선가 보았던 낙법을 흉내 내며 최대한 조용히 착지했다.

그럼에도 작은 소음은 계속되었지만, 다행히도 이연우와 여자가 계단을 다 내려갈 때까지 거인 가족은 깨지 않았다.

소파가 놓여 있고 카펫이 깔린 거실.

푹신푹신한 카펫을 가로지르던 여자가 덜컥 멈췄다. 이연우는 잔뜩 지쳐 생각 없이 여자를 뒤쫓다가, 여자의 가방에 부딪혔다. 이연우가 여자를 보았다.

"왜?"

"쉿. 조용히 해봐."

여자는 눈을 가늘게 뜨고 귀를 쫑긋거렸다. 다음 순간, 여자는 이연우의 손을 잡고 냅다 달리기 시작했다. 푹신한 카펫을 종종 내달리는 두 인간.

이연우가 입을 열어 뭐라 물어보려는 순간, 그의 입도 다물렸다.

쿵. 쿵.

끼익.

거인이 계단을 내려오는 소리가 들렸다.

이연우의 발걸음에도 힘이 들어가며, 두 인간은 순식간에 소파 밑으로 미끄러져 들어갔다. 엉거주춤한 자세로 몸을 숙이고, 숨소리도 안 나게 입과 코를 틀어막았다.

이연우와 여자는 신경을 곤두세웠다.

'왜 이 시간에 내려오는 거지? 도망치는 걸 눈치챘나?'

이연우가 계단을 내려가는 소리를 듣고 깼을까? 밤중에 깬 김에 인간이 잘 자나 보러 갔다가 인간이 철망을 뚫고 나간 것을 눈치챘을까?

두 인간은 소파 아래에서 좁은 틈새로 계단을 보았고, 아들 거인이 졸린 눈을 비비며 흔들흔들 걸어오는 것 또한 보았다.

"목말라…"

아들 거인은 부엉이가 그려진 유리컵을 양손으로 꼭 쥐고 주방으로 향했다. 두 인간도 아들 거인이 더 잘 보이는 소파 뒤쪽으로 움직였다.

거실과 연결된 주방이 보였다.

오븐과 가스레인지, 그릇을 올려두는 선반, 싱크대가 놓여 있는 주방. 그리고 싱크대 옆으로 열려 있는 창문.

다행히 탈출을 눈치챈 것은 아니었다.

후우.

이연우와 여자가 동시에 안도의 한숨을 내쉴 때였다.

컵에 물을 받아 마신 아들 거인이 눈을 말똥말똥 뜨고는, 까치발을 하고 창문에 한 손을 올렸다. 거인이 중얼거리는 소리가 들렸다.

"아이참. 창문 닫아두라니까. 벌레라도 들어와서 우리 잉잉이들 물리면 어떡해."

드르륵.

아이가 낑낑거리며 창문을 닫았다. 꽉 닫힌 창문. 아들 거인은 거기서 멈추지 않았다. 잠금장치까지 확실하게 걸었다. 그러고는 착한 일을 했다며 뿌듯한 표정으로 돌아갔다.

쿵. 쿵. 쿵.

아들 거인이 계단을 올라갔다. 그의 기척이 사라졌음에도 여자와 이연우는 움직이지 못했다.

탈출구가 닫혔다.

소파 아래에서 멍하니 닫힌 창문을 보기를 잠시, 여자가 애써 기운차게 말했다.

"오늘은 망했네. 다음에 하자!"

"다음 언제?"

"내일도 좋고, 내일모레도 좋고. 저 창문 말고 다른 방법도 생각하고."

여자가 고개를 숙여 표정을 감췄다. 가방을 고쳐 메며 몸을 돌렸다.

이연우는 그녀를 보다가 아직 붙잡고 있던 여자의 손을 당겼다. 여자가 고개만 돌렸다.

"…왜?"

"오늘 가야지."

이연우가 생각하기에 오늘이 아니면 다음 기회가 언제 올지 알 수 없었다.

철망이 뚫린 것을 알아채고 더 튼튼한 문으로 바꿀 수도 있었다. 주방 창문에 꽂힌 아들 거인이 매일 창문을 닫을 수도 있었다. 새끼를 낳으라며 좁은 상자에 둘을 가둘 수도 있었다.

이연우가 여자를 주방으로 이끌었다. 여자는 반문했다.

"어떻게 나가라고? 창문 열겠다는 건 아니지? 잠겼기도 하고, 안 잠겼어도 저거 엄청 무거워. 아무리 밀어도 꿈쩍도 안 해."

"방법이 있어."

주사위를 열심히 굴리면 유리창은 깰 수 있겠지. 대실패만 안 나오면 문제없고, 대실패는 쉽게 안 나올 것이다.

이연우가 성큼 걸었다.

싱크대 옆으로 길쭉한 나무 화분이 있어서, 나무줄기를 기어오르고 잎사귀에서 멀리 뛰어 도착한 싱크대.

이연우와 여자는 나이프를 공성추처럼 좌우에서 들고는 닫힌 창문을 노려봤다. 문득 여자가 말했다.

"이게 될까?"

이곳에서 인간의 힘은 약했다. 체급이 햄스터였다. 유리창을 밀어 열지도 못했고, 유리를 깨는 것은 더더욱 불가능했다.

여자가 의심스러운 눈으로 이연우를 보았지만, 이연우는 눈을 감고 기억을 떠올렸다.

연수 첫날, 사람이 죽어 나가던 실험실. 소방관 출신 신입 사원이 유리창을 어떻게 깼던가.

'뾰족한 철제 도구로, 유리창 모서리를 쳤지.'

이연우는 전문가의 손길을 떠올린 후, 눈을 떴다.

"하나, 둘, 셋 하면, 알지?"

"안 될 거 같은데… 일단 알았어."

"하나, 둘, 셋."

우다다 달려 온몸의 무게를 실어 유리창을 치는 순간. 이연우는 주사위를 불렀다.

'깨져라!'

데구르르.

꽝!

끼익.

나이프가 유리창에 흠집을 남기며 미끄러졌다. 그 무게를 이기지 못하고 휘청이는 둘. 여자가 한숨을 쉬었다.

"봐. 안 돼."

"다시, 하나, 둘, 셋."

여자가 마지못해 따라서 나이프를 내질렀고, 주사위가 굴렀다. 결과는 같았다.

꽝!

끼익.

유리창에 난 흠집이 조금 깊어졌나. 자세히 보아도 변화를 잘 모르겠는 유리창. 이연우는 이를 갈았다.

'주사위 새끼야.'

지구 귀환은 하루에 한 번이면서, 핸드폰을 찾거나 유리창을 깨는 일에는 여러 번 돌아가는 건 어찌어찌 이해할 수 있었다. 규모가 다르지 않나. 드는 힘이 다르겠지. 어쩌면 사소한 일도 무한히 시도하지는 못할지도 모르고.

하지만 지금 상황 자체가 참을 수 없이 짜증 났다.

'검사 피하게 해달라고 부탁하지도 않았어. 그냥 피했으면 좋겠다고 생각했는데 혼자 돌아갔잖아. 그래서 이딴 세상에 던졌잖아. 돌아가지도 못하고 있잖아. 그런데 이딴 것도 성공을 못 해?'

이상이고 주사위일 뿐이었다. 이렇게 투덜거려도 의미 없음을 알았다. 거기에 기껏해야 두 번 돌렸다. 꽝 두 번은 충분히 나올 수 있었다.

하지만 갈 곳 없는 울분이 치솟는데, 어찌할 방법이 없었다.

이연우가 나이프를 옆구리에 꽉 꼈다. 창을 들고 돌격하는 기사처럼.

"다시. 하나, 둘…"

"야. 그만하자. 어차피 안 될 거 힘 빼서 뭐 해. 저기 카펫에서 잠이나 자자."

"한 번만. 딱 한 번만 더 돌려… 아니, 시도해."

"…마지막이야."

이연우의 오른쪽 대각선 뒤에 선 여자가 이연우처럼 나이프를 옆구리에 꼈다. 둘은 최대한 뒤로 빠져서 나이프를 수평으로 뻗었다.

"하나, 둘, 셋."

발걸음까지 맞춰서 둘이 뛰는데도 한 사람의 발소리만 들렸다. 그리고 나이프의 끝이 유리창과 충돌하는 순간.

데구르르.

성공!

돌연 불어온 강풍에 창문이 덜컥 흔들리며 나이프와 맞닿았다. 나이프의 끝이 유리창을 찍었고, 바람이 몰아쳐 창틀 전체가 심하게 흔들렸다.

그리고 유리가 와장창 깨졌다.

"…"

"…"

뻥 뚫린 유리창.

나이프로 깼다기보다는 바람 때문에 깨진 유리창을 두 사람은 멍하니 보다가 정신을 차렸다.

이연우가 여자의 등을 툭 쳤다. 유리창 깨지는 소리가 요란했다. 거인 가족이 깰 것이었다.

"가."

"어? 아… 어… 아니, 이렇게 깨진다고?"

여자는 허리에 둘둘 만 끈을 풀고 끈 끝에 달린 갈고리를 창틀에 건 뒤, 유리 가루가 묻은 창틀을 넘었다.

창틀 뒤에서 여자가 머리를 빼죽 내밀었다. 달빛이 비쳤다.

"야. 너 진짜 탈출 안 해?"

"안 해. 체력 봤잖아. 나갔다가는 죽어."

이연우는 스스로가 어이없어 웃었다.

집 안에서 이동하기도 힘들었다. 저 야생으로 나가면 살아남을 자신이 없었다. 불확실한 도전을 하기에는 리스크가 너무 컸다.

여자가 말했다.

"그건 내가 도우면 되지. 나 길에서 오래 살았어. 너 정도는 충분히 책임질 수 있어."

"됐고. 그 도시 도착하면 일 하나만 해줘."

"어떤 일?"

이연우는 하나의 단어를 말했다.

"인류보호회사. 도시에 이 회사 사람 있는지 알아봐줘. 그리고 회사 사람이 있으면…"

인간을 파는 가게에서 봤던 제임스의 모습이 떠올랐다. 그의 말도…

"조사원 제임스 콩이 보고함. 이곳은 사람 살 곳이 아니다. 조사원 이연우가 요청함. 구조 바람. 이렇게 전해줘."

여자는 그 말을 작게 되뇐 후 고개를 끄덕였다.

"알았어. 기억했어. 그런데 그게 네 이름이야? 제임스? 이연우?"

"이연우."

쿵. 쿵.

거인이 계단을 내려오는 소리가 들렸다. 여자는 창틀 너머로 사라졌고, 기대와 열망과 자유 따위가 가득한 목소리가 들려왔다.

"내 이름은 단델리온이야! 할아범이 무슨 꽃 이름이라고 했는데…"

"빨리 가기나 해. 저 새끼들 온다."

"나중에, 도시에 도착하면 꼭 데리러 올게!"

그렇게 단델리온은 달빛이 내리쬐는 창 너머로 갔다. 이연우는 집에 남아 깨진 창문을 보다가 몸을 돌렸다.

'나쁘지 않아.'

어차피 자신은 비싼 돈을 주고 사 온 몸이었다. 거인 가족의 손에 해를 당할 일은 없을 것 같았다.

느긋하게 매일 주사위를 돌리며 대성공을 기다리면 된다. 어쩌면 성공만 떠도 돌아갈 수도 있고.

그리고 단델리온.

단델리온이 진짜로 인간의 도시에 도착하고 그 도시에 인류보호회사가 있다면, 그들이 자신을 구조하러 올 수도 있다.

쿵.

"누구야! 나와!"

아빠 거인이 몽둥이를 들고 내려왔다. 그 뒤로 아들 거인이 머리만 빼꼼 내밀었다. 이연우는 생각을 멈추고 그들을 보았다.

단델리온을 도와 그녀를 탈출시켰기 때문일까, 주사위에 타이밍 좋게 성공이 나왔기 때문일까, 조금은 마음이 편해졌다.

〈2권에서 계속〉

인류보호회사 1

초판 1쇄 발행일 2023년 8월 31일
초판 3쇄 발행일 2023년 10월 27일

지은이 짤짤이

발행인 윤호권
사업총괄 정유한

편집 박고운 **디자인** 표지 곰곰사무소(권빛나) 본문 박정원 **마케팅** 윤아림
발행처 ㈜시공사 **주소** 서울시 성동구 상원1길 22, 7-8층(우편번호 04779)
대표전화 02 - 3486 - 6877 **팩스**(주문) 02 - 585 - 1755
홈페이지 www.sigongsa.com / www.sigongjunior.com

글 © 짤짤이 2023

이 책의 출판권은 (주)시공사에 있습니다. 저작권법에 의해
한국 내에서 보호받는 저작물이므로 무단 전재와 무단 복제를 금합니다.

ISBN 979-11-7125-035-6 (04810)
ISBN 979-11-7125-034-9 (세트)

*시공사는 시공간을 넘는 무한한 콘텐츠 세상을 만듭니다.
*시공사는 더 나은 내일을 함께 만들 여러분의 소중한 의견을 기다립니다.
*잘못 만들어진 책은 구입하신 곳에서 바꾸어드립니다.

WEPUB 원스톱 출판 투고 플랫폼 '위펍' _wepub.kr
위펍은 다양한 콘텐츠 발굴과 확장의 기회를 높여주는
시공사의 출판IP 투고·매칭 플랫폼입니다.